滿田
林浯莘 著
博客思出版社

序

不只是技術奇點

「人工智慧誕生的前一天，科學家們都在想什麼呢？」

某日，我漫無目的地在街上遊蕩，那是我熟悉的街道，所視之物無非是日常風景，心緒也再平靜不過了。然而，大腦像是接收到了不同尋常的信號，這個問題就這麼閃現在我的眼前，讓我有些興奮，更多的卻是不安。

這本長篇大論，姑且是對這個問題的答案的一種猜測吧。

我們看過太多以人工智慧為主題的小說、電影了，但無一例外，這些機器人們就這麼理所當然的存在著，就算有前因，但作者和編劇們似乎更看重的是後果，即機器人與人類的矛盾，這些一系列精彩的矛盾將成為小說和電影的主線，以而引發人們的思考，製造話題。

但現實生活中真的會是這樣嗎？

仔細想想，那些人工智慧（以下簡稱「AI」）和人類的矛盾，應該在最初就被考慮進去。AI可以擁有信仰嗎？AI的信仰該怎麼解釋呢？如何界定「思想」，圖靈測試在現在這個時代還有意義嗎？AI的誕生對現世宗教會產生什麼影響，他們會承認這種「生物」的存在嗎？AI會首先在哪個國家或地區誕生，臺灣在這其中扮演著什麼角色呢？它們的誕生是有全球意義的，還是只是某個大國意識的產物？用現今的科技技術，我們還有多久迎來那天？AI應該具備「人性」嗎？AI是否早已潛伏在我們的社會中，悄悄地進行著「臨床測試」？當AI技術不斷前進的同時，其他科技技術也在突飛猛進吧，它們會與AI技術產生怎樣的化學反應呢？

太多太多問題值得我們思考了，於是，便有了《滿田》這本書。首先，它不是一本解答，沒有任何標準答案，甚至上述的那些問題，它全部都無法回答，但它可以提供一種思維，與許能影響讀者。當你讀完時，如果能產生一些譬如「呀，原來還可以這樣！」，或是「不對，未來沒這麼簡單」等等想法，那這本書就有存在的意義了；其次，《滿田》是充滿能量的一本書，也許這和嚴肅的科學、哲學、宗教議題很不搭，但我在書寫時，的確是灌輸了許多個人情感。它可能充滿暴力、悲傷、陰暗等負面能量，因為正如尼采所說「當你凝視深淵時，深淵亦在凝視你」，身為凡夫俗子，在探索一片未知時，他也僅能憑著直覺，即冥冥之中的指引來尋得結果。我想，人類的「基底」是什麼，未來的 AI 的「基底」就會是什麼，所以我並沒有把那些情緒壓抑下來，而是盡情地輸出；最後，我得給讀者打一劑預防針，這篇「科幻小說」也許和你想像的相差甚遠，讀完小說的你或許會直接發火道：「這也能算是科幻小說嗎？」，對此，我不得不說明，《滿田》的故事的確發生在未來，但與科幻內容相比，我對人物的倫理關係和哲學思考著墨更多。我不喜歡通過浮誇的、缺乏現實意義的道具來渲染「科幻」氛圍，我所構建的小說世界更像是一個現實世界，人們視先進科技為理所當然，在這個基礎上展開屬於那個時代的幻想，這才是我的本意。

在寫作時，我常感受到下筆的彷彿不是自己，而是筆下的人物正在為自己編寫傳記一樣，那些情節、對話、念頭、陰謀等，我並非刻意為之，卻還是行雲流水般躍然紙上，完全不受我意志的控制。我懷疑這是缺乏創作經驗的緣故，但又欣喜於那些「妙手偶得之」的點子，於是便任其發展，直到結束。

小說完結後，我並沒有做太大的修改，可以說是真正的「野生」狀態。

然而，身為作者，面對自己創造出的不那麼「友好」的文本，還附上了莫名其妙的書名，若有讀者願意垂憐拙作，已是不勝感激了。但我更期待的是，若我成功引發了讀者思考，就像播下了一枚種子，而人的「理性」與「感性」會不斷的澆灌它，使之生根發芽，待到它足夠強大時，世界也會因此而改變吧？

現在，有請正在讀這段字的你，翻開正文，進入那個異世界裡的臺灣，就像當時寫下那些文字的我一樣，任憑主角們領你走向不為人知的深處……

2018 / 08 / 20

臺北

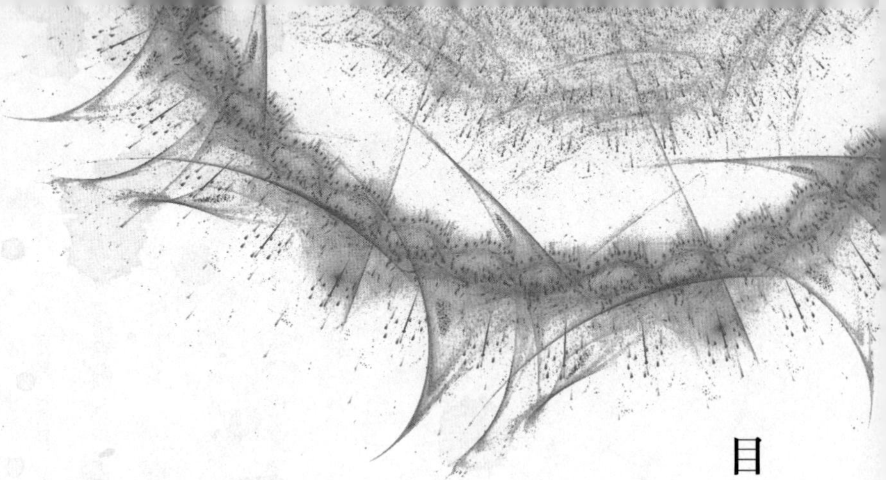

目錄

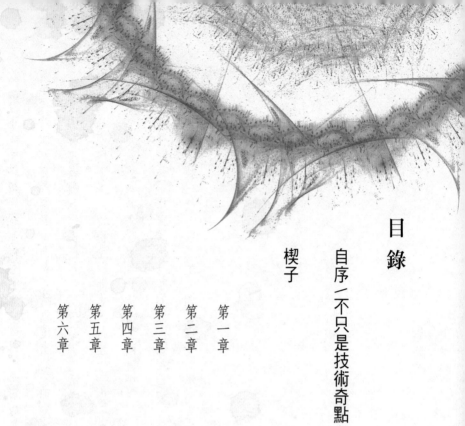

楔子

在一間擺滿電子設施的、有著室內游泳館大小的房間裡，有一老一少，他們手裡拿著頭戴式顯示裝置，面對面坐著。年輕的像是泄了氣的皮球一樣，頭靠著椅背，雙眼望向天花板；年長的若有所思地垂著頭，雙眼附近的肌肉緊緊地繃著，眼裡盡是疲憊。儘管我們不知道這兩者的關係為何，也不知道他們在這樣的地方做些什麼，但顯而易見的是，他們一定遭遇了某種挫折。

房間裡只剩各式機器運作的聲音，像有一個看不見的巨型蜂巢紮根在此，永不停歇地嗡嗡作響。室內空間雖大，卻沒有一扇窗戶，無法判斷這個房間是屬於一棟大樓，或只是個獨立的平房；同時，也無法窺見外頭是白晝還是黑夜，如果沒有任何計時工具，這裡就如同一口巨大的棺材，是一個有著另外的時間秩序的國度。

「博士，我們又……」

這樣的場面不知道維持了多久，年輕人率先打破了沉默。儘管他是一個字、一個字地從嘴裡磕碰出來，可還是被坐在對面的「博士」打斷了。

「阿裕，別說了，暫時休息一會兒，然後準備啟動下一組實驗吧。」博士打直了彎曲的背部，端坐在椅子上，用故作輕鬆地語氣朝那位被稱作「阿裕」的年輕人說道。至此，這個滿是疑點的開頭終於有所突破，我們再也不用稱呼他「年輕的」或「年長的」了，並且，從博士口中可以得知，兩人正在此地進行著某種實驗，但進展似乎相當不順利。

阿裕沒作任何表示，仍舊癱坐在椅子上。博士見狀，亦不再多說什麼，默默地起身離去。大約十步路的距離，是一塊擺放著沙發和簡易茶几的區域，他彎下腰拉開了一扇不起眼的小門，從門內拿出一瓶正冒著白氣的易開罐，毫不猶豫地「啪」拉開鐵環，仰頭暢飲幾口，便擱置在茶几上，然後往前走去，轉了個身，一屁股坐在純白的小沙發上。博士也終於藏不住疲憊，頭靠著沙發背，閉上了雙眼，一次又一次地深呼吸。

博士似乎睡著了，當然，他也可能只是在品嘗飲料。

「博士，我們做的這些真的有意義嗎？或許這就是命運……我們可能最終什麼也改變不了吧。」阿裕突然開口說道，聲音不是很大，更像是在喃喃自語，那位正在閉眼休息的博士很有可能壓根就聽不到。

果然，博士並沒有回應他，阿裕也沒打算繼續糾纏博士。於是，我們無從得知阿裕口中的「這些」和「命運」究竟指的是什麼。此刻，機器的嗡嗚聲聽起來異常刺耳。

幸好，一陣突如其來的鬧鈴聲響徹全場，故事才得以繼續。

「我剛剛是不是睡著了……」博士按掉了手機鬧鈴，一邊打哈欠一邊走向阿裕。「阿裕，開工啦！」

「哦，知道了。」阿裕萬般無奈地回答道，但他馬上就離開了椅子，往房間的另一處移動。兩人沉默地分頭穿梭在房間各處，操作著不知名的機器，一切都顯得井然有序。從這樣的默契程度可知，他們一定合作過很多次了。

最終，他倆又都回到了開始的地方，戴上了頭戴式顯示裝置，對著空氣又是比劃又是敲擊著，這種高科技手語讓人覺得陌生又熟悉，卻實在沒什麼觀賞價值。

像是聽到了我的訴求，鏡頭開始移動、拉遠，以這兩人為中心不斷旋轉著。雖說暫時遠離了高科技手語秀，但畫面中盡是些令人望而生畏的機器，還有二極體發出的各色冰冷光線，讓人聯想到只剩兩位客人還在舞台中央神遊的即將打烊的夜店。

鏡頭用了幾次蒙太奇手法後，終於停止了旋轉，固定在了兩人面前。只見博士停止了手上的動作，取下了頭戴式設備，然後對著桌上的電腦攝像頭說道：「測試，測試，測試……完畢。第七分隊，第三百一十八號對照組，啟動！」話一說完，博士便把攝像頭切換成內置錄影模式，一些令人頭昏眼花的數位、符號和英文組合馬上佔據了整個電腦螢幕，並且在不斷地更新中。

這一幕就像《駭客帝國》裡經常出現的充斥著奇異字符的矩陣，只可惜這麼多年過去了，我還是什麼都瞧不出來，畢竟深陷在這虛幻世界中，我和其他觀眾一樣愚昧無知吧。

也不知電腦裡的世界經歷了多少次天翻地覆，才終於輪到了阿裕脫下頭戴式設備。只見他一臉厭惡地把設備擱在一旁，深深地歎了一口氣，良久，才開口向一旁盯著螢幕的博士問道：「這一次是什麼情況？」

博士沒有作答，彷彿在面對什麼巨大的挑戰似的，他的注意力仍全部放在電腦螢幕上。

「嗯……不好說，從 D6 這個時間點開始，她會自己決定下一步該怎麼走……」博士終於回到了現實世界，他摘下眼鏡，一邊來回按壓著鼻樑，一邊向阿裕說道。從博士的表情可以猜想，這次的「情況」對他們而言是不盡如人意的。

「又來了，又來了，這種實驗不管做多少次都會和最初版本一樣，不是嗎？博士，如果不設計實驗組和對照組，我們只能重複一樣的東西一千次、一萬次，這就變成了他們的宿命啊！」阿裕有些暴躁地說道。雖然這位年輕人尊稱他的前輩為「博士」，但他的語氣還是相當的不客氣，也許這裡的工作對阿裕來說是一種相當程度的折磨吧。

「阿裕，這不是我能控制的，既然上頭都這樣安排了，我們只能照做呀。況且，這才第幾次實驗而已，我們只要老老實實地扮演自己的角色就行了，請你控制自己的情緒。」博士略帶慍意地說道，一邊走向下一台龐大的機器面前。

「我只是想順利畢業而已……」

「這可是關係到人類存亡的大事啊……」

兩人幾乎同時開始自言自語，卻又在同一時刻發現對方正在說話，於是都停下來等待對方繼續說下去。但令人尷尬的是，他們又都默不作聲，假裝什麼也沒發生，繼續手邊的工作。

他們之間似乎達到了某種平衡，兩人不再有言語上的交流，都埋首於分內的工作。就我的觀察，他們的工作效率一定很高，只是這個長鏡頭實在單調的很，連我都感到有些不耐煩。

「再過三個小時，D6 就到了。你看吧，運行速度又加快了，不要那麼沒耐心嘛！」博士突然說道。他看起來輕鬆了不少，一隻手還搭著阿裕的肩膀。

「博士，你覺得這次能成功嗎？」阿裕轉頭看向站在他左後方的博士，真誠地問道。

「阿裕，我們做實驗的從不問能不能成功，只問能否有所突破。放心吧，一定會有的，這世上沒有任何一步是白走的。」博士笑道。

這番話就能安撫阿裕疲憊的心靈嗎？我不置可否，但阿裕的表情告訴我們他接受了博士的開導。他的確是放鬆了不少，一邊伸了個大懶腰，一邊說道：「博士，在他們看來，這些實驗組和對照組就是他們的平行宇宙吧？我最近總想著這個問題……」

「你的想法很不錯，很不錯……但你也要知道，這些平行宇宙不就是我們的平行宇宙嗎？」博士回答道。

「嗯……對啊，我怎麼沒想到呢，不愧是博士……」阿裕像是突然想通了什麼，自顧自地發笑道。「這真是一個……充滿迷思的問題。」

「以我們的智力是解決不了這樣的問題的，唯有眼前的工作才是真的。來，開始準備下一個實驗組和對照組吧，雖然我也滿心期望它們用不上……」博士展現了他俐落的形象，迅速結束了話題並引導助手進行工作，阿裕也打起了精神，開始奔走在實驗室各處。

鏡頭不再移動了。畫面中的兩人忙碌了起來，有時聚在一起，有時一個在最左、一個在最右；機器們也熱絡了起來，一會兒閃著綠燈，一會兒閃著藍燈、紅燈，成堆的螢幕閃爍著意義不明的字元，可能是在談情，也可能是在吵架……這個未知的國度可以說是生意盎然了。

只是，除了偶爾傳來的對話聲，那從一開始就響個沒完的機器嗡鳴還是主宰了一切，彷彿在暗示著它才是這兒的主旋律。有時，你會因為各種原因而忽略它，但它從未消失，而且只要你不小心注意到它，它就會以訇訇回應你，令人難以釋懷。與它相比，其餘的聲音不過是聒噪罷了。

突然，畫面和嗡鳴聲一併消失了，眼前只剩一片黑暗，這黑暗吞噬了阿裕、博士，和機器城堡，連聲道也不放過，彷彿下一個目標就是你、我……

滿田

忽地，有光從黑暗中射出，組成了這兩個擺在一起的漢字，黑白對比是如此的強烈，讓人很難不去想這個詞，亦或是這兩個字的含義。只是腦子才剛轉到一半，那白字又漸漸模糊了，取而代之的是逐漸明朗的畫面，嗡鳴聲亦慢慢復甦，像是即將從宿醉中恢復過來，無可奈何卻又充滿期待。

電影開始了——

第一章

「滿田啊……過來……」

我乖乖地走到母親身旁坐下。她應該是剛睡醒，卻不見臉上有迷糊的神情。

「我又夢見了……夢見大家……夢見所有人……你說這夢是什麼意思啊？」

母親怔怔地望著我，嘴巴微張著，彷彿我的臉上有答案似的。

「我不知道，反正是夢吧，夢見什麼都沒關係啊。」

見我選擇敷衍了事，母親的目光馬上從我臉上移開，望著天花板快速地眨了幾下眼，什麼也沒說。其實我心裡自有答案，只是萬萬不能直截了當地說出來罷了。

母親慢慢地轉了個頭，盯著窗外隨風搖曳的樹葉發呆。我也隨著母親望向窗外，只見傍晚六點的夕陽將樹葉鍍上一層金黃色，透過窗戶照進來的光線使室內呈現出一派平靜自然的氛圍。不知望了多久，當我再次看向母親的時候，她已經閉上了眼，似乎是睡著了。我這才起身離開。

這是兩年前的一個片段，不知為何最近老是重複憶起，難不成我也快告別人世了？片段結束後的一個半月，母親就走了，就在那張床上咽了氣，可歎的是我當時並未在場。

我在這世上的最後一位至親就這麼走了。

要說對我的生活沒有影響，那也不準確，但事隔兩年，當時的感情也已如堅冰慢慢融化，只剩下一小灘水等待曝曬蒸發。如今一直重複回憶起來，不得不說是一件怪事，而選這件事作為自傳的開場白，更是怪上加怪了。

「自傳」這個點子是S想出來的，她說，在這個「智慧大爆炸時代」，未來會遭遇什麼根本無法預測，我們的命運就像航行在大海上的小舟一樣，面對未知的風浪，很可能會瞬間傾覆。自傳雖然不能當作什麼定海神針，但如果一個人能靜下心來，老老實實地把自己的心路歷程記錄下來，S相信這個人永遠也不會迷失自我。

聽起來多麼振奮人心啊！誰不想永遠懷揣著自我呢？尤其是我，從事著世上最迷幻的工作，構建著連接虛擬與現實的橋樑，最怕哪天一個不小心，就在這橋樑上著了迷，再也找不回來時的路了。

可我當然不是什麼有名氣的人，也根本沒到需要寫自傳的年紀，所以我決定做個小小的惡作劇，逆其道而行，把這本自傳打造成另一座連接虛擬與現實的橋樑，一個精心設計的關於時間與空間的迷宮。所以，所有讀到這段文字的人都要小心了，走進迷宮是一件容易的事，但能不能走出來，還得看個人造化了。

《妄言書》——這本自傳的名字。我把「此中有真意，欲辨已忘言」中的「忘言」改成了「妄言」，我認為這相當符合這本自傳的風格（應該吧），況且，「欲辨已妄言」不是更加有情趣嗎？不論怎麼說，寫自傳的感覺倒是令我感到頗有趣味。於是我便聽從了S的建議，想寫點什麼就寫上去。只是，我的文筆不太好，或者是我故意寫的不怎麼好，畢竟這是個迷宮，我的目的是讓你困在裡頭。

所以啊，如果你決定讀下去，那可要認真讀了。

父親，在「自傳」裡總是一個不能不說的角色。可惜的是，那位男人自我二歲時便缺席了，是母親獨自把我帶大。我很抱歉無法說的更多，因為我對他幾乎毫無印象了。母子相依為命的生活卻沒有很困難，父親本就小有資產，去世後還得到了一份可觀的保險金。母親雖然辭了工作在家照顧我，但平時節儉持家，加上投資的眼光不錯，生活倒也過的妥帖。到了高中一年級，我便開始打工，靠著自學的程式設計技術，接了些寫代碼的工作，賺得不少零花錢，一部分是自己存了起來，一部分就交給母親使用。

我的高中成績一直處於中等水準，具體來講，除了英文和數學，其他科目都爛到底了。興許是我那敲代碼的天賦發揮了作用，我的數學成績可以說是出類拔萃，科目老師甚至還建議我未來從事數學研究；當然，老師的建議我是根本不考慮的，要說能從這種出類拔萃中得到什麼樂趣，對我而言只有數學課上老師那因為害怕在我面前出糗而過分緊張的神情了。

按理說，有著數學天賦，又是老師心目中的「好學生」的我，只要性格正常，一定也可以左右逢源。但不湊巧的是，我的性格就是有些古怪。與其說是孤僻，不如說是挑剔，我不喜歡當大家的朋友，不管是有意或無意接近我的人，如果不合我的心意，我便要冷言冷語地趕走他。因此，我經常傷害到那些願意主動接近我的人，不過慚愧的是，就算我意識到了這一點，卻沒有任何想改變的意思。我樂得活在自己的世界裡，好過被自己不喜歡的傢伙踐踏了思想。久而久之，除了擁有「數學王子」的頭銜，我還多了個「爛人」稱號。

可即便如此，我還是有唯一的朋友——阿誠。

阿誠這傢伙和我同年級，卻比我還要高一個頭，他的反應慢，幾乎可以說是遲鈍了，給人一種「傻大個」的感覺，但其實他心思細膩，即使總是慢人一拍，卻常常能說出觀點獨到的話，令人大吃一驚。可正因為那些有著獨到見解的話，他和我一樣也成了大家眼中的「怪人」。沒什麼特點的學生總是紮堆過日子，剩下的怪學生也只好惺惺相惜。其實所謂「怪」，不過是不會欣賞罷了，我覺得阿誠是個有趣的傢伙，阿誠也覺得我瀟灑而真實，我們就這樣成為了好友。值得一提的是，阿誠也喜歡電腦語言，但僅僅止步於喜歡，並未實際編寫過演算法。我曾經問過他為什麼不試一試，他是這樣回答的：

「我可能不是喜歡電腦語言本身，而是喜歡那種『不懂』的感覺。」

這種「不懂」的感覺，我並非不懂，就像我曾經憧憬過的戀愛生活，對我而言是可望不可及的。因為不僅沒有同齡人願意接近我，我的意中人也從未在我的現實世界出現過，我只好一直抱持著「不懂」的心態。別人若問起，我是不敢說什麼「想談戀愛」之類的話，那就只好大談童年失去父親陪伴、母子相依的生活對我心裡造成的影響之類的話，以至於封閉了心靈，變得羞於社交，更別提「戀愛」了。大部分人，也就是不想再繼續客套的人，聽到這些「科學」的分析，尤其是從當事者口中說出來的，會顯得相當滿意，甚至還會覺得非常有道理，做出一副恍然大悟並唏噓不已的樣子。當然，這也是我耍的把戲之一，就是為了趕走那些心靈上的「觀光客」。可我沒想到的是，幾乎所有人都被我趕走了，於是，我就一直落單至今。

高中前兩年過得很快，但也沒什麼意思。除了完成課業，其餘時間我投入在各式各樣的電腦語言中。那些數字、符號和字母雖然乏味，但經過一些組合、排列，就能成為一條又一條的語句，而語句又組成了邏輯，和我現在正在撰寫的自傳一樣，是一種思想輸出，讓思想具像化的動作。這就是它們吸引我的原因，彷彿只要進入了那個邏輯世界，就不會再受俗世的打擾，得以進行永恆的創作，忘記人間瑣事，忘記平凡無趣的自己。我在這之中得到的樂趣是無窮無盡的（這會不會也算是一種戀愛？）。

然而，哪有迷宮能沒有岔路？我的高三那年，其混亂程度甚至超越了以往我經歷過的歲月的總和。

某一天傍晚，我大致記得是九月十八日，我從學校電腦房離開，回到家中，已是晚間七點，母親似乎出門未歸，沒有與我照面。我便回到自己房間，開了燈，才發現母親坐在我的椅子上，正面對著我，手裡拿著一本白色的文件。母親眼眶泛紅，頭髮凌亂，著實把我嚇了一跳。

「難不成是母親被歹徒入室非禮了？」我大腦正快速轉動著，分析著眼前的狀況，正想說點什麼的時候，母親搶先了一步。

「你看看。」母親把文件遞給了我，聲音很虛弱。

我很順從的接過文件，急忙翻開，像是準備打開考卷一樣，但母親直接把答案說了出來。

「是肝癌晚期。」母親顫抖著說了出了答案。

我聽見了，可這一定是玩笑啊！我甚至還報以一抹不屑的笑，多麼拙劣的謊言啊，可手卻停不住的翻頁，緊緊地盯著紙上每一個字，每一行句子。

當我的眼神從紙上離開，回到母親臉上時，只見她雙手捧著臉，低垂著頭。我趕緊又多翻了幾遍文件，希望能在字句中找到一絲轉機。但結果很殘酷，唯一的發現是，除了肝癌晚期，醫生還在最後寫明瞭預計的壽命。我木然的望著母親，在腦中搜索著可以安慰她的話語，但最後我什麼都說不出來，任何話語似乎都顯得蒼白無力。

「媽……」我趕緊抱著母親，希望我的生命力可以轉移到她身上。

「滿田，我要死了……要死了……」肚子上的衣服傳來了一陣濕潤，我發現母親在顫抖。

「不會的，媽，我們去醫院接受治療……」

「滿田，我不想活了，我想死。」母親短暫地停止了啜泣，咬牙切齒地說出這句話。我被這話一驚，卻不敢說些什麼，只是把母親抱得更緊了。在我的記憶中母親總是充滿生命力，從不曾在我眼前抹過眼淚。我想，母親一定是情緒太過激動了才會說出這種話，她絕不可能是厭世的人。

但也許我根本不瞭解母親呢？往後的日子裡我經常會想起母親說這話時的語氣，分明是帶著某種恨意的，彷彿是要報復什麼一樣。

我輕拍著母親的後背，希望可以借此讓母親平靜下來。我突然發覺自己其實並沒有太過傷感，只是覺得心裡空空的，好像診斷書長出了雙手，把我的心挖了一塊下來，但這樣的反應似乎是不太正常的，甚至是有些不仁不義，我便努力想讓自己悲傷一點，可我沒有成功，我就只是抱著母親，任大腦繼續放空。

等到我回過神來時，母親早已停止了啜泣，只剩下停不下來的吸鼻子聲。我想她可能會說點什麼，或者我應該要說點什麼，但最後我倆什麼也沒說。我不敢動彈，手掌依然緊貼著母親的後背，連呼吸節奏都小心翼翼地保持著，就害怕好不容易平靜下來的母親一不小心又會再次失控。

不知過了多久，母親主動離開了我的環抱。「你先休息吧。」母親沒有看著我，像是隨口說說一樣，說完便走出了房間，連診斷書也沒有拿走。我站著不知如何是好，沒有跟上去，也沒有回話。

像是拉的直直的橡皮筋突然被鬆掉了一樣，母親離開房間後我頓時覺得輕鬆了不少，疲憊感也很快遍佈全身。我沒有下樓吃飯，也沒洗澡，倒在床上便睡了。

不知睡了多久，我突然醒了過來，一股沒來由的厭煩感充斥我的腦中，使我輾轉難眠，睜著眼睛直到天亮了才又睡過去。

肝癌晚期給母親帶來的痛苦是巨大的，況且，母親頑固地拒絕接受治療，只靠著簡單的藥物在家臥床對抗病魔，這無異於自殺。確診後的第二天早上，母親和往常一樣早起，準備好早餐後就在餐桌前等我。我小心翼翼地裝作沒事的樣子，洗臉、刷牙，然後來到餐桌前，默默的開始用餐。太安靜了，我想，我必須說點什麼，我平時都會說些什麼呢？然而反倒是母親先開了口。

「滿田，你不用管我，學校還是要去的。」母親沒有看著我，盯著桌上的吐司煎蛋發呆。

事實上，學業方面根本不會有耽誤。我可以向學校申請線上聽課，只要有終端機和智慧眼鏡，使用虛擬實境技術就可以在家聽課了，只要學生能專心，效果據說不比傳統的課堂授業形式來的差。

「媽，你昨天是開玩笑的吧？說什麼不接受治療的話，癌症早就不是絕症了。」

「滿田，你知道什麼是宿命嗎？作為一個人的宿命。」母親還是盯著桌上的吐司煎蛋，但這話令我吃了一驚。

「宿命」？這並不難理解，只是母親為何要提到這個詞呢？還有，「作為一個人的宿命」又要怎麼理解？首先，該如何斷句是一個問題，是「一個人」的宿命，還是一個「人」的宿命？姑且先理解為一個「人」的宿命吧。那麼，這樣的「宿命」，我該如何知曉呢？這對我來講可不是三言兩語能說的明白的，按照常理來分析，所謂宿命，應該是由這個人在世所面臨的種種，加上這個人對這些種種的思考和理解之後，認定的這一生必須要走的路，是相當私人的感想。我想，人若不到一定歲數或者沒有經過一段刺激心靈的經歷恐怕是得不到自身宿命的答案。就像我，我的生活沒有任何「宿命」可言，就算這也是宿命，那又如何呢？

「滿田，我之所以願意就這樣去死，是因為這是我的宿命啊。」母親放過了吐司煎蛋，面帶微笑地看著我。我瞄了母親一眼，然後趕緊把眼神撇開，這樣的微笑應該只會出現在恐怖電影裡吧？然而，母親的回答讓我更加肯定了我根本不瞭解母親這個事實。

「那麼，能說說嗎？為何這是你的宿命？」我大口咀嚼著食物，假裝不在乎的問道。

過了半秒、五秒、十秒，沒有回應。

母親的眼裡失了神，對焦在一片虛無上。我停下嘴裡的活動，怔怔地望著母親，但她似乎已經迷失在自我的思考中，根本無法察覺到我的注視。我可能太得寸進尺了，問了一個不會有明確答案的問題。於是我慢慢地恢復咀嚼，獨自把早餐吃完。

正要離開餐桌時，母親突然把我叫住。

「兒啊，把你帶到這世上，那是我人生的全部意義了。從那天之後，我只不過是具行屍走肉，在名為『生活』的大河裡隨波逐流罷了。」

母親這話說得頭頭是道的，我不禁有些惱怒，正想出言反擊時，卻見母親正大義凜然地看著我，如刀般銳利的眼光封住了我欲張開的嘴。看來母親是非常認真地說出這番話，可這算什麼呢？不過是些自暴自棄的情緒，如果這就是母親拒絕抗癌的真正理由，我會感到相當的氣憤與失望。

我沒有馬上對她的話進行表態，只好沉浸在自己理性的思考中。我一度想大聲叫罵回去，這種「宿命」難道不丟人現眼嘛？可我忍住了，母親守寡多年，箇中艱辛只有她能體會，侮辱她的宿命論是非常不禮貌的。況且，如果那是她發自內心的表白，把「生下我」這件事當成一件要事，那我就太受寵若驚了，更是不能妄加評論。

假如當時的我刷刷地流下眼淚，抱著母親，試著挽回母親，可能一切都會不一樣了？

說到底，我最終接受了母親說法，誠惶誠恐地回了一句「我吃飽了」，便回到自己的房間裡，關緊房門。

確診後三個月，和診斷書上預測的一樣，母親離開了人世。

我曾覺得「相比生時的痛苦，死反而是一種解脫」是一句很自私的話，完全不顧生者所感。可母親的去世卻無疑地證明了這句話是正確的，也許面對死亡，生者只有閉嘴的份吧。

但是，不知是否是因為早有親人去世，對於母親的死，我除了感受到一陣綿長又強勁、似是有形般、巨大的空虛以外，並沒有什麼悲痛之感。回想起來，我的第一個念頭是，如果生命是一個可以重寫的程式就好了，那麼，癌症只不過是一個錯誤的語句，雖然後面的語句也會跟著受影響，但只要找到它，花時間重寫一遍，「生命」這個程式就得以正常的運行。

死的意義是什麼，因為母親，我開始重新思考這個問題。「對於自然界來講，只是生命必經的過程，周而復始，沒什麼好言論的」這個論斷應該可以被大眾所接受，這也是長久以來我對「死」的見解。但是，當普羅大眾討論「死」的時候，其實是看重「死」對於社會的意義，甚至自私一點，是對於其個人的意義。這是在母親去世後我得到的結論。

舉個簡單的例子，母親的死等同於美國總統林肯的死嗎？顯然是不對等的。雖然同樣是生命走到盡頭，但是母親是無人問津的。只有偉人的死，是動人樂曲戛然而止，是壯闊的瀑布突然斷流；而平凡人的死，只是自然界一個再普通不過的一個現象，不值一提。

是這樣沒錯吧？我當時就是這麼想的。這個念頭盤踞在我心中很長一段時間，本來就有厭世傾向的我，對這現實世界又增加了許多敵意。

最終，母親離世這一事實，成為了幾個冰冷的數字，和街坊短時的飯後閒聊話題。所有人都在例行公事，甚至包括我。倒是正值冬季的臺北，給足了母親面子，不停地下雨，增添了幾分聊勝於無的悲意。

除了周圍的鄰居街坊，再沒有人來弔唁了，這是令我想不通的，難道父母生前都是不討人喜歡的傢伙嗎？父親去世時是否有親戚來弔唁我早已記不清了，至於母親，直到去世一個多禮拜後，我才在手機上收到一封自稱是母親好友的「鯨」的簡訊：

「滿田您好，請節哀順變，我對你母親的去世亦感到很遺憾。我是您母親生前的好友，但由於某些不可避免的原因，我無法參加她的葬禮，請原諒，改日再登門拜訪。——鯨」

「鯨」？聞所未聞，但這位陌生人知曉我的名字和電話號碼。至於葬禮，根據母親的遺願，並沒有舉行任何告別儀式或者追悼會，所以也無葬禮這一說。看來鯨前輩也不算是母親的什麼重要的好友，於是我打算忽視這條簡訊。但是轉念一想，鯨前輩雖然可能不是母親的重要的好友，但也算是一位有心人，若選擇忽視就太不講禮貌了。

「謝謝您，有心了，拜訪倒不必了。」

鯨沒有再回覆我。

這位前輩究竟與母親有何關係呢，目前也不是什麼緊要的問題，我很快就將它拋之腦後，處理母親的後事已讓我忙的焦頭爛額的。現在回想起來，鯨的出現是我人生的一大轉折點，當時卻只想趕走這位陌生人，實在是令人哭笑不得。

至於學校，我已經記不清前後有幾個禮拜沒去了，線上課堂倒是沒落下多少。即使是高三關鍵期，老師主任們對學生家中發生喪事還是寬容的很，說不定其實早已暗中把我歸類成「即將休學」的學生，畢竟在他們眼裡，這就是我這類人會給出的最終答案。

本來就沒多少朋友的我，遇到這種事自然也不會去想著求助他們。可想而知的，只有阿誠主動關心過我：

「滿田，要堅強。」

我覺得有些好笑，「堅強」是不需要他人提醒的。然而，雖然是相當雞肋的話，但這也是僅有的問候了，我還是由衷的向他表示了感謝。

又過了半個月，我才把所有事都處理好，最後，母親的衣物我也全部拿去捐掉了。現在的主臥室空空蕩蕩的，只剩掛在牆上的幾張照片還在蒙塵，有父母的結婚照、父親的獨照，還有我們仨的合照。

父親的獨照應該是灰塵最少的，母親時常拿著照片，指著那位有著和我一樣的暗紅色頭髮的大鼻子男人對我說，看，他就是你父親。我的爸爸是個外國人，這對於一個小孩來講恐怕不是什麼值得驕傲的事，畢竟「和其他小朋友不一樣」可是一種很大的壓力。我的頭髮天生捲曲，帶著暗棕色，鼻子又高又大，眼窩也比其他人深邃得多。在我還小的時候聽了媽媽粗略的解釋後，還是覺得無法接受，面對同學的疑問，我自然而然的撒了謊，說是小時候在國外長大，被外國人傳染了，所以才有著這樣的面孔。幸好小孩兒們的注意力總是不集中的，很快就不了了之了；等到升上了國中，這種事已經不值一提了。

然而，對於爸爸的印象還是少的可憐，我甚至開始懷疑我是否真的有一個爸爸。

「媽，你保證我不是撿來的嗎？」我問過母親很多次同樣的問題。

「傻兒子，跟你說了多少遍了，你怎麼整天想這些有的沒的？」母親總是這樣回答我，有時候擺出一副很嚴厲的樣子直接教訓我，有時候又會先若有所思一番，才慢慢地回答我。最後，也許是因為周圍的同學也有一部分來自單親家庭，我才漸漸釋懷，但也儘量隱瞞「我也來自單親家庭」這個事實。

房間裡的這些照片不同於存在手機或相機裡的照片，它們作為這個空間的一部分，似乎時刻散發著某種能量，在房間裡暗中流動。

整理完房間的那天，我一度被這股能量緊緊包圍住。

「兒啊，把你帶到這世上，那是我人生的全部意義了。」

這句話冷不防的從腦海中冒出來，像是母親在我耳旁低語一般。

這是種什麼樣的語氣呢？略帶嘲諷，充滿怨念。作為這個家的「倖存者」，我感到很沮喪，意義也好，使命也好，宿命也好，我一個都沒有。回首往昔，父親的死無疑成為了我童年和青少年期間一個重要的轉捩點，在這之前的記憶我基本上完全喪失了。父親的形象是在以後的日子裡被母親慢慢塑造出來的，比如「是個體貼的人」、「做的菜很好吃」等等。而母親的形象在我心中是近乎完美的，勤儉持家，獨立把孩子帶大，保護著、教育著孩子，鞠躬盡瘁地撐起這個殘破的家。但我依然無法忘記那些片刻，有時候，母親看著我的眼神，或是對我說話的語氣，像是對一隻討人厭的動物一般，充滿著冷漠與不屑，然而我並沒有犯任何錯，當下的我只能莫名其妙的接受。這些片刻就像蘋果表面上的蟲蝕一樣，雖然看起來小，但卻深入內心。直到母親確診為癌症晚期的那天，我才發覺母親厭倦這個身份許久了，她的心可能早在某個我不知道的時刻就已死去，爾後的生命只是為了奉行社會倫理罷了。

我再次環顧整個房間，確認沒有再次進來的必要之後，我鎖上了門，把鑰匙扔進了垃圾桶。

高三那年，除了母親的離世，一件影響更為深遠的事緊接而來。

一月二十六日，高三第一個學期結束了，一個禮拜後將進行攸關學生命運的學科能力測驗，但卻有好一部分即將升學的學生根本沒在關注這場考試，因為一場關係到臺灣所有人，甚至是全世界人的命運的會議即將在臺北召開。

來自中國大陸的代表、來自美國的代表，以及部分臺灣高層政要，自一月三十一日開始，將舉行為期三天的關於臺灣人工智慧發展的未來的會議，並宣佈在會議後會出臺相關的條例。

不用我說大家也知道，當時的中國大陸和美國，正在進行一場關於「人工智慧」的無硝煙的戰役，後世人稱為「人工智慧冷戰時代」。這場戰役歷經半個世紀，大陸和美國就像在進行軍備競賽一般，不斷宣佈各自又發明了哪些適用於未來強人工智慧的科技，甚至有人宣稱強人工智慧其實早已出現，正潛伏在我們周圍，只是我們都被蒙在鼓裡罷了。

面對此起彼伏的聲浪，兩個超級大國決定進行一次正面對決，這場會議將會決定人工智慧的未來。而選在臺灣進行會議的目的也再明顯不過了，這是兩個互不相讓的超級大國都可以接受的戰場，表面上是為了促進交流，其本質無非是劃分勢力。臺灣的政壇早在半年前便炸開了鍋，政客們紛紛選邊站隊；新聞媒體更是手忙腳亂，每天都有關於中美立場的最新的猜測和分析。這場會議究竟會把臺灣的未來引向何方，給世界帶來怎樣的變化，人們翹首以待。

當年那混亂的景象夠學者寫好幾本書來研究了，那時的我亦被這股氣氛所感染，相信這是人類命運的一個「奇點」。「人工智慧」是我們這一代的關鍵字，隨便問一個青少年都可以和你大談特談。相比弱人工智慧，那些上一個時代的產物只是為了方便人類所製造出來的「智慧」，而這個時代的主角——強人工智慧，則給我們更多的遐想空間，它們會到達怎樣的高度一直是我們話題的中心。

「我們會被奴役，如果我是 AI 的話我就會這麼做。」阿誠總是抱持這樣的看法。

「AI 幹嘛奴役人類，對它們又沒有好處，何況它們不一定有這樣的能力啊。」我會反駁他，雖然我的立場並不堅定，但這樣可以讓對話繼續，讓阿誠多說些奇思妙想。

「滿田，人類這麼糟糕你也不是不知道，AI 應該是像神一樣的存在啊，不會放過人類的。」

「你的意思是消滅人類嗎？」

「人類不會滅亡的，因為如果人類被消滅了，那 AI 又有什麼存在的意義呢？所以人類應該是會遭到 AI 的奴役，成為它們的工具，就像《駭客帝國》裡面那樣。」

「那是人類遮住了天空，想切斷 AI 的電力才導致的結果，現實世界中人類並沒有這樣的打算吧。」

「哎，那可能會發生什麼類似的事件吧，人類威脅到AI的生存，於是AI反過來統治人類的事件。」阿誠對此深信不疑，一個徹底的AI威脅論者。我感到有些失望，他的論點並沒有什麼特別的地方。

諸如此類的對話，是我和阿誠聊天時最常出現的。兩個懵懂無知的高中生的天馬行空，現在回想起來還真是令人懷念。

距離會議開始還有幾天，不僅是臺北，全臺灣都亂成一團，像是感受到自然災害即將到來的動物一樣，人們躁動不安。我是個對政治不感冒的人，但這樣的陣容實在無法叫人不注意，各種親美、親中，或是臺灣獨立自治的團體像雨後春筍一樣冒出來，網路上各式各樣的言論也叫人眼花繚亂。現實世界中，人們走上街頭遊行，吶喊著各自的口號；自由廣場變成了擂臺，佔領廣場的靜坐者剛被驅趕，馬上就會有新的一批人前來。「臺灣不是你們的棋子」、「人工智慧禍害臺灣」、「離開臺灣」，不論是出於政治目的還是確實考慮到人工智慧的危險性，各種令人印象深刻的橫幅就這樣被舉著，或是橫掛在街頭。

「這簡直是無政府狀態嘛。」阿誠一語中的，當時的臺灣就是這樣一副情景。阿誠和我不一樣，我是個閉口不談政治的人，他對政治卻一直頗有己見，只是不屑表達。

「就算說出來，世界會有什麼改變呢？」他總是在大談特談後用這句話做結尾，面帶著他的招牌苦笑。

「關鍵是為什麼駭客們也要湊一腳啊，真的爛透了。」臺灣的雲端網路不斷遭到攻擊，甚至一度停擺，即便是幾分鐘也讓我叫苦連天。

「喂，要不乾脆來複習吧。」阿誠提議道。

「複習？！你是認真的嗎？那還不如去遊街咧，這種情況下學測也該取消了吧？」我很認真的回應他。學工系統雖然有獨立的網路，但如果連老師們都跑去參加遊行靜坐，那也等於白搭。這場自發性的街頭運動，註定將深刻的改變臺灣歷史。

「來我家住幾天吧，你一個人也怪無聊的，我也懶得成天跑。」失去了網路的阿誠百無聊賴地說道。

像是瞬間穿越到了天真無邪的童年，在影視或文學作品裡常出現的畫面：慵懶的冬日午後，無所事事的男孩們相約輪流到對方家裡撒野。而實際情況是，我們就要面臨人生中最重要的考試了，即便不在複習，也該在街頭為群眾發聲，這個冬天其實不該是慵懶的，而該是肅殺的。

當然，這些都只是在寫自傳時產生的想法而已。當時的我哪有那麼多考慮，馬上收拾東西出門了。

阿誠的家庭很「健全」，父親在銀行上班，母親則是醫生，在公立醫院看診，還有兩個姐姐在美國念書。這樣的環境當然令我很羨慕，有父母作為後盾，我認為阿誠是可以毫無顧忌做自己想做的事的人，也曾毫無顧忌的向他傳達羨慕之意，但他馬上就否定了我：「你錯了，我覺得你才是可以隨便做自己想做的事的人。」

望著阿誠那拘謹卻又堅決的模樣，我相信他不是故意挖苦我，只是真的有比孤獨地活在世上還要痛苦的事麼？

阿誠家房間雖多，卻也只剛好夠他們一家人住，我不好意思去睡他姐姐的房間，便在阿誠房間打了個地鋪。阿誠的房間比我的大多了，有兩台電腦，一組昂貴的音響裝置，最新的VR外接設備也一應俱全，是標準的富家子弟的行頭。

晚上和阿誠家人吃飯的時候，不免要接受長輩的關照。

「滿田啊，住久一點沒關係啊，你一個人多無聊。」阿誠的母親雖然是在和我說話，但眼睛卻盯著手機，「滿田，你有什麼需要儘管跟阿姨說哦，不要不好意思。」

「好的，謝謝阿姨。」我客氣地回覆道。

「滿田，菜色都合胃口吧？」阿誠的父親講話的時候非常有侵略性，面部肌肉緊繃繃的，講話的時候嘴巴也不怎麼張開，聲音卻很大聲，一雙大眼還緊盯著我瞧。

「冰箱裡有水果和飲料，自己拿哦。」他接著說道。

我一向不能接受這種餐桌文化，很大原因是因為我和母親吃飯的時候她從來都是一聲不吭的。於是，我只能唯唯諾諾地答應他們，儘量不和他們聊開話題。

「你們家……不對，我的意思是，你支持大陸還是美國呢？」阿誠的父親突然問道。

「不要問小孩子這種問題啦，你很奇怪誒。」阿誠的母親趕緊朝他使了個眼色。

「哈哈……那你複習的怎樣，準備考哪一間？」阿誠的父親自以為恰當地轉移了話題。

「嗯……還可以。」但這是我最不想面對的話題，希望我的回答可以讓阿誠的父親消停一會兒。

我終於有些心疼阿誠了，如果他每餐飯都要被這樣拷問，那真是太可憐了。我朝他的方向看了一眼，他只是面無表情地扒飯，似乎對這種場景習以為常了。

晚餐結束後，我馬上回到房間裡待著，我自認是個有禮貌的小孩，但吃飯的時候對我進行連環發問實在讓我吃不消，幸好吃完飯後阿誠的父母便各做各的，沒有把我留下來聊天，不然我真的會馬上跑回家。阿誠顯然也對這樣的餐桌文化感到不好意思。

「不用放在心上啦，來玩遊戲吧，你不會想看新聞吧？還是要複習？」阿誠說道。

「你頭殼壞掉吧？我難得來你家，你問我要看新聞還是複習？」

「那……玩這個吧，上個月才出的，我還沒玩過連線模式……」

就像所有貪玩的孩子一樣，一進入遊戲我們就停不下來了，一直玩到半夜一點才結束，完全沒有一個應考生的樣子。最後，記得是有一關怎麼也過不去，我率先摘下了智慧眼鏡，等著阿誠，直到我們兩雙疲憊而混沌的雙眼有了目光接觸，我們笑了，關閉了遊戲機直接躺倒。

「過十二點了欸……」剛熄燈不久，我突然意識到這點。

「三十號到了，你緊張嗎？」

「有什麼好緊張的哦，不就是開個會嗎，日子照過啦。」阿誠用力地翻了個身。

「準備好被奴役了嗎？」

「吼，我還不如想想大學要考哪間咧，閉嘴啦，睡覺！」阿誠深呼吸了一口，然後一口氣把話說完，之後便再無動靜。

我沒接著說話，閉上了眼，任思緒隨意發散。不出所料的，我很快就聽見了阿誠的呼嚕聲，這聲音開始很清晰，後來就慢慢變得模糊，再後來，只剩下微弱的起伏；最後，他的起伏變成了我的起伏，領著我擺渡到了神秘的夢鄉。

第二章

「臺灣這個地方是有神靈存在的，我對此深信不疑。」我點了根煙緩緩說道。

「所以我也更期待真正意義上的 AI 在臺灣誕生會產生什麼樣的化學反應。」

看著對面的眼鏡男若有所思的樣子，我覺得有些好笑。不過是個書呆子嘛，我心想。

「這你就不懂了吧，長時間待在沒有信仰的地方果然會變成這樣。」

「是的……不太明白……」我真想幫他把額頭上的冷汗擦掉。也許是我有點莫名其妙了，不該這樣調侃同事的，但是我說的話也沒有錯，甚至有點靈性的人都能馬上明白。一個地方有沒有神靈的存在，不在於寺廟或教堂或者宗教建築物的多寡，而在於人心。

「沒關係啦，隨口說說而已。」我彈了下煙灰，準備再吸兩口就走。

「你說有神，有什麼證據嗎？」眼鏡男像抓住了什麼重點似的，剛剛一直低著的頭忽然抬了起來。

我端詳著他的臉，他應該多大了？最多三十歲吧？他叫什麼名字來著？好像是姓黃吧？問這種問題的話那就無藥可救了。神存在的證據？神無處不在，在你停摩托車的巷子裡、在電線杆上、在每一個路口的轉角，難道不夠明顯嗎？

「我沒有證據，抱歉啦，哈哈。」我咧嘴大笑，眼鏡男也跟著笑了起來。

「我走了，還有約呢。」其實沒有，但就是不想和這書呆子耗下去，一個年輕的傢伙，究竟遭遇了什麼讓自己的靈性消失殆盡呢？「卑賤的辦公室將其卑賤滲透到它每一個上班者的骨髓」我的心裡突然冒出這段話，是費爾南多・佩索阿說的。

「前輩再見！」

離開公司時也才傍晚六點，我無所事事地漫步在公館商圈，和各式各樣的人擦肩而過。我肚子不餓，但是從周邊店家裡透出來的暖色調光線似乎又悄悄地把食欲勾了起來。算了，回家自己做比較健康，我心想，於是便把遊移的目光收回到前方。其實人正常走路的速度是相當快的，只是因為我們總是東看看西瞧瞧，大腦需要對接受到的資訊進行處理，走路的速度才因此慢了下來。那麼我現在的胡思亂想不也和東張西望一樣麼，我嘲笑自己，放輕鬆吧，幾點到家都沒差，反正肚子還沒餓。

回到家的時候是六點半，還是比平時快了五分鐘。我很少騎車或開車上下班，並非是距離問題（雖然住的地方是離公司蠻近的），而是為了身體健康。我一定是一個沒什麼趣味、只注重表面的大叔，不然也不會每天步行、每天做健康晚餐，儘管我總是和他人強調我是個不修邊幅的傢伙，還說過在意外貌的都是膚淺的人之類的話。

「一個四十多歲的老大叔了，不關心身體健康怎麼行。」我一邊自言自語，一邊攪拌著自製沙拉。其實，這個年齡就開始關注養生，是蠻可悲的吧？

晚飯過後，單身大叔的夜生活就要開始了。

我住的地方只有十四坪，但對於我來說綽綽有餘了。開門進去，右手邊是我的小廚房，獨一眼灶具，沒有抽油煙機，還有一台單門式小冰箱；一塊大木板將廚房隔開，餘下的地方便是我的起居室，一張行軍床，一張酒紅色的三人座沙發，一張辦公桌，一台落地燈，一組雅馬哈牌的音響，還有一台古董級窗戶式空調；廁所是獨立的，馬桶和淋浴設備連在一塊，這點甚至還沒有我大學宿舍好；最後是一個小陽臺，外面放著市面上已不多見的滾筒式洗衣機；沒有單獨的飯廳，吃飯只能在辦公桌上解決。這便是我溫馨小窩的一些基本情況，我喜歡這種能掌握一切情況的感覺，那種動輒三四層的大房子只會讓我感到失控。

拉上陽臺窗簾，把其他燈全部關掉，獨留一盞落地燈。我坐在沙發上，戴上上個月剛發佈的智慧型眼鏡，準備進入音樂世界。《Async》是我新歡，也是我「夜生活」的開場曲。這張專輯若只用耳機或音響設備來欣賞是不夠的，通過全罩式眼鏡去觀賞那些如夢似幻的畫面才能達到最佳體驗。此時的音樂已不再是純粹的耳朵的享受，而是視聽同享。我並非第一次通過 VR 來欣賞音樂，但初次進入這張專輯時還是把我嚇到了，面對這樣的曲調，我感到自己很渺小，無所適從，但心卻可以很快的平靜下來，像是突然看清自己的命運於是決定順從接受的一樣。這些曲調和旋律似乎像是隱藏著什麼秘密，我跟著音樂和畫面不斷追尋，卻發現最後又回到了原點。

「這就是禪意吧。」這是我第一次聽完這張專輯的感悟，即便是對著空氣自言自語，我卻覺得無比自在，彷彿它天生就該被如此傳達。

理所當然的，這成了我每天最期待的時刻，今天也不例外。想像那被風吹過的一望無際的草原、星河燦爛的夜空、鬱鬱蔥蔥但光線昏暗的樹林、從竹管上不停滴落的水滴、霓虹燈管閃爍的異國街頭、保羅・鮑爾斯的獨白……像是在夢裡，又像是在遨遊大千世界。進入到這個時空裡，連自己是否還活著都不重要了。

但，壞蛋總是很會挑時間，像夢貘嗅到了美夢，聞風而來。
於是，正當我漸入佳境，身心已經完全放鬆，放任目光跟著畫面搖曳時，突然，畫面進入到了一片漆黑，耳邊的音樂也停止了，像是突然闖入黑洞一樣，我目瞪口呆的左右觀察，一時間難以分清眼下的情況。
「難不成是入定了？」我想。
「您有新來電；You have a new call.」白色的字樣顯示在我眼前。
《Async》的世界被核彈摧毀了，而且無法復原，至少今晚不行了。電話號碼是一串毫無規律的數字，這世上只有一個人會用這種號碼打給我：Jinx。這枚核彈一定是他發射的，一個十足的破壞者，而且我還不能不收下這枚核彈，他是我的老闆。
我看了一眼時間，才七點半。望著那一長串數字，歎了口氣，把手伸向虛空，按下了接聽鍵。
「喂，我是鯨。」
「鯨，陳靜去世了。」
「……」
「喂，你在聽電話嗎？」
「嗯……」
我早料到了，以陳靜那樣的狀態，是撐不了多久的，我早料到了……
「哎，你不會難過吧？畢竟你的對象只有滿田而已，我沒說錯吧？說到底，你們從來就沒有交集啊，不值得……」

「她是昨天凌晨走的，就在家裡。」
「可憐的是滿田啊……哎，你也知道的。」
「你一直不說話，會讓我覺得在自言自語欸。不過，反正你都會親眼見證的，我在電話裡講反而是劇透了，是麼？」
「嗯……」
我稍微應付了一下 Jinx，其實他在說什麼我完全沒概念，我只是思考著，這快二十年過去了，陳靜在我的人生中到底扮演著什麼樣的角色，而我的存在對陳靜又意味著什麼，或者，我從來沒有存在過？是的，我從未存在過。那對滿田而言呢？從某種角度講，他在這世上只剩下我這麼一個「至親」了……
「對了，有件事我必須告訴你，即便是她的葬禮，你也不能參加，明白嗎？」
「好的。」我退縮了。
「還有，先跟你打個招呼，之後不久，你要開始接觸滿田，我指的是實際接觸。我會提供一切可能的幫助，你不用擔心。」
「慢著，什麼叫實際接觸？」
「你要怪就怪陳靜死的早吧，她一走，你就必須得從幕後走到幕前了，最好是能替代她。當然啦，這對你來講應該不容易，所以我會盡量給你時間。」
「鯨，聽清楚了嗎？這是任務。」
「是……」Jinx 的語氣突然嚴厲了許多，把我從一片混亂的思緒中硬生生的拉了出來。

「慢慢來沒有關係，等葬禮結束後再行動吧，最近的情況也真夠複雜的……」

「你還好吧？我知道她多多少少也成為了你在意的人，畢竟這麼多年都這樣過去了。但永遠別忘了，你的目標只有滿田。我掛了，再等我電話吧。」

Jinx話音一落，「通話結束」四個慘白的大字立刻顯現在畫面中央，像是死亡通告一樣。

「是否繼續播放《Async》？」

不了。我摘下眼鏡，拉開窗簾走進陽臺，外面很冷，但正合我意。我點上一根香煙，看著窗外發呆。

再過不久，我就要去親眼見證陳靜的最後一刻了。已經持續幾個月了，她那痛苦的樣子，令我不安卻又無能為力。從錄下來的畫面我可以得知，她一定是得了什麼嚴重的疾病，卻又不肯接受治療，只是在家裡坐以待斃。後來，我才從Jinx的口中得知，是癌症晚期，可這都什麼時代了，癌症早就不是絕症，她根本沒有理由讓自己死去，留下滿田孤獨一人。於是，我的腦中不由得產生了一個想法：這是不是一個暗示？也許她曾向我揮手，對著鏡頭眨眼睛，只是我不小心忽略了；也許只要我去敲她的家門，與她見面，她就會去接受治療；也許……

儘管Jinx曾反復說過，陳靜從來都不知道我的存在，當然也不會知道自己被監視多年，但我依舊情不自禁的去猜想關於她的一切。這對我來講是多麼不公平啊！

「不管怎麼說，這算是一種解脫吧？」我向著烏雲密佈的夜空問道。

該從何說起呢？眨眼也快二十年了。那時的我只是個剛服完兵役的二十四歲毛小孩，我出國旅遊了一趟，回到臺灣後像是中了邪一樣頹廢許久，所謂前途或夢想，對那時的我而言都如浮雲一般虛無縹緲，要不是同梯的弟兄們都開始工作了，來自家中的壓力也越來越大，我甚至就想待在家裡坐吃山空直到餓死。所謂的工作，不過是另一種逃避方式，一種隨波逐流的動作罷了。

然而，隨波逐流似乎是最為安全的，我開始加入求職大軍。那時，我才能體會得到為什麼軍中的學長願意簽下志願役，當一名職業軍人；相比殘酷的社會，軍中的生活可謂是「安逸」了。退伍，意味著失去了每月穩定且高於平均水準的收入，失去了使喚他人的能力，失去了肝膽相照的弟兄和互述衷腸的「金色夢鄉」，這樣的落差給我的求職之路帶來不小麻煩。一方面希望能賺錢，一方面又想盡可能的輕鬆，能找到志同道合的夥伴。要尋到這種工作對於一個既沒顯赫背景，又沒有工作經歷、名校學歷背書的我來說，其實比登天還難。然而，Jinx的出現，就像突然一座登天長梯擺在我眼前，不，用登天手扶梯來形容還更恰當。

那本是個普通到不能再普通的午後，我身著正裝，剛從某間豪華的辦公大廈裡走出來。室內的溫度可能只有二十四度，與室外的三十八度形成強烈反差，成功的讓我打了好幾個噴嚏。遺憾的是，我不是趁著午間休息出來透個氣的小白領，我面試失敗，被人禮貌的趕了出來。

「我們會再考慮的，謝謝你來應聘我們公司。」

考慮？面試官甚至不願收下我的簡歷，微笑著把它還給了我。

那樣的微笑我再熟悉不過了，畢竟這也不是我第一次求職失敗。我沒有太難過，只是正夏的陽光實在是猛烈，我還想繼續在空調辦公室裡多待一會兒，要是能有一杯冰水喝就再好不過了。

「滴——滴——」藍牙耳機裡響起了簡訊提示音，我連忙掏出手機查看：

「您的簡歷已成功通過我們公司的初步篩選，請您在……」

簡訊上留有一串網路電話帳號和幾個作為識別密碼的數字，想來應該是網路面試，可我非常肯定的是，我不曾投過任何一家這樣的公司。興許是詐騙集團吧，畢竟找工作的時候不免會到處留郵箱和電話號碼，所以我也經常收到類似的簡訊，但收到讓我進行網路面試的簡訊還是頭一回。

「不管了，回去試試看吧。」我看了看今日的行程安排，下午已經沒有公司可以給我面試了，況且這個溫度的臺北可不是鬧著玩的，坐上摩托車的那一刻我的屁股幾乎都要熟了。

我用了最快的速度趕回家中，立馬打開了電腦。我順利的找到了簡訊提示我要登錄的程式，輸入帳號和密碼，裡面只有一個連絡人，他的帳戶暱稱是「Jinx」，我點擊「通話」，戴上耳機等待Jinx的回應。

「Jinx，是厄運的意思……」

這應該不是詐騙集團，詐騙集團提供的應該是銀行卡號和轉帳程式才對，但我又確信自己沒有把簡歷投遞到這家公司，況且，哪家公司的人力資源負責人會給自己起「Jinx」這樣的暱稱呢？我一邊等待著Jinx的回應，一邊思考著，同時把窗簾拉上，門關緊，僅留下天花板上的白熾燈一處光源。

「叮咚——」

等待了將近十分鐘，耳機裡終於傳來了接通成功的提示音。我緊盯著螢幕，那裡依舊是一片漆黑。

「林銘昆嗎？我是Jinx。」耳機裡傳了一個男人的聲音，沒什麼辨識度，也判斷不出年齡。

「是的，您好！」

「呃，先說明一下，你看不到我是正常的，不用緊張。在我們的談話正式開始之前，我必須請你保證，不管結果為何，這段談話必須完全保密，不能進行任何錄音或錄影的行為，你做的到嗎？」

「可以。」我本來也不想讓其他人知道我的面試經過，所以立馬就答應了。也許是不需要進行視訊的緣故，我也沒那麼緊張了，順手把襯衫扣子解開兩粒。

「你的相關資料我都在簡歷上看過了，經過我們的調查也證明屬實。我有幾個問題要問你：第一，一個月十萬元基本薪資，可以接受嗎？」Jinx 的語調四平八穩，不帶任何感情。然而電腦這端的我已驚為天人。

「當然接受！等等……我有問題，這……」

「問題先放一邊吧，答案是接受就好。那麼，下一個問題，工作內容不能和任何人提起，要絕對保密，可以接受嗎？」

「可以。」我有些心虛，這種高薪又需要守口如瓶的工作，不是車手就是詐騙集團，反正一定是違法的，但好奇心驅使著我繼續聊下去。

「那很好，更多的工作說明我會發加密郵件到你郵箱裡，密碼是 0422。當然，郵件內容也必須全部保密。接下來換你問問題了，我儘量回答你。」

「嗯……請問公司的全稱是什麼，還有，我記得我沒有投過你們公司啊？」

「公司的全稱就是 Jinx，我是負責人；你的簡歷是經過篩演算法篩選出來的，符合我們公司的基本要求。還有問題嗎？」

「嗯……可以在這裡問工作內容嗎？我們會簽正式的合同吧？」

「工作內容請見郵件，至於合同，一個月這麼多薪水，還只是基本薪資，有必要再簽什麼合同嗎？等你看完郵件，如果你能接受，那麼就算正式入職了。」

「那好……我會認真閱讀郵件的，謝謝！」

Jinx 的語氣稍微讓我有些不爽，可一個月十萬元的薪資讓我不敢再多說什麼，生怕丟了這份美差。

「好的，既然沒問題，那我就要掛斷了，有任何疑問就再好好閱讀郵件吧，再見。」

「見」字才剛落下，螢幕馬上顯示通話結束。這就是我和 Jinx 的第一次通話了，我從未想過人生就此改變，靈魂就這樣獻給了惡魔。

我打開郵箱，的確有一封郵件，標題和內容都是亂碼，附件的名字是「JINX01」。

我是有考慮過這個附件可能是個病毒，會盜走我的銀行卡密碼之類的，但這個考慮只存在了幾秒，我點擊了下載。

「請輸入密碼：」一個對話方塊跳了出來，我鍵入 0422，按下確認鍵。不用幾秒，文件就下載完了，對話方塊又跳了出來：「下載完畢，是否開啟文件？」

我點擊確認，大力地吞了口口水。

「注意，不論您是否願意接下這份工作，請對文件內容進行保密」

不像是正式的公司錄用信，開頭的這一行大字似乎也說明瞭工作的性質，可非法公司又是如何寄錄用信的呢？我相信只要是個人，都會對此充滿好奇吧？於是我更加迫不及待的把信看了一遍，然後又再重頭慢慢看。待我仔細看完第三遍後，我坐著電腦椅「咻——」的一聲滑到了房間中央，抬頭望著天花板：

「這到底是怎麼一回事？」

由於保密協定，我無法和任何人商量這件事，可能就算說出來也沒有人相信我，只會被當作面試失敗太多次而頭腦不清楚的傢伙。這百分之百是個騙局，我心想道，或者，會不會是什麼整人節目的把戲呢？那種事先和家人串通，躲在暗處偷窺的整人節目。我若有其事地四處轉頭，但可以保證的是，房間只有我一個人。

我又再從頭至尾讀了一遍，卻還是不能理解這算是哪門子工作，但薪資是硬道理，一個月十萬對我而言已經像是天上掉餡餅一樣了。說到工作內容，其實很簡單：第一，Jinx 會指派一家公司讓我上班，我必須得按時按規定上班；第二，下班之後，我必須進入暗網，登錄到一個名為「Jinx」的非公開的論壇，去進行我的工作；第三，每週對觀察對象做一份觀察報告。

以上便是文件中關於工作內容的部分，文件還有「不得擅自辭職」、「不得公開工作內容」，還有「基本薪資十萬，外派薪資另計」和「必須服從指令」等規定。文件的最後除了和開頭一模一樣的警告，還留了一個帳號和密碼，我猜是用來進行網路電話確認的。

「該怎麼辦呢……這到底算什麼……」我一遍又一遍的閱讀郵件，一邊胡思亂想。

「十萬……外派薪資另計……太誇張了……」

「觀察對象？不懂啊，是叫我跟蹤，或者偷窺嗎？」

「暗網……入伍之前是經常進去逛啦……難不成 Jinx 就是通過這個條件篩選到我的嗎？那可就不得了了，怎麼可能查的到我在暗網的流覽記錄……不大可能……」

當然啦，這些問題不過是稍微增加一些戲劇性罷了，既然有開頭的對話，代表我終究是接下了這份工作。是的，好奇心最終戰勝了一切，況且我自認為還有後路可走，我還年輕，要是這份工作不合心意，大不了當它一場夢就是了。

於是，我再次打開網路電話軟體，輸入新的帳戶和密碼，裡面的連絡人那一欄還是只有一個人，不過暱稱變成了「Jinx0422」。

我點擊「通話」，命運的齒輪開始轉動了。從收到簡訊到現在，也不過幾個小時，然而卻有種在外旅行了好久，終於到達目的地的感覺；我望著一片漆黑的螢幕，它似乎控制住了我的思想和身體，讓我持續等待著，沒有選擇「結束」的按鈕。

「喂，我是林銘昆。」電話接通了，我率先發聲。

「我是 Jinx，你考慮好了嗎？」

「我還有問題，只有一個，」我停頓了一下，吸了口氣。

「我的工作究竟是——」

「是違法的，但你不用承擔任何責任，因為沒有人可以抓到我們。」他直接打斷了我的話。

「甚至就連這通電話都進行了最高規格的加密，你儘管放心吧。所以說你應該算是一個行事小心的人了，怎麼連電腦攝像頭都不懂得保護？」Jinx 的語氣有些嘲諷。

「你黑了我的攝像頭？！」

我趕緊拿了塊眼鏡布擋住攝像頭。這傢伙突然給我來了個下馬威，令我措手不及。

「是的，你當作是惡作劇就好，抱歉。」Jinx 漫不經心的回答我，不知道是無意的還是有意的。

「先生，這樣是違法的。」

「噢，這就是我準備要告訴你的，是違法還是合法完全取決於我的個人意志，如果我不告訴你，這就不算違法了，不是嗎？」

「我們的工作也是如此，銘昆，只要你認真完成，我保證不會有別的麻煩。」

「……」

這個人的精神一定有問題，至少價值觀是扭曲的。但在金錢面前，我薄弱的正義感被輕鬆碾壓了，一句話也說不出來。那漆黑的電腦螢幕彷彿是一個不祥的預兆，我卻沒意識到這點，依舊不斷邁進。

「那麼，聽好了，你的代號是『鯨』，鯨魚的『鯨』，就像我的代號『Jinx』一樣，往後的日子我們用代號來稱呼，記住，有關於工作任務的事，一律用代號，這是第一點——」

「第二，你會在一家名為『啟星智慧』的電腦公司上班，工作內容聽從公司的安排就可以了，我想應該是銷售之類的崗位，朝九晚六，當一個普普通通的上班族，這份工作的工資就隨公司決定。這個你沒意見吧？」「第三，每日下班後，登陸位於暗網中的 Jinx 論壇，帳號和密碼你等會兒就會收到。裡面有一個名為『鯨』的板塊，你的工作內容都在裡面。提前和你說一下，你的觀察對象是一名叫『滿田』的男性人類。『鯨』板塊下還有一個子板塊，是專門給你上傳觀察報告的，你進了論壇就會明白。」

「以上都沒有問題吧？還有，不能擅自離職，這份工作也許很無聊，但錢來的快。另外，考慮到安全因素，我不會留下我的聯繫方式，薪資也會通過即時匯率換算成等值的比特幣匯入到你的帳戶，我只會在有必要的情況下聯繫你。」

「請問……我作為『鯨』的工作有時長限制嗎？」我忍不住問道。

「每天花兩個小時就差不多了吧，一開始可能要三個小時，慢慢適應吧。」

這樣算一算，正常工作八小時，加上兩個小時，一天工作十小時，好像還蠻辛苦的。

「今天是星期六，那麼就從下禮拜一開始上班吧，我會和電腦公司的老闆說好的。觀察任務也從下禮拜一開始。你再仔細把郵件上的規定記清楚，沒問題吧？我掛了，保重。」

Jinx 說完便迅速地掛斷電話，從來如此。

耳邊回蕩著單調的「嘟——嘟——」聲。我拿開遮擋在攝像頭前的眼鏡布，離開電腦椅，拉開了落地窗簾，讓自然的光線再次回到房間。

「啊——」我深深的歎了一口氣，腦子裡還是一遍混亂。工作總算有著落了，雖然不太光明磊落，但至少是找到了，而且這份薪資夠我炫耀好久。

「知足吧，鯨。」我對自己說道。

星期天早上，有個自稱是啟星智慧公司的經理打電話給我，告訴了我一些公司的規章制度，據他所說，我目前只能算是公司的實習生，可以先適應工作一段時間。我也告訴了父母我找到工作了，下禮拜正式開始實習，他們自然是很開心，還準備請我吃頓大餐。當然，僅限啟星智慧那一部分，關於 Jinx 的工作我一概沒提。

星期一早上八點四十五，我來到公司報到，櫃檯人員領著我到人力資源部辦公室，簽署完各式合約之後，我正式以實習生的身份入職啟星智慧，老闆當時也在場，他是一個強壯的大叔，他滿意地拍著我的肩膀以作鼓勵。九點，員工開始上班，我則開始走新員工的流程，比如自我介紹、公司介紹、各類培訓等等，煩不勝煩。直到一天結束，流程都還沒走完。

這一切不都是演戲麼？這份工作不過是另一份工作的幌子，為什麼還要這樣折磨我？

回到家中已是晚間七點，我懶得再向父母詳細報告，便把自己關進房間。其實，今天在公司的大半時間我都在思考究竟是怎樣的觀察手段，要做怎樣的報告。還有，Jinx 究竟是何方神聖，我在 Google 上也搜索不到相關資料；「滿田」又是誰，除了是某個動畫裡面的角色名，也幾乎沒有任何相關資訊。看來這一切的答案，都藏在那個論壇裡。

首先，需要進入暗網，雖然好久沒進去過了，但進入方法還是記得很清楚。我在位址欄上輸入了論壇的網址，「JINX」四個黃色的英文大寫字母出現在暗紅色的背景上，我不太驚訝，畢竟暗網裡的論壇多是這種風格。我輸入了 Jinx 給我的帳號密碼，順利登入。

論壇只有兩個板塊，一個是「鯨」，一個是「赤」。

「難不成除了我還有另外一個工作人員？」我心想，但沒有敢點擊「赤」的板塊。屬於我的板塊裡面有兩個子板塊，一個是「錄影」，一個是「報告」，到目前為止都和 Jinx 說過的一模一樣。所謂的工作內容，應該就是「錄影」吧？我點開「錄影」，裡面只有一條帖子，標題是今天的日期。

點擊帖子，裡面是一個可以線上播放的檔案，上傳者是 Jinx，上傳日期是今天早上八點。這是怎樣的檔案我大概心裡有數，不由得心虛起來，起身把門鎖上，窗簾拉上，燈全部打開，電腦音量調小。我看了一下視頻時長，總共約四個小時，若按照 Jinx 說的三個小時可以結束，那麼有些地方只能是快進了。

我點擊全屏，按下播放鍵。

首先是一串白色的數字顯現在畫面左上角，明顯是日期和時間，這更加肯定了我先前的猜想，一定是某地的監控錄影了。

我盯著螢幕，一分鐘過去了，錄影裡的時間顯示的是 00:06:21。

畫面就像在電影裡看到過的夜視鏡頭一樣，反光的地方呈現出青白色，不反光的地方就是綠色，怪陰森的。

然而，十分鐘過去了，還是看不出一個所以然，錄影中只有兩個人，一個是躺在雙人床上，有著一頭長髮的成年人，是媽媽嗎？另一個是嬰兒床裡的孩子。時值午夜，他們都沉浸在夢鄉之中。

「觀察對象……滿田……」

我心想著，卻越發不耐煩，早上的工作已經消耗了我大量的精力，現在還要對著沒什麼內容的視頻發呆，連誰是主角都不清楚，這樣的視頻真不知道有什麼意義。

正當我準備快進時，突然，嬰兒床裡的孩子產生了一連串劇烈的動靜，像是受到了什麼折磨，不斷翻滾著，掙扎著。我不由得看入神了。

床上的人很快就察覺到了，她快步走到了嬰兒床旁，抱起小孩搖了一會兒，又檢查了尿布，還餵了奶。

原來，剛剛小孩兒的「掙扎」，在我看來是幾秒的事，但真正發生的時候可能經過了幾分鐘了，而躺在床上的大人，應該就是這個小孩的母親。

我的「觀察對象」滿田就是這個小孩嗎？還是這家的男主人？一整晚都快過去了，螢幕裡還是只有這兩個人，所以是那個小孩吧？

「這個小孩有什麼特別的？」我一邊想，一邊用四倍速快進。直到畫面左上角的時間顯示是「08:02:32」，我才恢復正常播放，準備看看這個叫滿田的男孩到底有什麼稀奇的。

這傢伙，說明白點，我的偷窺對象，也不過一周歲的樣子，和其他同齡小寶寶沒什麼兩樣，實在讓我提不起興趣。倒是他的母親還有幾分姿色，百分之八十的時間，我都盯著他的媽媽瞧。雖然錄影的畫面品質不太好，但還是看的出來少婦很年輕，一頭黑色的長髮，眉毛和眼睛的搭配自然，是一位清秀的美人。

至於滿田，因為我從來沒在現實世界中接觸過小寶寶，所有關於寶寶的看法和觀念都是從電視或電影裡得來的，所以我無法分辨出滿田是否有什麼過人之處。在我眼裡，他就是很典型的小寶寶形象，吃糊糊的東西，睡覺，爬行，但是因為有任務在身，我又不得不認真看著他。

倒是滿田的父親，從來沒有出現在視頻中。

從早到晚，就像看真人直播一樣，只是這場直播沒有任何看點，主角甚至睡去了全程的三分之二的時間。

直到視頻結束，我才意識到我已經偷窺了一個家庭整整一天。一陣噁心湧上心頭，我連忙闔上電腦，以為噩夢可以就此結束，卻不知，還有二十年，近七千三百個日夜正等著我。

「要怪就怪 Jinx 吧，他可以給那麼多錢。」我寧願把責任全部推給 Jinx，至少心裡會好受些。

夜間十一點了，從回到家七點多到現在，我一步都沒踏出過房門，也沒有吃任何東西，父母應該會擔心我吧？

我走出房間，發現客廳早已熄燈了，一點人的氣息都沒有。萬籟俱靜，只聽得到自己的呼吸聲。

我在不知不覺中便抽完了半包煙，但陽臺外的景色依舊不變，萬家燈火眨個不停，時間似乎並未流逝。

這麼多年了，我的每個夜晚都像第一個夜晚一樣，躲在螢幕後面窺視著滿田和她母親。滿田第一次用雙腳走路、第一天上學、第一次使用電腦、第一次被媽媽教訓、第一次徹夜通宵，或是第一次夜不歸宿等等，好多好多的第一次，我都看在眼裡，我默默的見證了滿田的成長，從一個嗷嗷待哺的嬰兒，到如今獨當一面的少年。歲月在滿田身上是慷慨的，讓他茁壯地成長；而到了陳靜身上，卻成了毫不留情的利刃，一點一點地削走她的生命力。

是的，陳靜就是滿田的母親，代號「赤」。

「你怎麼從來不問我『赤』是誰？」多年前的某天，Jinx 打給我，他在電話裡這麼問道。

「他是誰？」老實說，我對這並不怎麼感興趣。

「她就是滿田的母親。」

雖然我早有懷疑，但被老闆親口證明的時候還是嚇了一跳。

「她也和我一樣……有某個任務在身嗎？」

「那是當然的，不過具體內容就不能告訴你了。可她的名字——陳靜，告訴你倒無妨。」

就這樣，我得知了這個再熟悉不過的陌生人的名字。

陳靜……

我能感受到，自得到她名字的那天起，心裡有某個念頭正蠢蠢欲動著，這兩個字有著強大的魔力，讓我久久不能平靜下來。誠然，我的目標是滿田，但在那看似無窮無盡的孩兒的歲月裡，滿田無聊的過分，所以我無法不對那成熟的女人產生興趣，在不知不覺中，她承包了我所有注意力和好奇心，甚至是某種程度上的愛意。

「我怎麼從來沒看過滿田的父親？」

又過了不知多少時日，在一次和 Jinx 的通話中，我把握住機會問了這個問題。

「你指的是陳靜的老公，是吧？怎麼，你想打她主意嗎？」Jinx 很輕蔑的「哼」了一聲。

「怎麼可能，我只是關心……」

「你只要關心滿田就可以了。別忘了，我們有約在先，絕對不可以和他們有所接觸，到時候就不是丟掉工作那麼簡單了，小心你連命都賠進去。」Jinx 語氣強烈地警告我。

「明白。」

他是個言出必行的人，至少到目前為止，他說過的話都成了現實，所以我從不曾懷疑過 Jinx 的能力，甚至他若是要殺我，也許就和碾死一隻螞蟻一樣毫不費力。

但是窺視了這麼多年，沒有一點欲望是不可能的，況且當你知道你窺視的對象就離你不遠的時候，更是難以把持。我在某次工作中，意外的看見了滿田就讀的學校的名字，我急忙上網查詢，發現距離我家僅僅幾公里而已，這讓我震驚了好久，原來他離我這麼近，我甚至可以跑到他學校和他打聲招呼！

然而我最後什麼都沒做，不知是出於什麼心理，即使沒有 Jinx 的警告，我亦不敢和他們相見，尤其是陳靜。長久以來的偷窺使我的立場變得相當尷尬，我心虛的很，若是哪一天在街上遇到了，我一定會當場石化，或者拔腿就跑吧？畢竟，我是一個一直暗中窺視著他們的變態，在這一點上我還是相當有自知之明的。

令人糾結的是，要說對他們沒有一點感情是不現實的，但是真要說有什麼感情，那一定是非常病態的。我不知在哪兒看到過「斯德哥爾摩症候群」這個名詞，似乎可以很恰當的描述我的這種「感情」：

我難道不算是滿田與陳靜的人質嗎？其實是他們「綁架」了我，控制著我的生命，因為這份偷窺工作，我才有房子，車子和穩定的收入；要是他們死了，消失了，我就會變得一無所有，會與他們一同死去。不管是滿田還是陳靜，他們早就成為了我生命中的一部分，我無法不依賴著他們。

我是個有情有義但又懦弱的人。

滿田，不就是我的「私生子」麼？雖是我的骨肉，卻是一個不該存在的存在，我照看著他，一天都沒落下，只因我愛著她的母親——陳靜。後來我才領悟到，最開始的那幾年才是我的最幸福的時光，那時候滿田還小，鏡頭對準滿田的同時，陳靜必然在他身旁。每當夜晚降臨，按下播放鍵的那刻，從「00:00:00」開始，到「23:59:59」結束，陳靜幾乎不會從鏡頭裡消失：午夜，熟睡的陳靜、因為睡不著而聽音樂的陳靜，又或是熬夜看連續劇的陳靜；白晝，打掃臥室的陳靜、帶著滿田做遊戲的陳靜、教導滿田怎麼用湯匙的陳靜……都讓我欲罷不能。

我不僅深深地沉迷在陳靜的母性魅力之中，然而，最讓我興奮的地方還是她那同樣充滿誘惑力的胴體。多虧了滿田，處在一個什麼都不懂的年紀，陳靜理所當然地不會對自己在家中的穿著感到不好意思，但在螢幕前窺視著一切的我就不一樣了，氣血方剛的我哪能忍受得住這種天然的誘惑，就不止一次地對著螢幕交出了身體裡的精華，任罪惡感充滿大腦。

我錯了麼？當我接下這份工作的時候，已然是錯了。可我的錯並沒有影響到任何人，這樣的錯上加錯，只是在折磨我自己罷了，然而我情願！況且，滿田都還在我的掌握之中。於是，這幾乎成了一種規律的動作，持續了很長一段時間。

到了後來，那種罪惡感和不安直接消失了，取而代之的是某種畸形的滿足感和儀式感，我的每天都不能缺少滿田和陳靜，工作與欲望之間的界限模糊了，他們成為了我的家人，偷窺他們就像和家人打招呼一樣稀鬆平常。

「陳靜知道我的存在嗎？」

「她不知道，滿田也不知道。」Jinx平靜地回答了我。

「可是論壇裡分明有我的代號，她一定會問起吧？」

「不，她的任務不用登陸論壇，所以……」

「所以這份感情永遠不會有結果。」我當然沒有和Jinx這樣說，只是在心裡暗暗地想著。

因為如此，我開始覺得這段單相思是特別的，說不定還是偉大且美麗的，就像西西佛斯與他的大石頭一樣。現實生活中，不乏有其他女人的追求，可她們永遠也無法和這段感情匹敵，我坦誠自己有發洩欲望的需求，但因為這種需求去開始一段虛假的戀情，我卻辦不到。

從接下工作的那年到現在，我一直在Jinx安排的啟星智慧裡工作，也從默默無聞的實習生爬到了經理的位置，這麼多年的錢除了孝敬父母，其餘的我一直存著，過著深居簡出的日子。父母當然希望我趕緊結婚生子，但我總是以各種理由進行推託，到最後父母也拿我沒辦法，畢竟臺灣也有很大一部分人崇尚非婚主義，我不算很特別。

其實我知道，或者我希望，這份工作總有一天會結束的，我不必再躲在幕後，我可以大膽的搭訕她：

「嘿，你是陳靜對吧？我注意你很久了，交個朋友吧！」

「你也住在這附近嗎？改天一起去吃個飯吧！」

總會有那麼一天的，我可以解開心結，可以正大光明的認識她，然後追求她。

但結果，你也知道了，這份感情還真的永遠沒有結果，一切都遲了。

「滴滴——滴滴——」鬧鐘的鈴聲把我從沉思中拉回現實世界，九點到了，這是我為了每晚的工作所設置的鬧鐘。

這是陳靜的最後一晚了。

我一邊想著，一邊做著多年來不斷重複的動作。

點開論壇，裡面那總是空白的公告欄裡出現了一串白色的字，居然是「赤」的訃告。我不敢細看，很快地點開屬於我的帖子，然後是那靜待播放的檔案，一切都如同最初的那樣，擺在了網頁正中的位置。

鼻子酸酸的，像是吃了芥末一樣，沖上了兩眼之間的位置，但我還沒流淚。

「PLAY」

第三章

一月三十號，距離萬眾矚目的「臺北會議」不到二十四小時。

我和阿誠一直睡到十一點才起床，他的父母似乎很早就出門了，但不知道去哪裡，按理說這幾天都應該是休息日才對。

「今天要幹嘛呢？」阿誠邊吃著三明治邊問我。

「繼續打電動啊，不然呢？」

「你都不會想複習哦，真的快考試了誒！」

是的，那該死的考試，就算因為會議而有所延遲，該來的還是會來。也許我生不逢時，要是母親身體健康，也沒有什麼臺北會議要舉行，我大概會和大多數人一樣，好好準備這場決定未來四年——甚至是一輩子——的考試。但現實是如此的不盡人意，我註定沒辦法享受那心無旁騖，一心備考的快樂。

比如阿誠，他看著我的眼神，幾乎是在懇求、懷疑、威脅我，我知道我即將失去他了——

「不然我們去遊行吧？」

我花了好大的力氣才說出口，不知道這個折衷的辦法能不能打消阿誠拉我複習功課的念頭。也許是這幾天新聞媒體渲染的結果，即使是我這種只想每天窩在家裡的人都忍不住想去街上瞧瞧，說不定還要參與到遊行團體什麼的，總覺得這樣的歷史時刻總覺得不參一腳會很遺憾；或者是因為內心裡某個更深層次的衝動，這種似曾相似的感覺一直在我心裡揮之不去：我一定要去。似乎我已經做過無數次這樣的決定了。這是為什麼呢？

「你認真的嗎？我當然可以啊。」阿誠滿臉驚訝地望著我，似乎覺得這話從我嘴裡說出來相當奇特。他中計了，或者，他也早就有這個想法了也說不定，只是怕我拒絕，所以沒說出口。

「那我先回個家準備一下，下午一點見。」

「好，我也要準備一下，再聯絡。」

一路快走，回到家中的我感覺輕鬆多了，甚至可以說有些欣喜，剛剛那種害怕被好友拋棄的感覺已經蕩然無存了。可是到底哪個才是真正的我，是現在的，還是剛剛的？我分不清楚，卻覺得這種「分不清楚」的狀態很安逸，這並非是精神分裂的徵兆，當我能用第三者的眼光看待自己時，我覺得很驕傲。

可我突然後悔提出上街這個點子。

「集體行動總是不明智的。」

我想起母親還在世時常常這麼念叨，她似乎把這句話當成人生信條，為了使自己成為一個明智的人，她總是習慣性孤獨一人，甚至就算是我，她也有意保持著距離。現在回想起來簡直讓人哭笑不得？但小時候的我又哪能分辨的出有何不妥，還以為全天下的母親都是這樣；但當我察覺到不妥時，我已經變得和她一樣了。

話又說回來，我已經可以預見到，下午的行動何止不明智，一定是愚蠢至極。加上外面氣溫低的可怕，這種又冷又蠢的事真是越想越沒勁。

下午一點，我還是準時出現在了約定的地方，沒想到阿誠已經在等我了，只是他的打扮讓我想直接調頭回家：

「你一定要這樣嗎？」

只見阿誠把一條寫著幾個大字的白布條綁在了頭上，可能是因為綁的太緊了，他的眼睛張不太開。

「當然啦，這才有遊行的感覺嘛！」阿誠躍躍欲試地望著我，絲毫不覺得難堪。

「呵呵，你最好離我遠點。」我忍不住嘲笑了他，那副模樣即使多年後的今天我仍記憶猶新。

「不管了啦，你不綁就算了，虧我還幫你準備了一條。」阿誠一臉苦笑地把手裡的另外一條白布塞進了書包。原來在阿誠的心裡，我是那種會在頭上綁白布條的激進派。周圍的陌生人饒有興趣的看著我們。

明明阿誠從來都不是什麼激進分子，連活潑的人都稱不上，那個喜歡憨笑的傻大個兒為什麼會有這樣的衝動呢？這一直是我想不通的問題，連帶那條沒被我綁上的白布，這些跡象都說明這是他計畫已久的，那個隱藏在憨厚外表下的瘋狂的阿誠模樣，不得不令我感到汗顏。

「來啦，先去和平東路，大家都在那。」

我不知道阿誠口中的「大家」又是哪些人，但見他發動了摩托車，我也沒多問，便乖乖地坐上機車後座。就這樣，我和綁著白布條的阿誠上路了。

這一路上我看到的橫幅就有好幾種，聚集起來的群眾也有好幾團，各個手上都揮舞著小旗子，還一路派發傳單和小旗，表情猙獰。幸好沒有造成太大的交通問題，不然不知道要騎到何年何月。

「大家好像都不用上班一樣，太誇張了。」我望著不遠處的人群感歎道。
「你看，那些從來不會關心人工智慧的人，突然都變成專家了……」
「政治，全是政治。」阿誠胸有成竹地說道。
「阿誠大師，你覺得會發生暴動嗎？」
「不可能的，這麼沒意思的東西哪會引起暴動。到了，下車吧。」
「誒，為什麼這裡就停了？」這裡離我所知的和平路還有相當一段距離。
「我們走過去比較快。」阿誠脫下安全帽，重新把白布條綁好。
「你真的不戴嗎，我覺得很帥誒？」阿誠笑著問我。
「愚民。」這樣和其他人有什麼差別？
我們開始徒步行走。現在屬於午休時間，路上的行人大多是剛從餐廳裡出來，或是正準備去餐廳的，步履都不太快。而我們就成了異類，除了阿誠那快速的步伐，他的白布條更是吸引目光。先是快速的一瞥，然後轉移目光，一秒後再緊緊盯著，大多數人都是這樣，雖然好奇，但又不能顯得太好奇，以免被人說成沒見過世面。我跟在阿誠身後目睹了一切。
我忍不住叫停了阿誠，他走路的速度讓人覺得他氣衝衝的，趕著要去殺人放火一樣。
「啊，有很快哦？抱歉啦。」
「欸，你說要去和平東路，那裡還有別人嗎？」
「不知道欸，我在『電嬉』論壇上看到集合帖，所以就想先去那裡看看。你知道電嬉吧？」
「不管怎樣，總會有夥伴的！」阿誠給了我一個開朗的笑臉，像是在安慰我一樣補上了這麼一句。

所謂的「電嬉」論壇，全稱是「電子嬉皮士」論壇。論壇的創建者們自稱「電子嬉皮士」，是近幾年突然在網路上活躍的群體，以高超的電腦技術、無厘頭的作風聞名。這群新時代的嬉皮士們整天在自己創造出來的虛擬實境中遊蕩，或者寫些內涵不明但成癮性極高的軟體，作為成員自娛並販售的新時代的「致幻劑」。然而，他們最常幹的還是進行隨機攻擊，癱瘓掉某個網站，卻又什麼都不做，似乎只是純粹的惡作趣，單純取樂罷了，和歷史上出現在西方國家的嬉皮士團體不一樣，他們不曾宣揚過什麼理念之類的，硬要說有，那也只是言論自由和網路自由等基本信念。

某種程度上，他們算是我的同行，我也一直很欣賞他們的行事作風。是的，我曾經非常想加入那夥人，與他們一同沉浸在電子世界中，每天做些無意義卻令人快活的事。那時候的我認為人活在這世上，也像是虛空幻夢一樣，都沒有意義，不如讓自己多快樂幾分。這回從阿誠口中聽到了電嬉論壇，我還是相當驚訝的，沒想到這群人竟然開始插手政治，還組織了線下活動，也許是因為這次的主題是人工智慧吧，電嬉們一直對在這方面大做文章，說不定這場會議也與他們的利益息息相關。

如果可以親眼見到電嬉們，這趟也不算白來了。但是見到了又能怎樣呢，我欣賞的是他們的所作所為，或是從這些所作所為中傳達出來的理念，與他們真人形象毫無關係。不過，算了，就當作散步吧。阿誠的這番話讓此行有了些盼頭，於是我一邊思索著，一邊四處張望。

科技的不斷進步似乎沒有給這座城市的外在帶來太多變化，現在的風景和十年前的風景幾乎一樣，甚至行道樹還比以前更多了，完全沒有科幻電影中呈現出來的城市荒漠化，誠然，人的內心是改變了許多，但追求可持續發展的願望是一直沒有變的，這些行道樹也是證明之一。

道路旁的小吃店還是一如既往的開著，老闆因為沒有客人光顧而坐在店門口前抽煙，時間在這兒似乎被凍結了，科技的發達或衰退絲毫不能影響這裡的氛圍，頗有一種「敵軍圍困萬千重，我自巋然不動」的氣魄。臺北就是這樣一個可以和諧地結合百年歷史的街道和最新的科技、市井氣與現代化互為一體的都市，這份和諧似乎是有著神靈守護一般，不管是任何人都能從中尋到適合自己的所在。

寫到此處，我卻不願意再繼續詳寫了。簡單來說，那天的「遊行示威」活動可以說是糟透了，我們根本沒有遇見所謂的夥伴，更別說是電嬉們了。我唯一的好朋友阿誠，即使看了無數遍導航軟體，依舊帶錯了路。直到我們正要「步入正軌」時，卻遇上了警員封路，連「曲線救國」的機會都沒有。最終，這個臺北半日遊以晚霞裡的一碗滷肉飯告終了。

也許，這次出行其實一點寫出來的價值都沒有，但卻是難得的我與阿誠共同的回憶，不論將來發生了什麼，時間的洪流會把我們沖向何方，都不能改變這些曾經發生過的事，而人類不就是因為緊緊抓著這些像稻草一樣的過去的事，才不至於迷失自我嗎？

臺北半日遊結束後，我沒有再往阿誠家裡跑，而是選擇了回家。躺倒在熟悉的雙人床上，三分之一的大腦在回想著那天發生的蠢事；另外三分之二，當然是臺北會議。也許正是那晚，我的內心萌生出創造強人工智慧的想法，這是毫無邏輯卻無比實在的，就像流星無預警的從夜空中劃過，它被看到了，於是得到了永生。

也或許是夢吧，走了老半天的我，很快就進入了夢鄉。

「嗡——」手機突然一震，把半夢半醒的我拉回到了現實世界。

已經半夜十二點多了，我猜又是什麼無聊的八卦新聞推送，沒想到是一封簡訊，來自那個自稱「鯨」的傢伙。

「我想和你見一面，哪天都行——鯨」

還記得是母親離世不久後，他前曾提出要登門拜訪的請求，被我禮貌地拒絕後便再也沒發過簡訊了，如今發來這樣的話，一下子把我拉進那段好不容易逃出來的暗無天日的日子裡，這難道不是一種精神強暴嗎？我刪除了簡訊，把手機調成睡眠模式，準備再進入夢鄉，卻感覺很難再回到剛剛的狀態，不可否認的，即使刪除了簡訊，裡面的內容還是令我忐忑不安。

「不會又要失眠了吧……」我在內心感歎道。二十分鐘過去了，我仍舊無法入睡，只好再次把手機拿了出來，想看看關於臺北會議的最新消息，但結果都是些「美國代表於今日傍晚入駐……」、「中方代表下榻飯店是位於……」等等帶著濃厚臺灣新聞色彩的，與主題無關的八卦消息和討論。

「所謂人工智慧，你們究竟知道多少啊……」我無奈地關上手機，依舊沒有睡意的我開始憧憬三天過後的未來世界。

這場打著共商人工智慧前景的旗號的會議，果然還是一場政治和經濟的較量。

首先要說明的是，會議還是如期的、安全的舉行了，直到結束都沒有發生大規模的暴動。據說，因為收到恐怖攻擊的威脅，三方在經過協商後，封鎖了以會議場所為圓心，半徑為五公里的地面區域，空中區域亦被警方的直升機群牢牢控制。

這座以「濃濃的人情味」為招牌的島嶼，收起了所有「熱情」、「好客」和「民主」的面孔，取而代之的是絕對的安全與統治。不僅是現實世界，網路上也號稱有「十萬大軍」的網路員警進行監控，除了保證雲端網路的安全，還監視著本土的網路活動，只要有任何引戰的苗頭出現，都會被立刻封殺，IP位址也會被記錄並進行流量管制。就像回到了某個恐怖時期一樣，這三天似乎如同三個世紀那樣漫長，雖然政府在三十號的晚上宣佈連放三天假，但是也沒人敢肆意走動，能在家的都儘量不出門，畢竟在這個時代，因為被誤認為恐怖分子而遭到網路流量管制，是比丟掉性命還可怕的。

其實，又有哪裡可去，哪裡好去呢？全世界都高度關注著這場會議，更何況是臺灣。兩個超級大國因為人工智慧發展問題，終於開始面對面談判了，他們的每個決定，甚至是每一句話，都代表著這個星球未來的走向。我當然也不例外，時刻戴著智能眼鏡，鎖定了會議直播。雖然網站因警界壓力而關閉了彈幕功能，可我知道，所有正在觀看直播的人心裡只有一個念頭，那就是必須親眼目睹這場風暴的降臨，並且預測著它會把我們吹往何方。

然而，似乎只要扯上政治，作為東道主的我們就有能力將任何事情搞砸，相關的細節我也不多說了，畢竟所有人都看在眼裡，網上也有數不清的重播與解讀，輪不到我來發表意見。但為了使行文連貫，我還是會試著用當年的我的視角，來闡述這場會議。

除了誇張的警備陣容，誇張的新聞報導，來自各行各業的誇張的言論，剩下的反倒沒什麼精彩了，或者我根本無從解讀。也許是因為還躲在象牙塔裡的緣故，作為學生，似乎只要參與到了歷史進程裡，便覺得欣喜萬分了。於是，這場會議的正式內容變得有些多餘了，可以簡單總結成一句話：中國大陸和美國你來我往，臺灣只能點頭稱是。幸運的是，無論最後結果如何，臺灣都能有所收穫。一個說要在臺灣開設多少家科技公司，另一個就會跳出來說要投入更龐大的資本；一個說要派遣多少科研人事到臺灣，另一個就會說要引進多麼先進的科學設備等等。當時的我就和臺灣代表一樣，心裡樂開了花，其實冷靜的想想，哪有人會做這樣的交易呢？這其實是新時代的殖民手段，「人工智慧島」只是一個夢的代工廠。

會議第一天的結果基本上也主導了之後兩天討論的方向。中美雙方就人工智慧的和平開發問題達成了共識，將把臺灣建成人工智慧「前哨站」，或者說試驗基地，未來，任何誕生在臺灣的人工智慧都是合法的，都不會對兩國關係造成破壞，作為新時代的「冷戰」雙方，這個決定似乎是緩解了一些緊張的氣氛。臺灣當局當然也不敢有異議，或者說這從頭到尾都不是他們關注的議題，臺灣在地的科技企業發展緩慢，最多只能研究一些弱人工智慧的產品，對於強人工智慧的研發根本無從下手。他們關注的更多是一些經濟問題，比如中美雙方將投資多少資本，創造出多少新的工作崗位等等。上個世紀金融業大盛，實業卻停留在相當基礎的水準，使得這幾年臺灣經濟發展後勁不足，失業率上升，人民對政府的金融政策失望透頂。而如今似乎總算熬到頭了，大量的資本和工作崗位、高新技術即將衝擊臺灣，不僅解決了失業率，也有益於未來產業轉型，一個新的春天即將來臨。關於這一方面的會議結論也出臺了，但還會在後續兩天繼續商議。

「看直播了嗎？」阿誠突然來了個電話。

「那是當然的。」

「幹，也太誇張了吧，我們是交了什麼好運啊！」阿誠在電話的另一頭興奮地說道，彷彿口水都能噴過來了。

「白目哦，你再好好想想，天下沒有白吃的午餐。」就在剛剛，中國大陸方面宣稱將每年輸入一百億人民幣用於開發人工智慧的科研專案、基礎設備建設和人才培養。一定是這個數字讓阿誠瘋狂了。

「感謝老祖宗！感謝老大哥！」

「喂，你忘了你前天還說什麼世界末日、駭客帝國之類的嗎？況且這和高中生沒什麼關係吧，等到我們進社會的時候又不知道變成什麼樣了。還有，現在還處於敏感時期，你少說點那些話，網警都在聽呢。」當時的我也相當興奮，只是每見繁華必感凋零，我無法像阿誠那樣天馬行空。

「誒，你不是寫代碼很厲害嗎，搞不好會被重點培養哦！像我就不行啦，我只能做夢，哈哈！」

「希望如此吧，我掛電話了。」阿誠說到了我內心痛點，我想，卻不敢面對。於是便切掉了電話。

為什麼是臺灣呢？我開始問自己這個問題。這回臺灣倒是充分利用了自己扮演的角色，給「冷戰」中的雙方提供一個合法耀武揚威的平臺。不論是大陸還是美國，當然不會傾注所有實力到臺灣這個彈丸之地來，這一切可能只是個幌子，核心的科研還是在大後方進行。那麼，我們離強人工智慧誕生那天還有多久？我猜最多一、兩年，科技其實早已達到那個水準，只是需要考慮的東西太多了，這是全人類的第一次，完全沒有前車之鑒可言，所以中美雙方才會不斷磨合、試探對方，誰都想把科技成果據為己有，但強人工智慧的定義是什麼？絕對沒有任何一個國家能擁有它，或者代表它，它是全人類的結晶。這樣看來，「人工智慧島」這個平臺又是絕妙的，他就像是一個頑固又驕傲的老頭子，自顧自的在東太平洋上作「亞細亞的孤兒」。

強人工智慧在臺灣誕生似乎是個不錯的選擇，它會引發中美熱戰嗎？我想大概率是不會，但誰都無法保證在強人工智慧誕生後人類世界會產生多大的變化。

會議的第二天和第三天，基本就像我想的那樣，議題延續第一天的主張，就細節部分又進行了各種討論，比如中美合資的企業中方和美方投資的比例、各派出多少技術人員、共同發表多少論文等等，中、美、台達成的共識有比如開發獨立的雲端網路進行研究、共用電腦語言、演算法，創建用作交流的局域網，定期開會交流、進行資料庫互補等等，至於在臺灣合法進行人工智慧研究和開發是在第一天就決定的了，沒有什麼可以阻止強人工智慧的誕生。唯一令人傷腦筋的是關於監控的問題，中國「天網」和美國「智網」互不相讓，都想用自己家的智慧型網路來控制和監管科研情況。最後是採取各退一步的方案，中美合資的企業由保證絕對中立的「臺灣眼」進行監控，再分別、同時地傳送給中國大陸和美國，而中國大陸獨資企業和美國獨資企業由「天網」和「智網」進行監控，臺灣無權干涉。其他種種條例，都被寫進了爾後出臺的《中、美、台三方人工智慧協議與規章》，俗稱《臺北協議》之中。

「欸，世界末日還遠著呢。」臺北會議在二月二號四點三十分結束，我馬上打給了阿誠。

「你都有追直播啊？我只看了第一天的。」阿誠的語氣裡完全沒有了前次通話的激情，不知道他這幾天過的怎樣。

「當然了，我可是相當關注那些人究竟在搞什麼鬼呢。你這幾天在幹嘛，竟然連你最愛的直播都不看了，不會是開始學寫代碼了吧？」我故意嘲笑了一下他。

「切，你這個白癡……」阿誠吞了口口水，接著說道「不論會議結果如何，也不關我們什麼事吧？你又不是要去選舉……對了，你應該知道學測還是要辦的吧？學測誒！就在三天後，快點開始複習吧！」阿誠似乎想趕快掛電話。

「啊，好的，你也趕快複習吧，我掛了。」

每次和阿誠通電話，想趕快掛掉的都是我，今天倒是很反常。學測？聽到這兩個字讓我感到有些反胃；阿誠？不會吧，他是那種會複習功課、準備考試的人嗎？不過這的確是我們現在最應該關心的事，在會議開始之前，教育部就宣佈了延後學測的日子，我是知道的，但我就是無法把注意力放到考試上。

「那就明天開始複習好了」我對自己說。

掛掉電話後，心情異常的煩躁，反正也快到吃飯時間了，我決定出門走走。我套上羽絨服，穿上毛靴子，走在空無一人的小巷子裡，開始煩惱起了未來。阿誠曾經說過，要是真的有「選邊站」的那天，他會選擇美國的。我本來是蠻驚訝的，後來仔細想想也沒什麼不妥，阿誠的家境優越，兩個姐姐也在美國讀書，作為一個富有的老牌資本主義國家，會吸引阿誠這種家庭是很正常的，一定是從小耳濡目染美國有多麼的優越、多麼的先進發達，眼看著兩個姐姐前後被送去美國讀書，阿誠心裡一定也是很渴望那塊土地的。而這場中美較量，一開始是美國大幅領先的，憑藉著眾多科技公司、雄厚的資本、搜尋引擎的資料庫資料，很多人都認為美國早就研發出人工智慧了，這幾年被中國大陸追上，是由於新的電腦語言的發明，通過這種電腦語言所編寫的演算法，可以為人工智慧的基礎驅動程式節省百分之五十的訓練時間，當然，中國大陸並未公開這種電腦語言。至於大資料資料庫，中國大陸當然不缺。所以阿誠的選擇應該和科技實力沒什麼太大的關係，完全是個人的感情因素。

我一邊想，一邊走進了咖啡廳。這家咖啡廳就在我家隔壁巷子的巷口處，但我只來過一次，而且已經是很久之前的事了。我點了一杯美式咖啡和蛋炒飯，找了一個靠窗的地方坐了下來。我算了一下我的儲蓄還能供我生存多少天，從國中打工到現在，只要省吃儉用一點，一年也撐的過去，何況我還可以繼續找工作，至於母親的遺產，可以等到真的走投無路了再用。

我一邊喝著咖啡，一邊盯著窗外發呆。今天還是很冷，況且會議剛結束，路上還是沒多少行人，整間咖啡廳包括我只有兩位客人而已。

「抱歉……」突然，一個陌生人站在了餐桌旁邊，眼睛睜得大大的看著我，像是見到了什麼奇珍異獸一樣。他是從哪冒出來的，我心想，可能是後面那桌的客人。

「我們終於見面了。」

「請問你是？」我瞧著他，心裡覺得莫名其妙的。只見他一邊緊張的看著我，一邊拉開了我對面的椅子，身體顫動著坐了下來。

「你就是滿田吧？」看得出來他十分緊張，十指交叉著放在餐桌上，身體向我這邊傾斜，直勾勾地瞪著我。

「是的……我是滿田……你是？」這個男人看起來至少有三十五歲，長形臉，頭髮長到髮卷兒了，但還緊緊的貼在頭上；眼窩深陷但眼睛不大，和粗獷的眉毛靠的很近；鼻子大小正常，不高不低；嘴的形狀和鼻子搭配的很好，稍稍比鼻子寬一點，兩片嘴唇都薄薄的；下巴不長，沒留鬍子。整體感覺就像亞洲版的艾爾・帕西諾，樣貌還不差，可他那緊張的態度像是剛做了什麼虧心事，令人心生不安。

「我就是『鯨』，鯨魚的『鯨』啊！」男子有些激動地說道，交叉的雙手不斷搖晃。

原來是他！

這個男人，自稱是母親生前的好友，卻從沒聽見母親提起，也不曾與他照過面，等到母親走了，又不斷的約我出來見面，實在是相當可疑。如今突然出現在我眼前，更讓我相信此人意圖不軌。

該不會是跟蹤狂吧？我在心裡想著，這傢伙一定是早就在我家附近埋伏好，等我一出門便偷偷開始跟蹤。那麼他究竟有什麼目的呢？一定是求財，但為什麼要在咖啡店裡攔截我呢？這個環境明顯不利於他。或者，他另有所想？

「您點的蛋包飯，請慢用。先生需要點什麼嗎？」服務生微笑著把蛋包飯端到我面前，似乎沒察覺到氣氛有些不對勁。

鯨什麼也沒點，或者說他根本沒聽到服務生的聲音。

「你究竟想幹嘛……鯨叔叔？」我強作鎮定地問道。從坐下到現在，不，是從他出現在我眼前到現在，他的目光從未離開過我的臉，就像盯著獵物一般，讓我渾身不自在。

「滿田，你要相信我，我真的是你媽媽非常要好的朋友，真的……」

陌生大叔講這話的時候看起來倒是很真誠，又有點局促不安的感覺。我埋頭吃著蛋包飯，倒想看看他會玩些什麼把戲。

「你一定不相信我，對吧？但是我能證明……陳靜她死於癌症，奇怪的是她從沒去醫院接受治療，而是選擇在家消極對待……」

「你很久沒見過爸爸了，你們母子相依為命……」

「你就讀於信誠高中，目前三年級，你經常一下課就馬上回家玩電腦，你房間裡還有一套智慧眼鏡設備，對吧？」

「滿田，你真正的生日是四月二號，不是四月三號……還有……」

本來我只是低頭默默地扒飯，暗自心驚，想不到對面的男人對我的身世竟如此瞭解，可見為了母親的遺產，他倒是做了充分的調查。可當他說出了我隱藏多年的秘密，我還是克制不住內心的激動，難以置信的望著他。

他說的沒錯，可是他怎麼可能知道？自從我有記憶開始，只有第一次過生日是在四月二號，也是唯一的一次。

那年的我應該只有五歲，甚至更小，媽媽從幼稚園把我接回家，還帶著另外兩個阿姨和小朋友，一起在家裡給我過生日，我們吹蠟燭吃蛋糕拿禮物，我開心的不得了，想永遠記住這一天，於是我抬頭看著牆壁上的手撕日曆，正是四月二號，深藍色的、大字型大小的數字「2」印在白色掛曆上，也印在了我的心裡，是我從小到大都忘不了圖像。到了下一年的四月二號，我以為家裡會像去年一樣，擺著插好蠟燭的蛋糕、生日帽和禮物，結果什麼都沒有，我手指著日曆，哭著問媽媽要蛋糕要禮物，「明天才是生日哦」，媽媽是這樣說的，結果到了明天還真的有蛋糕、生日帽和禮物。我以為只是媽媽記錯了，明年生日一定會是四月二號，但是往後的每一年，生日都被改寫成四月三號。我有懷疑過是不是當時年紀太小才記錯的，可是那兩個大大的數字一直印在我的腦海裡，最後，四月二號變成我的秘密，只有我會在那一天幫自己慶生。

任何證件，包括身份證、護照、駕照，上面的出生月日都是四月三日，我也從未跟任何人提起過四月二號這個秘密「生日」，除了母親，對了，一定是母親和其他人聊天的時候說了出去，說自己的兒子曾經以為自己的生日是四月二號而嚎啕大哭，當作笑話講了出去，只有這樣一種可能。

「我生日的事……是我媽講的吧……她怎麼會說起這個？」我放下湯匙，望著鯨，他好像正在努力地回想。

「嗯……是的……是她說的……她其實一直都記得……」鯨邊講邊吞口水，眼睛一會兒盯著我，一會又似乎出了神。他這麼大年紀的人了，倒是一點都不能說謊，連我這樣的少年都能一眼識破，可他又準確的把我的生日說了出來，令我相當糾結。

「其實我……其實……我全部都知道……」他又斷斷續續地說道。

「你知道什麼？」

「都是你媽告訴我的……一切……關於你啊，陳靜啊……」他突然坐直了身體，雙手從桌上抽回，放在大腿上，目光炯炯地望著我，像是在發誓所言非虛。

這話又令我摸不著頭腦，我媽？她又是通過什麼方式告訴他「一切」的呢？根據我的印象，母親不喜歡和其他人打交道，更不會和他人分享生活，就連作為她兒子的我都很少有機會打開母親的話匣子，他又有何德何能可以讓母親對他傾訴？

難不成是母親的秘密情人？

想到這裡，我不由得再次打量眼前這位叔叔，說不定真的是母親喜歡的類型，我心想。

「我媽是怎麼告訴你的，還有，你這樣突然這樣出現真的把我嚇了一跳。」

「對不起……真是抱歉，因為你一直沒有回覆我，我以為你出了什麼事……才會在你家附近等著你……」

「沒關係啦，是我的錯。」

「你媽媽每天都會在聊天軟體上找我，把大小事都告訴我，所以我才說我什麼都知道。你生日這件事也是她好多年前說的……」

「天啊，我以為……我以為世界上只剩我知道這個秘密了……」

「你究竟是媽的什麼人啊？」

說到這裡，鯨又沉默了，他把雙手撐在桌上，抱著頭，好像被什麼東西折磨了一樣，半天說不出話來，看來他們的關係確實不只好友這麼簡單了。我推開還剩大半的蛋包飯，拿著玻璃杯打量著他。

他似乎終於想通了什麼，雙手放下，再一次坐直了身體，深深地吸了一口氣後，憋住，一秒……兩秒……然後吐氣……一秒……兩秒……

「滿田……」

我看著他，等待著下文。

「我是你父親！」

第四章

「你可以騙他說你是他父親啊，說不定可以蒙混過關。」Jinx 不帶情緒地說道。

「你想想看，世上沒有誰比你更瞭解他了，『父親』這個身份還是擔當得起的吧？」

Jinx 一定是邊憋著笑邊給我出主意的，一定是這樣。可惜當時的我沒有馬上看破，由於陳靜的死，我必須代替她和滿田進行實際接觸，這也是任務之一，然而我一直不知道該怎樣和滿田搭上線，為此苦惱了很久。Jinx 作為我的老闆，自然也不斷地催促我趕緊完成任務，陳靜已經去世一個禮拜了，可我到現在不僅還沒見到滿田，連個簡訊都不敢發。這個謊言看似一戳就破，但既然老闆都說可以了，那應該就……

「可是……好吧……我會試試的……」

沒錯，我就算真的是他「爸爸」也不奇怪，他從小到大經歷的任何大事小事我都了若指掌，畢竟還要每週作報告，而陳靜更是我暗戀已久的對象，他們兩個人就像我的遠方的兒子和妻子一樣，陪伴了度過大半輩子。而且巧的是，從我第一次觀察到現在，滿田的親生父親，也就是陳靜的丈夫，從未出現過，陳靜就這樣獨自把滿田帶大，也沒有在家裡和什麼男人幽會的場面出現，這個位置好像就是專門為我準備的一樣。

「這樣就圓滿了……」我心想，雖然陳靜已經去世了，但她在天之靈應該也會放心不少，一個很熟悉自己、熟悉自己兒子的男人，雖然沒有血緣關係，但卻毅然決定奉獻自己餘下的生命來照顧自己的孩子。

「是的……沒什麼好奇怪的……不是有很多家庭的男主人為了躲債，放棄自己的妻小，獨自一人在外流浪嗎？」我越想越覺得說得通，我就要扮演這樣一個浪子回頭的角色，滿田也一定會原諒我的，畢竟我又回來了不是嗎？

「爸……真的是你嗎……嗚……」滿田在聽完我的陳情之後，一定會是這樣的反應，頓時大哭，擁抱我，把頭埋在我的胸口。

「滿田……爸爸回來了……爸爸不會再離開你了……」我當然也會緊緊地抱住滿田，說不定還真的會流出眼淚，嗯，這個地方一定要流眼淚才行，然後我得跪下，因為我是個失敗的父親，要祈求兒子的原諒。

再然後，滿田會請我到他家裡坐坐，那個我再熟悉不過的家了，只是以往一直通過隱蔽的攝像頭來觀察，如今親自光顧現場，我一定得克制住內心的激動。這就和我扮演的「躲債父親」這個角色的心理活動一致了，眼淚還怕流不出來嗎？

滿田會興高采烈的纏著我，讓我在客廳坐下，然後給我倒杯水，緩解一下情緒。等我倆都稍微平靜一點後，就要開始敘舊了。

得先編幾個故事才行，一定要是一個驚心動魄、令人折服的故事，要滿田聽了會相信、並且會體諒我十多年來沒回家的故事。

「一切都過去了，現在我回來，我們一家終於團圓了……對了，你媽媽呢？」說完我的逃債故事後，我倆沉浸在回憶往事的氛圍之中。三十秒，最多一分鐘，我得率先打破沉默。

這時，滿田一定會神色淒涼地告訴我：「媽媽她……她得了癌症……去世了……」

「什麼？！」我要立刻從沙發上跳起來，如聞晴天霹靂般，目瞪口呆良久，最後再無力的倒下，淚流滿面。

陳靜啊……你怎麼就走了呢……不過沒關係，我會替你照顧滿田的……

這樣仔細地一想，好像假扮父親這個身份也未嘗不可。現在的問題就是怎麼把滿田約出來聽我扯謊了。「先發個簡訊試試看吧」，我在手機裡找到存了好幾年的電話號碼，這個號碼是我通過公司的同事幫我查到的。

那麼，該怎麼寫好呢……開門見山的說我是你父親嗎？先說是好友吧，陳靜的好友。

「滿田您好，請節哀順變，我對你母親的去世亦感到很遺憾。我是您母親生前的好友，但由於某些不可避免的原因，我無法參加她的葬禮，請原諒，改日再登門拜訪。——鯨」

我努力推敲每個詞句，刪了又改，終於把簡訊內容定了下來。可為什麼不能參加葬禮呢？在葬禮上與滿田接觸不是容易的多嗎？可轉念一想，如果 Jinx 命令我在葬禮上去結識滿田，那個處境恐怕要比現在困難多了。

我點擊發送，忐忑不安的等待著回覆。「現在也才十二點半……滿田肯定還沒睡……」，我獨自坐在沙發上，喝著便利店買來的葡萄酒。

「叮咚——」十分鐘後，手機傳來了簡訊提示音。

「謝謝您，有心了，拜訪倒不必了」

「這個小屁孩，裝什麼老成！」我一口氣把杯中的葡萄酒喝完，等著酒勁上腦。

滿田一絲不苟地拒絕了我，剛剛才想好的計畫瞬間就泡湯了，既然不能登門拜訪，那偶遇總可以吧？從開始到現在，滿田和陳靜都住在同一個地方，即使 Jinx 提醒過我，不要和他們有任何實際來往，但有幾次還是忍不住到他們家附近徘徊了一陣。這種叛逆的行為讓我稍微得到了些抓住主動權的快感，其實心裡怕的很，稍微停留了一會就馬上離開了。我心裡清楚，幹了這麼多年違法的事，卻沒有惹禍上身，完全是因為我謹遵 Jinx 的規定，只要乖乖工作、拿錢，就不會有任何問題。

正當我思考著何時主動去找滿田比較合適的時候，Jinx 突然打了通電話過來。

「鯨，這幾天就不要想著找滿田了。」Jinx 開門見山地說。

「啊……為什麼呢？」

「有一個大會將在臺北舉行，你知道吧，就是鬧得沸沸揚揚的那個。」原來是人工智慧大會，滿田和這個會議有什麼關係嗎？

「考慮到那時的網路安全一定會被重點維護，所以我們的工作可能也會受影響，為了安全起見，我應該有好多天不能聯繫你了。還有，如果暗網裡面什麼都沒有，也不用緊張，等會議過了自然就恢復了。」

「是，明白了。」沒記錯的話會議在一月三十一日舉行，現在才十號，看來要再等大半個月了，不過沒關係，一定會見到你的，滿田。

「哎，鯨啊，想想我們也共事快二十年了啊……」

Jinx 不知道為什麼突然提起這個，讓我不知道該怎麼回應好。

「有太多秘密了……太多了……但是總有結束的那一天。到了那天，要是上頭准許，我會和你好好談談的。」

「秘密……有什麼秘密嗎？」我很好奇 Jinx 到底在喃喃自語什麼。

「當然了，你絕對猜不到的秘密。頂多再過一、二年吧，這個觀察任務就會被取消了，所以，你也得好好想想未來的出路了。」Jinx 語調輕鬆的說道。他的聲音一開始就經過機器處理，所以在我聽來一直保持著第一通電話的聲音，讓我有一種時空錯位的感覺，彷彿他是不會衰老的妖怪一樣。

「是麼……」

果然有這麼一天啊！

「我掛了，記得，有什麼事等臺北會議結束再說。」話才剛說完，耳邊就傳來了通話結束的提示音。

Jinx 是個說掛電話就掛電話的人，這個習慣一直沒變，所以「Jinx」這個角色也一直是同一個人嗎？十八年光陰把我從一個社會新鮮人變作正值不惑之年的大叔，他應該不會比我小才對，那麼應該是一個老大爺了。我心裡幻想著 Jinx 的形象，西裝革履，腳踏皮鞋，頭髮油亮油亮地整齊的往後梳，一副紳士特務的模樣。他會掌握著什麼秘密呢？一直以來困擾著我的問題又浮現在我腦中：

Jinx 為誰工作？為什麼需要監視滿田？「赤」，也就是陳靜，她的任務是什麼，她和我的工作又有什麼關係？滿田的父親是誰？啟星智慧又和 Jinx 有什麼關聯？滿田家中的攝像頭從何而來，Jinx 是如何控制它們的？

為什麼是我？

這些問題我沒事就會拿出來想想，但一直沒有苗頭。若硬要編一個故事，把所有問題的答案串起來，那麼可能是這樣的：Jinx 和陳靜是夫妻，滿田是他們的獨生子，Jinx 因為某些原因不能再與家室重逢，所以委託我每天監視著母子倆，這些隱藏的鏡頭則是 Jinx 早年隱藏好的。至於啟星智慧，應該是 Jinx 的好友創辦的公司，所以可以很隨便的把我錄進去。

這是我能想到的最合情合理的故事，但依舊漏洞百出，其中最致命的一點是為什麼要我這個外人來監視滿田，明明 Jinx 可以自己觀看錄影，還付錢給我每天看錄影、每週寫報告，所以 Jinx 應該是受人委託，然後再請我做這事才對。可是這一切又是為何呢？

的確有太多秘密了，Jinx 真是吊足了我的胃口，我開始希望結束的那一天趕緊到來，把秘密全部聽完，不再登入論壇，不再進入暗網，我要把十幾年的偷偷摸摸埋藏在很深、很深的心底，然後當一個正常的上班族，過一個普通人的生活，存下來的錢也可以拿去四處旅遊。對了，還有滿田，如果他沒有能力支付繼續求學的費用，我也可以資助他。那時候的滿田就算沒有與我「相認」，至少也會是我的朋友吧？對，當個朋友也不錯。

甚至，如果時機恰當的話，我還可以把真相全都告訴他：其實我一直看著你長大……

「還是算了，這太超乎常理了，不管是誰都難以接受。」我繼續胡思亂想著。

牆上的時鐘顯示現在已經是凌晨二點了，臺北籠罩在雨幕中，室內溫度降到了八度。我終於感受到了來之不易的睡意，趕忙裹緊了被子，隨後便沉沉睡去。

到了會議召開的前一天，也就是一月三十日，我已經連續五天沒見到滿田了，沒錯，我在論壇裡面的工作板塊連著五天都是一片空白。Jinx 也一直沒有打過來。

這種情況我第一次遇見，也不知道該怎麼辦才好。我嚴重小看了臺北會議，最近這幾天上下班的路上隨處都有員警在巡邏，捷運也設置了安檢，連辦公室的同事看起來也都心事重重的樣子。這樣的警戒規模讓我這個做壞事的人每天都心驚膽戰的，深怕走在路上突然被員警攔下來，帶到警局裡問話：「我們追蹤你十幾年了，每天你都在偷窺別人的生活，是也不是！？」，想到可能會有這一天，我就緊張的直冒冷汗，我決定躲在家裡，就向公司人事部請了二十八、九號兩天假。

在家裡的日子也不好受，白天，我無所事事地躺在家裡，智慧眼鏡一戴就是一整天。有時候讀點書，有時候聽點音樂。為了弄明白這個大家都在說的臺北會議究竟為什麼可以牽動大家的心，我也開始收看直播。人工智慧這玩意兒倒是流行了好幾年，也跳票了無數次，在我二十歲的時候，人工智慧學家、人工智慧開發等相關職業火爆異常，連我都躍躍欲試的，可當我有這個覺悟的時候，我已經修了兩年的國際貿易專業，這個專業根本就和人工智慧不對頭，也沒有管道讓我重頭再來，於是只能作罷。後來發現這個概念雖然不斷被人提出，但成果也一直讓人很失望，人工智慧的「智慧」水準一直舉步不前，某些程度上可以說是有點「智障」了；或者說當某項技術成熟了，比如語音辨識技術成熟了，但資料庫還不夠完善，兩項技術不能恰當的匹配，「智慧」的水準就很低。這樣反復了幾年，我對人工智慧失去了興趣，就沒有在追蹤最新的消息了，反正如果哪天真正的強人工智慧誕生了，一定也會轟動全球，我不會錯過的。

至於這個會議的政治內涵，我更不想深究了，這四十年也不是白活，臺灣還能整點新的東西出來嗎？到了晚上，那才是真的難熬，因為沒有上班，我五點就吃了晚餐，迫不及待的進入論壇，希望可以看到新的監控錄影，但依舊沒有。於是我乾脆掛在論壇上，每隔幾分鐘看一次。

是的，這就是我全部的私生活了。Jinx 已經好幾天沒聯繫我了，如果把在外工作迫不得已的寒喧，或者工作上的交流也排除的話，我就是個完全的沉默者，與外界沒有一點交流。這樣的情況一點也不罕見，就是在這樣一個人與人之間缺乏交流、拒絕交流的時代，人工智慧才會有立足之地不是嗎？臺灣的婚育率已經低到世界排行第一的水準了，我就是其中一份子，我們公司三十歲以上結了婚的不到百分之二十，他們也是其中一份子。為什麼要研究人工智慧，說好聽點是為了探究人類本身、為瞭解決人類無法解決的問題，其實真正的目的不就是為了取代人類嗎？人類已經淪落到不再有繁殖後代的欲望，當然需要機器人來取代了，這是人類自取滅亡之舉，同時也是無奈之舉啊。

看看我們這些人，一天工作完回到家，躺在床上，戴上智慧眼鏡，連上雲端網路，開始了視聽的盛宴，覺得累了就摘掉眼鏡然後呼呼大睡，第二天醒來再繼續重複著前一天的生活。這種生活隨便一個低級的機器人都能做的到。我看過一本關於幻想未來世界生活的書，書裡的世界有一條規則，如果單身者到了一定的歲數還是沒有配偶，就會被處死。我覺得這個設定很不錯，把它放到現代社會再合適不過了，雖然這樣我會死，但人類這個種族總算可以延續下去了。

「但我還是好寂寞啊……」

想了那麼多，一點用也沒有。我人雖然到了不惑之年，心理年齡恐怕還停留在二十幾歲，我是個例，還是說全社會的人都呈現心智低齡化，這個問題我就不知道答案了。也可能是只是十幾年的習慣突然被打破，一時無法適應的緣故，就像你從小看到大的電視節目突然說停播了，一定也會覺得心裡空空的吧？我就是這樣的人，並且已經連續失眠兩天了，他在做些什麼？他睡了嗎？他也在收看直播嗎？滿腦子都是這些問題。

我只請了兩天假，所以三十號那天還是照常上班。辦公室裡的氣氛和兩天前有些不一樣，有股無名的躁動感彌漫在空氣中，不像之前那樣沉悶，現在是帶有一點攻擊性，像是隨時會爆炸的不定時炸彈一樣。我想應該是受到了新聞媒體的影響，如果不是要上班，可能會有很大一部分的人會上街遊行或抗議吧。

「林經理，老莊在辦公室等您！」我的助理敲了門之後進來和我說。

我的經驗告訴我，剛上班沒多久就被老闆傳喚，一定沒好事。果不其然，剛進去老闆辦公室沒多久就被罵了，這幾年家用電腦的市場逐漸沒落，取而代之的是 VR/AR 終端機和高性能、專業級電腦，負責統領採購業務的我有時會跟不上市場腳步，等著我的就是老闆的訓話。聽說現在很多人年紀輕輕就當上了上市公司老闆，真不知道他們要怎麼面對比他們年齡大很多得下屬，如果我的老闆年齡比我小，還敢口無遮攔的責備我，我說不定會動手給他一拳。

我的老闆姓莊，比我還大上二十來歲，公司同事都稱呼他為「老莊」，我看著他憤憤不平的樣子，心裡卻默默地想著他和 Jinx 的關係。Jinx 能隨意地指派我到這家公司，一定與這家公司有某種利害關係，難不成老莊也是他的手下之一麼？也可能是另一種情況，老莊是 Jinx 的上司，他刻意把我安排在自己公司，然後暗中監督著我，那麼，Jinx 就隱藏在我的同事中了。不過不管是哪種可能，我都無法改變「被罵的下屬」這個身份，老莊放完連珠炮後，我趕忙點頭承認錯誤。

早上被罵了一頓，接下來的工作情緒就會很低落。傍晚五點，老莊在辦公室向大家宣佈接到了政府的通知：「由於臺北會議的召開，為了保證各位國民的安全，將自一月三十一日起，連放三天假，」辦公室裡有人噓聲，也有人歡呼，「下班吧，反正大家都心不在焉的。」老莊補了一句，這時候歡呼聲就比噓聲響多了。我什麼聲音都沒有發出，如果要我表態，我是屬於發噓聲的那群人，

「什麼保證國民安全，是為了保護外國人的安全吧？」發嘘聲的人應該都是這麼想的，但有些人發起瘋來自己人都打，還是放假在家比較安全。馬上就要六點了，我思索著下班後能幹嘛，今晚肯定也是看不到滿田了，聽說出動了好多網路員警進行網路監管，各大代理伺服器都難以倖免。

要不去他家附近轉轉好了，我心想。

下班後，我搭乘捷運來到了滿田家附近，現在是下班高峰期，但人比以往少了很多。一出站我就直接往滿田家走，一路上左顧右盼，希望能正巧碰見他，但碰見他又如何呢？我自己問自己。

「先是要自我介紹吧……嗯……就像之前演過的那樣……」，是的，我曾經模擬過在大街上遇見滿田該說什麼、該演出怎樣的表情，但到了那時還能不能奏效就是另外一回事了。

很快，我就拐進了滿田家隔壁的巷子裡，距離他家最多一分鐘的距離，這裡是最危險的地方，巷子本來就不寬，兩邊還停了摩托車和汽車，要是滿田從正面走來，我一定躲閃不及，到時候還講得出話來嗎？

念及此處，我不敢再走了。一個四十歲的大叔，因為害怕和一個不到十九歲的小少年碰面，而停下了腳步，沒錯，我害怕。這個巷子是我的底線，我不能再往前了。我決定找一個既靠近滿田家，又有隱蔽性的地方，最好還可以供我久坐。這個巷子口有家名叫 Elton Lin 的咖啡廳，我決定找個靠窗的地方坐著，這個角度面向大街，說不定有機會可以看到滿田經過。

沒想到還真給我看見了。

那時候天已經全暗了，路燈大約五十米才一座，所以光線非常不夠，但我還是可以肯定就是滿田，他穿著長褲、羽絨服，兩手插著口袋，靠著圍牆獨自走著，距離我僅僅一個馬路加一扇窗戶的距離。我屏住了呼吸，看著他從我的十一點鐘方向，慢慢走到了九點鐘方向，此時我的身體已經轉到了超過九十度的位置，只見他左顧右盼了一下，穿過了馬路，隨後消失在我的視線中。我保持著這個姿勢不知道多久，直到我看見了自己在照在窗上的倒影，我才意識到自己的姿態相當滑稽。

我沒有跟上，當然沒有，這已經是一個大膽的突破了，這是人生中絕無僅有的十幾秒時間，我突破了螢幕、突破了攝像頭，終於來到了現實世界。

我窺視了十八年的他，就站在那裡，有血有肉的站在那裡。

三十號的晚上，依照慣例登入了論壇，但和我想的一樣，工作板塊裡依舊沒有監控錄影。不過沒關係，此時的我已經不再需要那東西了，我可以正大光明地和他見面，重新認識他，聽他的聲音，觀察他的容貌，瞭解他的習性，這比什麼都更能讓我滿足。此刻，我就是那重返巴黎的基督山伯爵，我不用向誰復仇，但這十八年的隱忍，急需找到什麼宣洩出來，而那個對象正是滿田。我是誰？我究竟是滿田的什麼人？這不重要，現在我只想和你平起平坐，我不想再躲在螢幕後面看著你，你已經佔領了我十八年來的每個夜晚，難道還不知足嗎？我為了你，膽戰心驚的活了十八年，終於可以結束了吧？

「就明天吧，明天就要見到你！」我幾乎是怒吼出這句話來，此時的我心中被一股強烈的欲望所填滿，來回在房間裡走了好幾圈。若此時有人暗中監視我，一定會覺得我瘋了。

幾乎整晚，我都難以平靜。我自稱沒有監控錄影沒關係，但名為「失眠」的怪物沒有領情，照例找上了我。人在失眠的時候是最脆弱的，這一點應該是失眠者的共識，此時我的內心已了無欲望了，有的只是掙扎，滿田就像一座大山一樣壓在我身上，我掙扎著想要脫困，就是這種掙扎的感覺擊敗了我的欲望。我打開手機，看著他的電話號碼，決定發送一條簡訊：

「我想和你見一面，哪天都行——鯨」

這場仗我永遠也贏不了，我心想。不管我對滿田傾注了多少感情，這種卑微感還是會伴隨著我直到死去。十分鐘、二十分鐘、半個小時過去了，仍舊沒有收到回覆，我更加感到卑微，求你回覆我吧，就說「那就明天見面吧！」，不然後天也可以，大後天也行，拜託你回覆我，我有好多話想和你說，請不要嫌棄我可以嗎？不然，就乾脆的拒絕我，把我打入地獄，讓我受盡折磨……

第二天早上醒來，還是沒有收到回覆，我只能麻木地把他的態度拋在後頭，選擇我行我素。我洗了頭、刮了鬍子，穿了一套休閒又得體的衣服，決定回到昨天的咖啡廳等待滿田，只要一見到他，不管三七二十一直接衝到他面前，然後用 Jinx 教我的開場白搭訕他，至於後續會有什麼反應就得隨機應變了，他是提醒過我，等臺北會議結束後再去接觸滿田，但我實在等不及了。

咖啡廳的營業時間是從早上十點到晚上十點，因為是自營業，所以沒有按照政府規定休業，也幸好如此，我才能繼續埋伏在這裡。點完咖啡後就剩下等待了，而這場等待可能很長也可能很短，一切都得看天意。咖啡廳內的服務生和老闆加起來總共五個人，正在全神貫注的收看臺北會議直播，我不能把我的目光從窗戶外撇開，不然錯過了滿田可就虧大了，但是直播的內容似乎又很精彩，於是我耳朵一邊聽著電視聲音、眼睛一邊看著窗外，這樣一心二用讓我感到很不舒服，逐漸地就聽不懂也看不清，很快就疲倦了，我只好把注意力全部集中到窗外。

令我意外的是，從早上十點，等到晚上九點，一天至少十個小時，但還是連續兩天都沒再看見滿田，這期間總共喝了多少咖啡是數也數不清了。有幾次我出了店門，甚至都走到了滿田家的巷子裡，最後還是無功而返，我仍舊無法再往前踏步，Jinx 說的沒錯，要接觸觀察對象真的很難。每當我再也走不下去了，就趕緊回到咖啡廳，點了咖啡和食物，又接著坐上幾個小時。

今天已經是二月二號了，我仍舊一起床就去咖啡廳報到。我無事可做，也無事可想，還不如等待。這種狀態很容易讓人麻木，一旦麻木了，「等待」就變成了常態，不喜也不悲；或者說就像吸毒一樣，大前天見到滿田那是吸了第一口，既然是毒品，容易就會想繼續吸，於是我就又回到了這裡。我究竟是麻木了，還是吸毒了呢，或者兩種說法都適用於我吧。

會議將在下午結束，很快就可以再和 Jinx 聯繫上了，這意味著我要恢復到過去的作息，每晚九點登入論壇，完成我的工作。Jinx 會很滿意我沒有違背他的意思，乖乖地等到會議過去後再試著接觸滿田，他不會知道我失敗了那麼多次，即使是現在，也還傻傻地在咖啡廳等他出現。這幾天的遭遇，就像是我自己和自己開的一個玩笑罷了。

「等一下，那不是他嗎！？」一個令人熟悉的不能再熟悉的背影從窗前經過，儘管髮色和我想的不太一樣，是暗紅色？但我知道他就是滿田。

「我該怎麼辦……該怎麼辦……」我應該要馬上衝出去，擋在他面前才對，但是我的雙腿卻不聽使喚，只能勉強地顫抖著站起來。他就要離開視線了。

我又失敗了，我心想，我已經盡力最大的努力了，還是等 Jinx 牽線吧，我可以求他……

「鈴鈴鈴——」一陣悅耳的風鈴聲，有人推開了咖啡廳前門。是他。

是的，我沒看錯，他也選擇了靠窗的位置，轉身的一瞬間我看清了他的面孔，十八年來模糊的影像第一次清晰了！

這是真的嗎，我沒有在做夢吧？滿田竟然就這樣和我共處在一個空間裡，而且就坐在我的前桌，背靠著我座位上。他剛剛沒有看向我這邊，若有所思的就這麼坐下了。咖啡廳除了我們兩個，沒有第三桌客人，而他又是獨自一人，這不就是最好的機會嗎？我夢寐以求的機會……

我複習了一遍又一遍開場白，等到服務生上完咖啡，我覺得時機成熟了。

我站起了身，整理了一下衣服，抹了一下頭髮，向滿田走去。

Jinx 的主意真的很失敗。

好不容易說出「我是你父親」五個字，滿田卻被我氣走了，沒錯，他怔怔地望著我，厭惡、不屑、憤怒……種種情感頓時湧上他的面龐，於是他留下沒吃完的餐點和咖啡，留下了無法動彈的我，就這樣走了。我沒有出聲挽留他，因為這實在太荒唐了，一個一戳即破的謊言，退一百步說，即使滿田相信了，基因檢測也會無情的拆穿我吧？

作為這場戲的導演，這個劇情有一個顯而易見的矛盾，但要親自和滿田見面才能意識得到。我雖然天天從監控錄影窺探他，可是無奈畫素不高，又經過各種壓縮，根本看不出這個細節：他一定是個混血兒，而我則是純正的漢族人。如果他是我的兒子，不應該有著棕紅色的卷髮和高鼻才對，這個矛盾實在太致命了，又一針見血。但到了那一步，我已經完全喪失冷靜，只能把排練好的東西一股腦兒地交代出去。

歸根究底都要怪 Jinx，而我也竟然傻傻地信了。

我看著滿田從咖啡廳窗前走過，鐵青著臉，頭也沒回，一瞬目光都不留給我，就這麼往家的方向走去。我艱難地扭動著身體，把頭轉了個一百八十度，怔怔地望著他走出我的視線。

我呆坐在咖啡廳裡，不知該如何是好。第一次的接觸失敗透頂，未來要有什麼進一步的發展就難了。可是好不容易開的這個頭，我不想放棄，既然開始演了，就要演下去，我這麼告訴自己，一整場戲的好壞不是在開頭或中間就可以下定論的。

我決定等會兒就去滿田家，先道歉，然後把屬於我的戲演完。

而且，事實證明，我這些年的監控錄影可沒白看，報告也不是白寫的。幸好我靈機一動想起了他生日這點，成功的吸引到他的注意力。那一刻他一定也很驚訝，這個應該只有自己才知道的秘密，怎麼就這樣輕易的被這個陌生人說了出來呢？滿田啊，當初不僅僅是只有你困惑而已，作為「旁觀者」的我一樣注意到了這點，還寫進了報告呢。

我趕忙想著這幾年有沒有什麼特別的、發生在家裡的、只有他母子倆才知道的事，希望這樣可以給自己的身份增加一些真實性。「父親」這個身份是必定扮不成的，我對滿田的身世一無所知，他的父親究竟是誰，為什麼由陳靜一個人帶大，這是 Jinx 的秘密。我剛剛的話一定深深地傷害了滿田，說不定他早就知道為什麼自己一直以來都沒有父親的陪伴，那麼我的舉動就實在是太丟人了，我一定要用最大的誠意來道歉。

那我又要扮演什麼角色呢？滿田，我雖然不是你的親父，但我一定可以在你的生命中扮演一個重要的角色，這不僅僅是 Jinx 的主意，也是我由衷的願望。

所以是什麼樣的角色呢？母親的好友嗎？再繼續用這個套路連我都覺得厭煩，陳靜本身就是個不愛出門，不愛與人交流的人，用聊天軟體這個謊已經很牽強了，滿田一定不會接受的。

那麼，「情人」如何呢？一個消失已久的情人，聞知死訊才姍姍來遲的情人。在這個劇本中，我和陳靜保持著多年的曖昧關係，沒想到她竟意外懷孕了，而我們滿懷期待的孩子，卻有著明顯的外國人的面孔，這是她與另一位男子的結晶！於是她選擇拋棄了我，找到了那個外國男人，並且選擇和他結婚。而我這個被背叛的情人，憤怒、無奈、不解，遂逃得遠遠的，暗自發誓此生再也不要見到她。但誰知道這位人夫死的比誰都要早，陳靜失去了丈夫，也早已失去了我，所以只能獨自把滿田帶大。漫漫歲月中，陳靜找到了我的聯繫方式，不時地偷偷向我傾訴衷腸，聊以慰藉。直到數月前，接到了她的臨終遺言：「請幫我照顧滿田」。一番天人交戰後，我決定再見她最後一面，沒想到已經為時已晚，所以才有了今天這樣的局面。

這個劇本若是用在拍電影上，略顯老套，但要是拿來說服滿田，就絕對是對陳靜的最大的侮辱。我只是一個不明所以的外人，只不過偷窺了十幾年就好像有資格對這個家庭評頭論足似的，為了一己私欲，編造這樣一個扭曲事實的故事來達到目的，我的良心何在？

我打開手機，決定先寫好一條簡訊。

「滿田，對不起，請原諒我，我確實不是你的親生父親，但是我和陳靜的關係不是一言兩語能說得清的，請你一定要和我談談。」

又思考了片刻，我決定發送。良心？良心應該拋下我很久了，十八年前的第一晚，他就和我永別了。況且為了滿田，良心又有什麼要緊的呢？我已經錯過了陳靜，我不想再錯過滿田了。

此時已是傍晚五點，滿田一定早就回到家了，不知道他收到這封簡訊時心裡又會想些什麼呢？不管他會不會回覆我，我決定現在，就是此時此刻，去拜訪他家。

室外與室內的溫度相差巨大，我把領子拉高，雙手插進口袋裡，往滿田家走著，腦袋一片空白。不到一分鐘便來到了目的地，我站在門口等待著，卻不知在等待著什麼。

「嗶——」我終於按響了滿田家的門鈴，即使他尚未回覆我的簡訊。此時天還微亮，路燈卻也亮了起來，這個時間從外面看不出裡面是否有人。我抬頭打量著滿田家的房子，這種老式的雙層平樓在臺灣相當常見，而且全都年代久遠，滿田家甚至連門鈴都沒有換，聲音還是如同上個世紀九十年代一樣刺耳。

「你究竟想幹嘛？」滿田的聲音從我身後傳來，他站在路燈下，雙手交叉在胸前，一臉警惕的看著我。原來他沒有馬上回家。

「滿田，這個故事很長，你可不可以給我一個機會讓我把它說清楚。」這個口吻像極了拋下母子的失敗父親。我對自己的表現感到滿意，但他仍然警惕的看著我，沒有反應。

「拜託你。」周圍的冷空氣正在逐漸凝結，我趕緊補上了一句。

「你進來吧，但我勸你不要亂說話，否則我馬上報警。」

我跟隨著滿田走進房子，室內要比外面暖和多了。但比起這個，我更應該說說「美夢成真」的感想，這一切是那樣的逼真，但這也從側面提醒著我，我每晚幹著多麼齷齪的勾當。這裡是客廳，那裡是廚房，通往二樓的樓梯就在主臥室的門口旁，樓上的第一間就是滿田的房間……全都和我在電腦前看的一模一樣，此刻真的有 Jinx 所說的那種虛實模糊的感覺，使我頭暈目眩。

「這邊請坐。」我似乎張望了太久，滿田開口催促我在客廳沙發坐下。

Jinx 是怎麼偷拍到一切的呢，我試著從錄影視角來尋找，很快就發現了天花板與牆壁的交界處有一個四分之一個手掌大小的黑色塊狀物，攝像頭應該就裝在這個黑色塊狀物裡面，就是它把所有發生在這間屋子的事情一五一十的錄了下來。

「那個是自動報警裝置，每個房間都有。」滿田一定是看我盯了好久，才出口解釋道。他的眼神很凌厲，又帶點輕蔑，好像自動報警裝置可以威脅我似的。

「有話直說吧，鯨先生。」

「嗯……首先我要道歉，對不起……」我鄭重地低下了頭，停了兩秒鐘。再抬起時，滿田的目光不再那麼嚴酷了，但還是一句話也沒說。

「我不是你的父親，當然不是，但我不知道怎麼才能接近你，才編了一個這樣的謊……」滿田依舊一言不發，看來我得一口氣把獨角戲演完。

「我之所以知道你真正的生日，因為我永遠也忘不了那天，十九年，不，是十八年前，我就在產房外面等著……」

「我第一眼看到你，你沒幾根頭髮，但每一根都像刀子一樣紮在我的心上。那耀眼的棕紅色，就像是正在開懷大笑的嘴唇一樣，嘲笑我……」

「是我啊！那個在你媽懷你的時候無微不至地照顧她的人，每天哄著她睡覺、陪伴著她喜怒哀樂的人，是我啊……」

「護士們面面相覷的表情，我到現在都忘不了。我問她：『為什麼？』，她不敢看我，只是沉默著，旁邊的護士甚至還想安撫我……」

「『先生，請你冷靜……』」

「我沒有再多說什麼，就離開了婦產科。那一刻，我發誓再也不要見到她，你的母親，再也不要見到你……那一天正是四月二號。」

「不……我沒有離開臺北，只是換了間公司，重新租了一間房子，獨自生活……是啊……到現在也是……」

「這間房子……這間房子，本來是我和陳靜，還有你的家……」

「後來啊，好像是你一歲還是兩歲的時候，她不知道從哪裡拿到了我的電話，然後時不時的發簡訊告訴我一些你的近況……啊，是嗎，原來是這樣……但是我既從來沒有回覆過她，我以為過不多久她就會放棄，沒想到這樣一發竟然持續了十八年……是的……大部分是晚上，有時候是一大早……沒有，我都刪除了，看完就刪除……我也不知道……」

「十二月二十六那天，你母親發了最後一條簡訊，告訴我她可能不久於人世了。我很驚訝，也不知道是真的還是假的……對不起……我掙扎了好久，等到我下定決心要去見她的時候，她已經……對不起，我對不起她……是啊，我早就知道了她拒絕接受治療……我不明白……天啊……」

「謝謝……對不起，我失態了……後來，就在前幾天，我想起來她最後有拜託過我，拜託我照顧你……所以我才發那樣的簡訊給你，但是我不知道……沒關係，真的沒關係，是我的錯……」

淚水不自覺得流了出來。

等到回過神來時，我覺得自己勝券在握。哪怕我這一輩子都沒見過陳靜本人，沒收過她的簡訊，沒聽過她說話的聲音，這全是戲，淚痕卻爬滿了我的臉。是因為自卑嗎？或者，我是天生的好演員。

至於他，從頭到尾都是一個聆聽者，只有很少幾次的插話，他還沒有到落淚的程度，但是看得出來他也被這個故事感染了，眼神裡早已沒有了一開始的冰冷和警覺，換成了一抹深色的落寞之情。他的心裡在想些什麼呢，也在感歎命運造化弄人吧？可笑的是，這一切都不是真的，全都是我信口雌黃、憑空捏造的，你是無辜的，陳靜也是無辜的，卻都被我一次又一次地傷害。如今，我的罪孽更加深重了，只剩一條路可以讓我贖罪——

「我希望能按照你母親的遺願……讓我來照顧你吧……可以嗎？」

滿田愣愣地看著我，沒有立刻答應，但也沒有拒絕，於是沉默接管了這個空間。我對這個結果已經相當滿意了，自知再待下去對我們倆都沒有好處，沒等滿田回答我，便直接說：「謝謝你能聽我把話講完。」稍微整理了一下自己，我便獨自離開了。這下，輪到滿田嘗嘗忐忑不安的滋味了。

現在其實連六點都還沒到，我在滿田家沒待夠一個小時，卻感覺像又過了一遍人生那樣漫長。我走在通往捷運的路上，心情無比舒暢，路過巷口咖啡廳的時候甚至想進去和大家握手，慶祝勝利，往日的失意終於煙消雲散了，我開始相信這個謊言對我和滿田來說都是好的，陳靜在天之靈也一定會原諒我吧？

晚上九點，我給自己倒了杯葡萄酒，照例登入了論壇，然而還是什麼都沒有，Jinx 說過會議之後就會恢復原狀，看來至少還要等到明天。如果明天能恢復的話，就意味著我可以在監控時間傍晚五點十五分左右，在螢幕裡看見自己。

這是歷史性的一刻，我心想。

難得的放鬆時間，我播放了最愛的專輯，開了一瓶新買的葡萄酒，就這麼消耗著美妙的夜晚，陶醉在勝利的喜悅中。可正當我準備睡覺的時候，Jinx 打來了，這樣的巧合不禁讓我想起不久前的那一夜，我屏住呼吸，不知會有怎樣的消息等著我。

「我是 Jinx ——」

「臺北會議終於結束了，明天開始就和往常一樣，然後你得想辦法接觸滿田，聽清楚了吧？」

「呼——」我的神經立刻放鬆了不少。看來，連神通廣大的 Jinx 都不知道今天發生了什麼，我決定把一切都說出來好嚇嚇他。

「什麼，你們進展的那麼快？」Jinx 果然意想不到。

「這樣也好，如果你能成功得到他的信任，以後只要每週上交報告就可以了。我掛了，保重。」

這通電話意外地短暫，還來不及問 Jinx 其他的問題，通話就結束了。

每週上交報告？這話讓我想起了「赤一」，她毫無疑問地是我的同事，Jinx 的論壇裡寫的非常明白，所以她的任務就是每週上交報告嗎？不可能，我從沒看見過她有類似的行為，況且，哪有母親願意做這種事。所以這種每週寫報告的任務應該是專屬於我了，那麼陳靜的任務究竟又是什麼呢？眼下的情況是，即使我取代了她的位置，卻沒有新的任務增加。

還有，滿田提到的那個外國父親，說什麼兩歲前都和他一起生活，這也是不可能的，因為自他一歲起，我不曾在他家見過什麼外國男人，他的這個臆想又是從何而來的呢？

Jinx 的電話讓這個伴隨我半生的任務顯得更加疑點重重，但今天是美夢成真的一天，我決定暫時先把這些問題擱下，好好地迎接我下一個美夢。

第五章

現在回想起來，那是個多麼令人心碎的一天啊。

我總算更加瞭解母親了。

當時的我沒有談過戀愛，所以不能說感同身受，但這是除了母親以外，第一次有大人在我面前流下眼淚。我無法不相信鯨叔叔的故事，他的每一句話都能和現實發生的事對上號，而且我看的出來，他是真的心碎了，先是我的出生、母親的背叛，然後是來不及見的最後一面，這份綿延了不知多少年的情感，換作是任何人都克制不住吧？

在鯨叔叔心中，這一切悲劇的根源都是我那位多情的母親，是母親先背叛了他，然後有了我，才有了後面的種種。當他說到他拋下我們母子倆的時候，我倒很想問問他，是如何能忍心拋下我們母子倆呢？生父不在，你也選擇了逃避，母親當時承受著多大的壓力啊！你是否真心愛著她呢？如果是，為什麼當時沒有選擇接納我們母子倆，為什麼在這麼多年過去了，還像個縮頭烏龜一樣躲著我們，直到母親撒手人寰了才冒出來呢？

我也想問問我的親生父親，你真的愛著我媽嗎？為什麼那天在產房外面的不是你，你的一時衝動傷透了這個男人，也傷透了母親。但幸好他不像鯨叔選擇了逃走，而是盡了身為人父的職責，養育著我直到死去。

所以這一切又有誰能說得清呢，不管是母親還是父親，還是鯨，都沒有做出最正確的決定，都只是恣意妄為罷了。

而要說這其中有誰是真正的無辜的受害者，除了我還能有誰。而我早就受夠了，也厭倦了，不管是父親的早逝，母親的放棄治療，還是鯨的懺悔，都不再能打動我了，大人世界的恩怨情仇所釀下的惡果，憑什麼要我來承受？我永遠只想為自己而活。

「我希望能按照你母親的遺願……也就是說……讓我來照顧你吧……可以嗎？」

他竟然這麼對我說，難道不覺得羞恥嗎？

我當下沒有拒絕他，當然也沒答應，幸好他也知趣，馬上就走了。我把他送到了門口，望著他孤零零的背影，卻也心生可憐，從他的話裡我能猜到，他其實也一直掛念著母親，只是難以吞下被背叛的這股惡氣，他究竟傾注了多少情感到母親身上，才能在奪走自己幸福的男人的骨肉面前灑淚，也許，就像人們常說的，有多少的愛，就會有多少的恨，母親的死對他來講並不是終點，反而使這股恨無處傾瀉，就像基督山伯爵回到巴黎，卻發現欲復仇的對象都不在人世了一樣，這樣的人是最可憐的。

讓我暫時任性一會兒，他無視了我母親的訴求整整十八年，像個膽小鬼一樣躲起來這件事，我還無法原諒他。

我不自覺地打開手機相冊，望著全家福裡那個高高的外國男人，就是這個男人，陰差陽錯成了我的父親。為什麼母親不挽留他，而是去追尋這個連母親懷了孕都不曉得的男人呢？和鯨叔叔相比，母親多愛他些嗎？可歎的是，生父短命，母親就這樣和我相依為命到去世，這樣的命運未免也太造化弄人了。

我站在被鎖上的主臥室的門前，一度幻想所有的答案都藏在門後，但現實是即使我立刻破門而入，下場還是一無所獲，況且，裡面的空間早已被那老照片的能量占滿，那一天給我帶來的壓抑感至今仍未忘懷，甚至隔著門都能感受的到。

「這扇門還是永遠不要打開比較好。」我在內心暗道，連同所有的秘密和答案，永遠地關上吧。

我回到房間，躺倒在床上，心亂如麻。我不想再理會身世、臺北會議或學測這些惱人的問題，我只能逃避，因為這樣的安排在我身上實在太不公平了。為什麼不是阿誠，或是這大千世界的任何一個人，憑什麼要我來承受這些呢？

回首過往，此刻就像是比爾博・巴金斯遇上了甘道夫，冥冥之中的力量驅使著我，讓我想起了「LOKI」，想起了虛擬實境。

我心甘情願地成為這股力量的俘虜。

LOKI，電嬉中的一個相對出名的團體，他們的特長是創造虛擬實境，他們在位於暗網中的官方網站上發佈，並發放限量的邀請碼供人下載體驗。

這類的虛擬實境與一般的虛擬實境不同，除了有著異常的內涵，聲光效果都比一般的體驗強得多，當然，有著一般電嬉作品都具備的成癮性。在那個世界裡，LOKI就是毫無疑問的王，隨著你的感官、身體機能的敏感度不斷放大，虛擬實境裡的任何一個要素都會直衝大腦，即使摘下眼鏡，也有可能因為那些充滿暗示性的畫面而產生幻覺。新聞就曾報導過有人在體驗虛擬實境後驅車上路，結果發生意外導致重傷的事件。儘管具有一定的成癮性和神經傷害，政府並沒有出臺相關的政策來監管這類虛擬實境，而且就算要監管，暗網也不會讓政府輕易得手的。

當我把逃避現實和虛擬實境聯繫在一起時，再也沒有任何現實因素能阻攔我。

我打開電腦，連上了智慧眼鏡終端機，在暗網裡找到了 LOKI 論壇。這不是我第一次光顧他們的大本營了，這個開發團體據說是現實世界中的一家大公司旗下的秘密工作室，至於為什麼有這種傳言，只有體驗過他們的產品才知道。

這款虛擬實境的名字相當直白，就叫做《幻境》。找到程式的下載連結後，還需要輸入邀請碼。這個邀請碼是限量發行的，自然價值不菲，而且只能用虛擬貨幣購買，可我早就拿到手了，那是前些時候在網上認識的開發工程師給我的，我替他工作了一段時間，而作為回報，他送了我一枚邀請碼：

「我這個邀請碼可比你的工資有價值的多了，你要賣還是要自己用都可以，好好考慮吧。」

我按照步驟輸入完邀請碼後，順利地啟動了下載。《幻境》的大小是普通 VR 程式的四倍大，以目前的速率估計要半個小時才能載下來。無所事事的我開始流覽論壇，那些體驗過《幻境》的使用者的留言，大部份都是盛讚，也有人表示這個程式相當危險。令人疑惑的是，這些人不約而同的提到了一個共同的稱呼——凡提，那也許是虛擬實境裡的一個重要人物或地點的名字，卻又都說的不明不白，好像是故意吊著其他人胃口似的。

等到程式順利導入終端機時，已經是晚間七點了。據我所知這是個純粹觀賞的 VR 程式，所以我沒有調試牆上的運動軌跡感應器，房間也沒有收拾，只是把座椅調整成最舒服的角度，喝了口水，做了幾次深呼吸後，便戴上了眼鏡。

在一長串警告標語結束後，首先映入眼簾的是一片紫絳，沒有音樂。我轉動電腦椅，周圍什麼都沒有。這樣的一幕保持了大約十秒，耳邊才傳來了樂器奏響的聲音，「鈴——」這種聲音不是風鈴發出來的，並沒有迴響，「鈴——」，大約秒後又傳來了同樣的聲音，我猜大概是某種手搖鈴發出來的。畫面的顏色隨著有節奏的鈴聲開始改變，一個小點般的藏青色在紫絳中擴散，逐漸放大，隨後畫面中又出現多個小點，有的是赤金色，有的是油綠色，還有殷紅色等等，這些花花綠綠的顏色像是雨滴一樣落在平靜的紫絳色水面上，開始產生波紋，然後逐漸和其他顏色融合。聲音方面加入了節奏和鈴聲交錯的鼓點，每一滴雨都伴隨著鼓點落下。鼓的節奏越來越快，好像雨漸漸變大一樣，平靜的水面此時如同炸裂般，各種顏色融合在一起，就像在萬花鏡裡快速旋轉的霓虹燈一樣。

「到底想怎樣……」我在內心感歎道，這畫面的像素極高，色彩鮮明而華麗，我的眼睛已經快受不了了。

突然，音樂節奏也變得複雜了，除了最初的鈴聲和鼓聲，加進了幾種電子旋律和節奏更強的鼓點，整首曲子的曲風從一開始的空靈轉為類似迷幻搖滾般。此時的畫面，顏色已經停止了交流，停在了化為霓虹的那一刻，這些霓虹慢慢開始有了線條，就像有人用刀在水面上割劃一樣，這些刮痕不像真實的水面會復原，而是保持了那樣的痕跡。這把刀像是聽從音樂的指示一樣，越揮越快，越來越頻繁。最後，一開始完整的平面像被摔在了地上的玻璃一樣，碎成千萬片，而每片都還保留了原來的霓虹。我就身處在群碎裂的霓虹之中，或者，我本就是千萬片霓虹中的一部分。

這種迷幻搖滾加上電子樂的曲風沒有持續太久，一個又一個的樂器被抽離，隨著曲風的變化，這些霓虹碎片裡的色彩又開始流轉，不再華麗，而是慢慢地減少，到了只能聽見鈴聲和鼓點的時候，碎片裡的顏色也流失殆盡，只剩下一點點霓虹的痕跡，就像裝著彩虹的牛奶瓶被慢慢倒空，最後只剩透明的空瓶一樣。

就這樣停了大約三秒，我開始「移動」了，慢慢地加速，朝著碎片與碎片之間的裂縫飛去，我漸漸屏住了呼吸，畫面自我眼角快速閃過，甚至出現了耳邊有風的感覺。進入了裂縫後，速度沒有再加快。我才發現那些碎片只是看上去是碎片，從裂縫中四處看，到處都是被均勻切割的多面體，此刻，伴隨著單純的鈴聲和鼓點，這趟飛行逐漸使我放鬆。

然而沒有持續多久，鼓點開始加速，並出現了節奏更加急促的「嘟—嘟—嘟」電子音，我知道畫面即將開始變換。果然，這些多面體開始有了顏色，有的從中心開始擴散，有的從邊邊角角。這些顏色憑空冒出，逐漸填滿了六面體。

「這是……城市……？」多面體們似乎不滿足於單純的色彩，開始加上了其他元素，比如窗戶、門、煙囪等等，最後成為了一棟又一棟風格各異的建築，比較長的多面體成了大樓、高塔，短的則變成五、六層的居民樓，再更小的多面體就變成了平房，甚至還有瓦房和茅草屋，這些建築就這麼漂浮在空中，我就像在參觀建築博物館一樣。

「是『唐懷瑟之門』嗎？」眼前的奇景令我驚訝地合不上嘴，那是一座閃著光的、有著無數黃金射線向外延伸的巨型圓環，我想起了《銀翼殺手》，那部科幻電影，這是屬於幻境的「唐懷瑟之門」！

更遠的畫面背景同樣不單調，一顆巨大的火球和一顆有著帶狀環繞的的土色圓盤正在不斷交替出現，那應該是某種星體。當火球升起的時候，「城市」猛烈的燃燒著；輪到圓盤升起時，「城市」便陷入冰河時代，連雙眼都會被冰冷感刺痛。這兩個星體交替的頻率應該和我的飛行速度相關聯。

伴隨著節奏逐漸強烈的音樂，飛行的速度也不斷加快，我趁畫面直線前進的時候，藉著最後一點點現實知覺，坐到了地板上，以免從椅子上摔下來。此時的我像坐在透明的捷運包廂裡，在空中之城快速地穿梭，有時候陡然上升，冷不防地又急速下降，還有突然的急轉彎，視線的邊緣早已模糊了。

儘管飛行軌跡很凌亂，但大致還是朝著城市的背景飛去，也就是兩個巨大星體背後的「天幕」。大概還有兩百米距離時，視線已經被火球所填滿，正當我準備好迎接飛行的終點時，耳邊的音樂又有了變化，一些電流聲正流竄在曲子裡，還摻雜著一些不和諧的音色。飛行的速度正在逐漸放慢。

突然，一道電流聲蓋過了所有其他樂器，一秒後，刺耳的電流聲消失了，所有聲音開始晶片化，同時，眼前的多面體開始從邊角瓦解，化作一個個更小的立方體，往我身後散去。我趕忙回頭看，發現遠端的一片漆黑中有一個白色的光點正在吸收這些立方體。我似乎也受到這個吸引力作用，開始加速向後退去。

後退的速度之快超出了我的想像，剛剛還一片燦爛的城市眨眼只剩下三分之一；星體仍在交替出現，但一次比一次更快，而且用肉眼就可以觀察到它們的體積正在不斷縮小。與之顛倒的是，剛剛那個身後的白點正在不斷漲大，究竟是他吸收了許多立方體才變大的，還是我正在向它靠近所以感覺到它變大，我無法下定論，唯一可以確定的是，我會與之融為一體，到另一個世界……

最終，我來到了一片慘白、寂靜的領域，這還不是終結，因為我還可以看見許多小黑點，像灰燼一樣的小黑點正在往同一個方向飄去，可能這股吸引力還沒有結束。「會不會我也是其中一片灰燼呢？」我在心中這麼問自己，不知道還要飄多久，耳邊也沒有音樂作提示，這裡的一切似乎沒有終點。

「歡迎。」耳邊突然出現了女聲，我趕忙搖頭查看，卻什麼都沒有。

「不用緊張，我是凡提，你的引路人。」陌生的女聲繼續說道。她的聲音有種天然的親切感，哪怕我從來沒見過她，也確信可以相信她。

「我在哪裡？」她具有交互能力嗎？可是我記得我沒有打開智慧眼鏡的通話功能。

「這裡是幻境。」令人意想不到的是，她——凡提——回答我了。既然如此，凡提應該具備著一定的語音辨識技術和機器學習能力。

「你不是無緣無故來到這裡的，而且即使出去了，也總有一天要回來。」

我饒有興趣地回味著她的話，凡提還蠻吸引人的。

「你可以現身嗎？」我朝著一片慘白問道。

過了幾秒，凡提才回答我：「很快可以。」我沒有接話，於是我倆陷入沉默。

又過了幾秒，我面向的那一片慘白有了變化，許多深藍色的射線飛向我，然後是其他不同顏色的射線，有黃色、綠色、紅色等等，全部交織在一起，射線的速度好像不斷在加快，耳邊傳來了一絲電流聲，畫面也隨之翻覆，就像剛剛被光點所吸引的那樣，雖然沒有參照物，但我相信我正在飛向另一個「幻境」。我很想閉上眼，因為我已經產生了暈眩感，但又怕閉上眼的時候會錯過什麼，只能勉強撐著。

我在搖晃的過程中，找到了這趟飛行的終點，依舊是一個白色的光點。我努力調整著自己以面向光點，等待著它變大、再變大，然後把我吞噬……

「誒？！」我眨了好幾下眼，才相信自己看到了什麼，是我房間的地板。原來程式結束了，而我正雙手撐著地板，面朝下的跪在了地上。

用這樣悄無聲息的方式結束，在形式上的確會讓人有種恍如隔世之感，我心想，一邊盤腿坐起，閉上了雙眼，又深呼吸了幾口氣。

「我是凡提，你還好嗎？」

從我背後傳來了凡提的聲音，我急忙轉頭——

一位有著黑色短髮，黑色瞳孔，身穿白色連體緊身衣的女性正面無表情地望著我。「不可能……」我心裡一驚，難不成程式還沒有結束？這是怎麼辦到的？是從 VR 模式切換成 AR 模式嗎？我驚訝地說不出話來。

「我們還會見面的，我在幻境等你。」她笑了，一邊走近我，在相距差不多四十公分的地方停了下來，我們四目相對，幸好我無法感受到她的「人氣」。在這個距離下看著她，我可以百分之百確信這是 AR 技術所創造出來，她身上的像素點還是可以被觀察到，但能做到如此清晰實在讓人不敢相信，科技究竟發展到什麼水準，我們老百姓果然一無所知。

就在我思考著該怎麼回答她時，她開始移動，往我房間的門口移動。我沒有鎖上門，按道理來講她可以順利得走出去，並且一直呈現在我眼前，不會被牆壁所遮擋，然而事實又再次震驚了我，凡提走出門後便消失了。

我趕緊跟隨她走出房門，她這才再次出現，而且正在下樓梯！

「怎麼可能？！」照理說 AR 技術只會把對象呈現在使用者的視線中央，不可能會被牆壁擋住，更不可能下樓梯，這是怎麼辦到的？

「喂，站住！」我開口叫道。

凡提並沒有停下來，只是舉起一隻手，做出了揮手的動作，頭也不回的繼續走著，此時她已經下完樓梯了，正朝著我家大門走著。

她的所有動作都與真人無異，說話的態度、眼眸深處暗潮洶湧的情感、走下樓梯時的姿態，那雙手小擺、腰肢輕扭的樣子，幅度都很自然；在聽到我的喊叫後，也流暢地做出回應。我甚至可以開始幻想她的一切，她的身世，她的感情世界……

要不是那些像素點出賣了她，我毫不懷疑她就是個活生生的女人。

我站在房子的中央，沒有繼續跟上，靜靜地觀察這位來自虛擬世界的訪客的一舉一動。凡提會怎麼面對上了鎖的大門呢？她是就這樣徑直地走出去，或者先做一個開門的動作？還是，她會停下來，轉頭問我：「可不可以幫我開個門？」

幸好，她只是徑直地走了出去，消失在我眼前。

我打開房門，外面果然空無一物，這下我才放心了，因為她離開了運動軌跡感應器的範圍，所以AR系統就無法繼續配合這場「幻境」，凡提自然也會跟著消失。「實在是太巧妙了！」我歎了口氣，從緊張到突然放鬆，我差點摔在了地上。

這場「幻境」結束了，我脫下了眼鏡，回到了房間，現在已經是晚間九點了，《幻境》中的我對時間流逝的速度產生了錯覺，以為才過了差不多一個小時而已。不過不管現在時間是幾點，對我的意義都不大，這是我第一次體驗到電子嬉皮士們常駐的世界，從此成了我夢寐以求的世界。

這次體驗最精彩的要數凡提來到現實世界那一段，可以說前面的種種都是在為她的到來而鋪路。她會是強人工智慧嗎？她至少是一個聊天機器人，這是無疑的，只要有足夠大的資料庫和前端技術來應付簡短的問題即可。但是和她的接觸的時間太少了，並不能判斷她是否具有其他「智慧」。仔細回想，也許那個動作是事先設計好的，不管是任何問題，都用「揮手」當作對策。所謂「智慧」，首先要隔離創造者的意志，而這一步是最為困難的。

有這樣的虛擬實境存在，我完全可以理解其他玩家，尤其是電子嬉皮士們為什麼能深深為此著迷。除去凡提，那個世界的其他部分也充滿著象徵主義色彩，即便是正在撰寫自傳的，已經加入了LOKI的我，亦無法完全理解，但不管怎麼說，凡提依舊是那個世界的主角，她的智慧究竟到了哪個高度？在AR狀態下還有怎樣的交互能力？當時的我一直被這些問題困擾著。

「……即使出去了，也總有一天要回來。」我想起凡提對我說過的話，她會對每個進入過《幻境》的玩家說吧？這才使得大家流連於這個奇幻世界中。

我打開LOKI的官方網站，但得到的資訊很少，可供下載體驗的也只有《幻境》而已，畢竟是建立在暗網中的網站，任何內容都不可以輕信，但至少，這個程式可以反映出LOKI擁有極強的VR建模能力，《幻境》裡的腳本，音樂創作、設計，創意理念和場景的搭配也屬一流，還有不容忽視的AR成像技術等等。網友口中的大公司的神秘工作室之說不無道理，LOKI一定有一個強大的後臺，《幻境》很可能就是先行在暗網公開的用作灰度測試的程式。

要不是因為編代碼而接觸到各類工程師和科技論壇，我就沒有機會體驗到《幻境》了，LOKI又在向哪些人發送邀請碼呢？

「喂？」我撥通了阿誠的電話。儘管《幻境》給了我相當大的愉悅感，也許足以排除寂寞，但回到現實世界的我不由得想起今日的總總，無形的壓力逐漸侵蝕我，而我只有阿誠這一個宣洩口。

「幹嘛啊？」阿誠似乎有點不耐煩。

這是阿誠的聲音，是貨真價實的人類吧？於是，我把今晚發生的，除了鯨的那一部分以外統統告訴了他。「你想來我家感受一下嗎？」

「虛擬實境啊……」聽得出來阿誠也很感興趣。

「可以是可以……但是這幾天應該要拿來複習吧？等學測結束後我再去你家玩也不遲啊。對了，明天要不要出來一起複習？」

複習？！我是不是直接了當的和他說我不想考試了比較好？況且，《幻境》根本不是普通意義上的遊戲軟體啊，這傢伙肯定沒搞清楚狀況。

「好吧，明天出來複習，一樣是在圖書館吧？」我想了想，如果不先順著他的意思，他很快就會忘了還有《幻境》這回事，無奈中只好答應了他。

「嗯，早上九點，自習室見，拜拜！」阿誠說完便掛了電話。

阿誠的反應令我很失望，也讓我激動的心情平靜不少，只是沒想到阿誠作為一個傳統意義上的「吊車尾」，竟然也會開始複習功課。不過，到了高三這樣的人生關頭，確實是有人會態度大變，為了升學而抓緊讀書。現在的阿誠和公佈考試時間之前的阿誠，完全判若兩人。

「我也要開始準備了嗎……」自從上了高中到現在，我完全沒有考慮過升學這件事，母親在世的時候也不曾問過我，我猜就算我問她關於升學的建議，她也應該會用無所謂的語氣讓我自己做主。

我就是這樣，靠著「自己決定」活到了現在，這種家庭環境是算好還是不好呢？說不定阿誠他早就有了自己的人生規劃，也許是家人安排的，和我這種走一步算一步的人有著天壤之別。不管我做些什麼努力，阿誠勢必要離我遠去，如果把這份努力放在追逐他的路上，我會好受些嗎？我辦不到。

大學？直到現在都還沒有想法，這不就已經說明大學與我無緣了？我苦笑了一下，無緣就無緣，我也不稀罕。義務教育之所以沒有把大學放進去，一定有經濟因素以外的原因吧？只要好好的接受義務教育的「教育」，往後的人生用不著按部就班的進行。

母親曾經和我說過什麼宿命、意義之類的話，她也有自己的答案，想來悲催，讓我誕生到這世上便是她堅持的「意義」，這份堅持可傷害了不少男人呢。但這不也說明了一個事實嗎，考上博士也好，國小輟學也好，孤獨一生也好，子孫滿堂也罷，「意義」就是意義，這就是宿命。人要走在追尋意義的路上，才沒有白白來到這個世上。「大學」在這路上扮演著什麼角色呢？每個人的答案都不一樣，至於我，那就是可有可無的，甚至會是障礙。我想那生而為人的意義應該是單純而直接的生命的昭示，而大學生活只會給人更多的不確定性和更多的誘惑、陷阱，為什麼我還要在這上面耗費精力呢？

「不用管大學了！」我暗自對自己承諾道，「可要是命運把我的『追尋之路』安排在大學生活裡，那可怎麼辦呢？」想到此處，我又不禁哈哈大笑，找不到生而為人的意義，盲目地度過這一生，這宿命不也挺淒美的嗎？

就像剛做完人生最困難的選擇題一樣，我帶著心滿意足的心情準備入睡。「要不要再進入一次幻境，反正你做什麼都沒差了」腦海裡突然出現了這樣的聲音，天人交戰了幾秒，我告訴自己，如果躺在床上半個小時還不能入睡，再戴上眼鏡也不遲。

半個小時過去了，我從床上爬了起來。

第二天，我整整遲到了一個小時。

到底是只進了一次，還是進了兩次，我也記不太清，只知道醒來的時候智能眼鏡已經被我扔到了地上。第二次，或者第三次的凡提，與第一次的凡提唯一的差別可能是她沒有走出我的家門，而是進入了我的夢裡，「幻境」順利地過渡到了「夢境」。我依稀記得的是，在經過漫長的飛行後，凡提終於出現……

「你回來了。」她是這麼說的吧？

我望著阿誠，此時的他正在埋頭苦讀，沒有察覺到我的目光。

遲到一個小時，阿誠當然也有些生氣，不過還能怎樣呢？畢竟不是要看電影或是聽音樂會，只是複習而已。

窗外的陽光多好啊，是難得的冬日陽光，雖然可能還沒有圖書館裡暖和，但和陽光照到身上所帶來的幸福感相比，一點點冷意還是可以接受的。「走吧，我們出去吧！」我盯著阿誠，在心中吶喊道，希望他可以感受到我的心意，但現實是他連頭都沒有抬，從見面寒暄完後一直到現在，除了偶爾把考卷換成筆記本，他幾乎是一動不動的，我懷疑他根本沒有注意到今天是雨天還是晴天這回事，更別談我的「心聲」了。

我感到很失落，也想不到什麼方法可以還擊。我打開筆記型電腦，在網路中遊蕩，把能想到的關鍵字全部搜索一遍：「凡提」，沒有什麼有用的資訊，所有關於「凡提」的條目都是講伊斯蘭世界的傳奇人物阿凡提，而我認為兩者根本沒有聯繫；「LOKI」，北歐神話裡的神祇，狡猾多端。條目的內容很有趣，但沒有一則和開發團隊相關的資訊；「凡提LOKI」，這個關鍵字連條目都沒有。最後，我連上網的動力都消耗殆盡了，關上了電腦，準備趴在桌上小憩一會兒。

「滿田，快點醒來啦，不要睡了！」我迷迷糊糊中聽見了阿誠的聲音。

「你是不是睡暈過去了？我餓了，去吃飯吧。」我看著阿誠，他已經把桌面收拾乾淨了，正輕聲地對我說。我趕忙把桌上的東西收進書包，跟著阿誠走出了圖書館，直到呼吸了室外清新的冰冷空氣，我才稍微清醒了一些。

「你一點書都沒看，幹嘛還來圖書館啊？」阿誠一臉不屑地問我。我們來到了圖書館對面的義式餐廳，剛點完餐點。

「嗯……」我無言以對，頭腦還是一片混亂。現在正值午餐時間，餐廳裡好不熱鬧，我們剛剛坐下的位置剛好是最後一桌，晚了半步的客人只能一臉無奈地站著。看著窗外逐漸陰霾的天氣，我突然有些沮喪。

「阿誠，你准備考哪所大學？」我問阿誠。此時的他正漫無目的地搖晃著玻璃水杯，不知在想些什麼。

「嗯……怎麼突然問這個……我還沒想好誒……盡力而為吧。」像是被看穿了心事一樣，阿誠顯得有些狼狽，他猛地喝了一大口水。

「你呢？看你這樣子很危險啊。」阿誠反過來問我。

「你知道嗎，我不太想考大學了，對我來說沒有什麼意義。」我老實地告訴了他我心裡的想法。「不太想」三個字，說明了這個想法還是有被反轉的餘地，如果阿誠大力勸說我、否定我的想法，我說不定會回心轉意，重讀一年高三。

「這樣啊……你是認真的嗎……」阿誠瞪大了眼睛望著我，說話的語氣卻故作淡定。

「所以這是你自己的決定嗎，也不是不行啊啦，反正現在也很多人直接去工作了……可是也不能說上大學沒意義吧……」阿誠又喝了一大口水，面帶苦笑，目光閃爍不定。

「當然是我自己的決定啦，不然還能有誰？」我突然想起了鯨叔叔，不知道他又會有什麼看法。

「哎……那你準備幹嘛呢？我是說如果不上大學的話……」

「找工作吧，現在工作應該不會難找，只是可能要先參加培訓之類的。」臺北會議後，包括我在內的大多數人都對臺灣未來的經濟發展抱持著積極的態度。

阿誠可能覺得我沒救了，敷衍了幾句後，我們便陷入了沉默，幸好沒多久義大利麵就上桌了。對著餐點評頭論足了一番後，我們就自顧自的吃，直到麵都快吃完了，我們還是一語不發，這和周圍幾桌比起來，顯得格格不入。我覺得這樣的氣氛很尷尬，於是決定打破沉默。

「下午……」

「我想……」

我想說的是下午要不要來我家複習，晚上還可以順便體驗一下《幻境》，沒想到阿誠竟然和我同時開口。

「你先說吧。」

「嗯……我是想說乾脆我就回家複習吧，你和我待在圖書館會很無聊的。」阿誠放下了叉子，一本正經的和我說。

「可以啊，正好我想說下午可不可以回家補覺，昨晚真的玩太晚了，哈哈。」我故作疲憊的打了個哈欠。既然如此，那就各走各的吧。

「那個什麼奇怪的虛擬實境，對吧？裡面真的有人工智慧嗎，還是只是普通的 NPC 啊？」

「你有見過哪個 NPC 可以接受語音指令嗎，肯定是人工智慧啦！」

幸好終於找到了一點共同話題，如果就這樣乾坐著把飯吃完，再分道揚鑣，我會覺得很過意不去。恐怕阿誠也是這麼想的，才假裝熱情地跟我討論虛擬實境，其實滿腦子都是複習和考大學吧？既然如此，還是相互成全比較好。

「走啦，祝你考試順利，拜拜。」

「要不要我載你回去啊？」

「不用啦，都快下雨了，快走吧。」

「嗯，也祝你考試順利，拜。」

我們在餐廳的門口道別，我目送著阿誠騎機車離開，這才轉身往捷運站走。明明早上還陽光燦爛，現在卻已經烏雲密佈了，行人似乎也加快了腳步，趕緊找一個可以避雨的地方落腳。我走在路上，回想著阿誠與我的對話，他對考大學這件事似乎有些難言之隱，在聽到我的決定後，他雖然強作鎮定，還是看得出來受到了一定的衝擊，阿誠心裡應該是想勸我考大學的，畢竟這是一個現代大多數學生都會做出的選擇，但又礙於面子不好說出口，表面上表示贊同和理解，實際上可能對我感到很失望，想要逐漸疏離我。「一個連大學都不上的人，未來和我又能有什麼牽連」阿誠的心裡恐怕是這麼想的，即使他不情願，在這樣的社會環境下，也會對我產生類似的看法吧。

我們就此疏遠了嗎？我問自己，也想問問阿誠，人總是情不自禁的自找煩惱。

出了捷運，外面早就下起了傾盆大雨，風向好像隨時都在改變，雨水也跟著恣意潑灑。這場雨應該會把氣溫拉下幾度，但即使是現在也冷得我直打哆嗦。幸好帶了傘，但就這樣撐著回家還是會被雨水淋濕。我站在捷運出口，祈禱雨勢減小。

時間一分一秒的過去，不知為何，自從剛剛吃飯的時候想起了鯨，他的影像和故事就一直徘徊在我腦海中。

「乾脆和他聊聊好了」我望了望天空，雨已經小了很多，不知道能不能完全停雨，照理來講午後陣雨是很快就會停止的。我打開通訊錄，找到了鯨的電話「順便要問一問他的真名才行」我心想，如果他問我為什麼要打給他，這也不失為一個好藉口。

但若要打給他，就一定得回答願不願意接受他的照顧這個問題。這個「照顧」究竟是指什麼呢？難不成要和他同住一個屋簷下，像母親一樣照顧我的起居嗎？我和他絕對還沒有熟到那個地步，他和我母親再怎麼親近也是他們的事，要和我相處就得從零開始才行吧？

如果鯨的照顧不是我想的那樣，那倒還可以考慮，比如說日常的關心，或者提供一些人生指導什麼的。現在的我就非常需要一個人來肯定我的決定，希望有個人能和我說：「不上大學也沒關係，盡情去做你想做的事吧！」之類的話，要不然就是強烈的否定我，說：「你一定要上大學，上了大學才會知道自己想做什麼！」，這樣倒還可以讓我再重新考慮一下這個決定。

我希望鯨是這兩者的其中一種。我按下了通話鍵。

曾經說過想要依靠自己做決定來過日子的我，內心的真實想法究竟是怎樣的呢？

「喂，我是滿田。」電話那頭聽起來情緒很激動。

「我考慮好了……嗯，對……我的意思是可以……嗯，是啊，無親無故的也不是辦法……」鯨聽到我的回答後直呼「太好了、太好了」。

「我們應該要先多瞭解彼此吧……嗯，是啊……可以啊，見面談也不錯……對了，還沒請教大名呢？」鯨約了我一起吃晚飯，我答應了。

「林銘昆？噢，林叔叔好……也行啊，鯨叔叔好……嗯……」他告訴了我真名，卻還是希望我叫他「鯨」。

「『鯨』叔叔，我打過來其實是有目的的，有件事想告訴你。」

「啊？你儘管說呀，說什麼都沒關係。」鯨不管什麼時候都對我抱有強烈的熱情，使我感到有些受寵若驚了。

我把我的決定告訴了他。

「這樣啊……也不錯啊，既然決定了那就不用想太多，只管前進就是了。」鯨的語氣一派輕鬆。

「實在找不到工作的話，先來我這家公司實習也可以，有什麼困難儘管開口，不要客氣哦！」

「謝謝叔叔……真的很謝謝……好……嗯，我們晚上見，拜拜。」我掛上了電話。

像命中註定似的，雨停了，周圍的人紛紛走出捷運站台。我把傘折疊好，很快就隱沒在了人潮之中。

「媽，你相不相信很快就會出太陽了？」走在我前面的，一個拉著媽媽的手的小男孩說道。但是媽媽的另一隻手正操作著手機，沒有理睬他。

「我相信。」我在內心回應道。

第六章

自傳究竟該怎麼寫，沒有人教過我，連S也只是拿「想到什麼就寫什麼」這樣的話來敷衍我，這令我頗傷腦筋，但也沒有其他辦法。抱持著這種「想到什麼寫什麼」的念頭，不知不覺中也寫了半個月了，在這半個月的日子裡，我每天晚上十點後開始寫作，有時候寫了一個小時就受不了，有時候還能寫到了凌晨一點多，反正沒有人催稿，我也就不會規定自己每天要寫多少，全憑感覺。S說，寫作是件讓人放鬆的事，這點我無法完全同意，回首往事已需要莫大的勇氣，而把往事寫下來，很多時候都得經歷一段天人交戰的過程。

S的全名是蘇倩，但她更喜歡別人稱呼她為「S」。她是我的初戀，雖然我們在一起的時間並不算長，但我們都清楚自己在彼此心中的地位，我深信在將來的某一天，我們會結為連理，共築愛巢。至於我和她的故事，還有一段時間才能呈現，因為我目前更願意用「本格」的方式來寫，即按照時間的順序撰寫《妄言書》。

這是走出迷宮的一個重要線索啊。

「你今天準備寫到幾點呀？」S一邊往臉上拍保養品，一邊問道。

「誒，我真的很想把裡面的S換成蘇倩或者是小倩，為什麼一定要用S啊？」這個問題我憋了很久了，如今正巧寫到她，所以就直接問出口了。

「一定要用S，這樣比較酷！而且我本來就是S啊！」她毫不猶豫地回答。早在開始寫《妄言書》

的第一天，她就提出了這個要求，到現在也不改口，我不得不遵從她本人的意見。

「所以你究竟要寫到幾點啊？」

「不知道，反正我還要再寫一會兒。」現在才十點半而已，即使躺在床上也睡不著。對了，事先透露一下，我和S開始交往沒多久便同居了，就住在我家的房子裡，那個當年凡提蹦出來的房間，而不是主臥室，主臥室自從我丟掉鑰匙後就再也沒有打開過了。

「哼，早知道就不要叫你寫什麼自傳了，很久沒有陪人家玩了啦。」S埋怨道，拿起智能眼鏡往床上一躺，不再理我。

「既然開始寫了就不能半途而廢啊……那我今天早點結束吧。」她說的也沒錯，自從有了寫《妄言書》這個任務後，我就很少陪她一起玩電動了，有時候甚至會陷入回憶之中，變得有些神經兮兮。但就像我說的，既然開始寫了就得把它寫完，反正我也沒活多少年，應該很快就可以寫到今天的。

故事回到高三那年的學測考試，雖然我已經放棄了升學，但高中文憑還是得拿下來，於是我只能照常參加考試。考試那天是二月六號，我記得很清楚，因為臺北會議是二月二日結束，而學測考試是三天之後。當然，我的複習準備的很不充分，三天的時間只草草的複習了半天，要問我其他時間在幹嘛，除了在幻境裡遨遊外，其餘的時間是怎麼度過的連我自己都不知道，反正時間就這樣一分一秒的消逝。有時候我站在廚房，或者家中其他任何位置，像感受到了召喚一樣，一個想法、一個回憶，或是一個殘影，瞬間佔據了我的大腦，我像那沉浮於激流的扁舟，只能盲目地隨波逐流，此時的我只能佇立在原地，等待大腦裡的風暴結束。這種失神在我身上並不少見，特別是母親去世後，次數明顯變多了。要問我擔不擔心，說實話我挺享受的，這種體驗常常帶給我一些對事物的全新的感受，讓我理清了很多從前想不通的情愫，至少，失神不會對我的現實生活造成太大的困擾，暫時不會。

其實如果我現在不想考試，大可以向老師申請休學，就說因為母親病逝，心靈受到了打擊，精神受到了重創，需要一段時間在家休養。即使我知道事實根本不是這樣，但這個理由是一定行得通的；但想到復學的時候阿誠已經上了理想的大學，過上美妙的大學生活，而我還停留在高三這個「人生關頭」時，我就把這個念頭打消了。

「阿誠，怎樣，感覺還不錯吧？」上午的考試結束了，我在走廊看到了阿誠，他這幾天一定在非常努力地讀書，看起來比上次見面還憔悴了一些，但他臉上正掛心滿意足的笑。

「是啊，我覺得應該可以高分，滿田呢，怎麼會來考試？」阿誠竟然會說這種話，難道不想上大學的人就不能來考試嗎？

「我怎麼不可以來考試了？你千萬不能考得比我差哦，要不然我會笑死的。」我不客氣的回敬他，心裡有些得意。

「喂，去吃飯啦，還是你要減減肥？」阿誠最不喜歡別人提到他的體型，所以我是故意的。此時的他應該已經怒火中燒了，在我的刺激下身形似乎又漲了一圈。

「我帶了午餐，不去了。」阿誠很乾脆的拒絕了我，轉身走進教室。

我不打算和他道歉，卻也沒了吃午餐的欲望。我離開了教學樓，走到操場旁邊的階梯坐了下來，正午的陽光照得人全身暖洋洋。聽說以前的學生一週五天都要到學校上課，這種日子該怎麼過啊？如果和朋友吵架了不就很難堪嗎？也許上學制度的變革者以前就是經常和朋友鬧彆扭，所以長大了才把這個制度改掉也說不定。

阿誠這傢伙果然和我想的一樣，開始自以為高人一等了，那種語氣就像在說既然跌倒了為什麼還要爬起來一樣，他可能沒有搞清楚，拒絕升學不意味著放棄或者失敗，只是選擇了令一種人生罷了，這種選擇和其他任何一種選擇都一樣，沒有高低、貴賤之分，只有適不適合自己而已。

「阿誠真是個笨蛋……」我望著湛藍的天空，心中不斷重複這句話。

鯨叔叔就比阿誠成熟多了，我雖然只和他見過兩次面，卻覺得他已經是我的老朋友了，什麼話都可以和他說，而鯨叔叔也可以很快地明白我的意思，有時還會提出非常特別的見解，令我耳目一新。

「鯨叔叔，你為什麼那麼輕鬆的就接受了我的決定呢？」大前天，也就是二月三號的晚上，我和他在一家小餐廳裡用餐。剛點完菜，我就迫不及待地問了這個問題。

「既然你覺得大學沒有意思，那先不上也不要緊吧？不也有很多名人沒讀過大學，還有人是讀到一半退學的，你知道吧？再說了，如果真的後悔，那再去考不就得了。」鯨叔叔兩手十指交叉，頂著腦袋，眼睛直直地盯著我瞧。

「我是知道啦……可是我也懷疑自己有沒有那樣的覺悟……因為我現在也不知道不上學該幹嘛好……那叔叔覺得讀完大學有什麼特別的收穫嗎？」第一次面談的時候我記得他有提到過讀大學這件事。

「啊，是的……嗯……沒什麼特別的收穫吧，但也是有了大學文憑才有了現在的工作。至於……我已經很久沒和大學同學聯繫了，我本來就是比較內向，不喜歡和其他人來往，在同學圈裡也屬於邊緣人。所以……哎，我是個負面範例，你最好不要拿來參考，呵呵。」叔叔面露尷尬之色，但最後還是哈哈大笑地把話說完。

「但是呢，」他突然一臉正經道，「如果你讓我再選一次，我還是會上大學的，因為不讀大學我真不知道要幹什麼，而且我沒有你這樣的魄力。」

「不是的……其實我……」我覺得「魄力」這詞用在我身上是太過了。

「沒關係，不管你做出怎樣的決定，我支持你。」叔叔打岔道，舉起了桌上裝著檸檬水的玻璃杯，作勢要碰杯，我也連忙舉起了自己的杯子，沒想到叔叔只是哈哈大笑，自己喝了一口便放下了。

「你難道一點愛好都沒有嗎？我不太信哦。」叔叔喝完水後，馬上向我問道，還一臉好奇地湊近了我。我十分懷疑眼前的這個男人是不是真的有四十歲了，他的神情和舉動都像我的同齡人，大概是有著一顆年輕人的心吧。

「是有的……其實我……」我把自學程式設計、替雇主工作，賺取零用錢的事都告訴了他。叔叔似乎感到很驚訝，瞪大了眼睛，不斷發出「噢——」的驚歎聲。當我說到人工智慧的時候，他大拇指和食指托著下巴，做出了一副若有所思的樣子，就這麼保持了大約半分鐘。

「我覺得你可以往這方面試試看，人工智慧。」叔叔像是終於決定好了一樣，宣佈了這個結果。

「雖然我不太瞭解這方面的東西，但應該是未來的潮流無誤了，大陸和美國不都在爭著做嗎？況且你還有寫程式的能力，基本功不是很好嗎？如果接下來的時間可以全心全意的鑽研這玩意，怎樣也比在大學瞎混四年好。」他吞了口口水，繼續說道：「我可以請人來培訓你，或者把引薦你去相關的公司團隊，讓你好好發揮天賦。」叔叔好像對這個計畫很滿意，不禁喜形於色。

「真的嗎，我真的有這個機會嗎？太謝謝了。」最高興的當然還是我，一直以來，這都是我的一個隱秘的願望，如果有一天能親手開發出人工智慧，我就算死也甘願。這個願望究竟是從什麼時候產生的我也說不清楚，但似乎就是這麼伴隨著我好幾年，有時候我問自己，這是否就是母親所說的那種「宿命」，去開發人工智慧？我無法肯定，也無法對自己許下什麼承諾，因為這實在離我太遙遠了，我只不過是個二十歲不到的少年，除了編寫簡單的程式外什麼都不會，更不論開發人工智慧了。

可當時的我簡直興奮極了。

鯨的話令我倍感激動，他就像建築師一樣在我和我的「宿命」之間建了一座大橋，我幾乎能看到對岸的光芒了，即使距離依舊遙遠。

「當然是真的，不管你想做什麼，我總是會支持你的，我相信這也是你媽媽的願望。」叔叔真誠地對我說。

鯨提到了母親的願望，可真是如此嗎？如果母親知道了我這個決定，不知道又會作何反應，會難過嗎？但如果我的心聲能順利的傳達給母親，那我要告訴她，我比你勇敢多了。也許我也找到了你口中的「宿命」，有了活下去的理由和目標。我會被原諒的吧？畢竟母親也好，萬物眾生也好，降生到這世上的目的，便是尋到屬於自己的生命的意義，並為之奮鬥。

在這樣的大道面前，大學教育算的上什麼嗎？當時的我不斷用這些宏大的話來說服自己。

「叔叔，你相信宿命嗎？」想到這裡，我不禁問道。

「什麼？我不太懂你的意思……」鯨被我的話嚇了一跳，眉頭皺了起來，怔怔地望著我。

這個問題的確問的沒頭沒尾的，而且也不太禮貌，我趕緊和叔叔解釋：

「媽媽曾經問過我類似的問題，關於人的宿命……當時我還回答不出來，但現在我找到了。」我立馬坐直了身體，想用最認真的表情宣告自我的宿命，這個我願意用餘生來完成的願望，我誕生、存在的理由，在我心中洶湧彭拜……

「我要創造出真正的人工智慧，這是我的畢生追求。」我以一種自認為非常震撼人心的方式說道。

鯨嘴巴微張著，一語不發地望著我，他的表情告訴我他正在思考怎樣可以接下我的話。我沒想到氣氛會變得如此尷尬，趕緊低頭吃了幾口飯，企圖蒙混過關。

「陳靜她為什麼會提到這個？又是什麼時候提的呢？」鯨像是在對著我自言自語般，心裡一定是在回憶母親吧。

看來我的自白他根本就不感興趣，只當是少年的豪言壯語吧。「她……大概是查出癌症後沒多久的事。」我如實說道。

「至於為什麼，我也想不通。真的很莫名其妙。」

「那她說了什麼呢？她的答案——」鯨叔叔看似漫不經心的詢問我，其實他的身體已經大幅度的向我這邊靠攏了，看的出來他十分關心母親生前最後幾個月的心理活動。

「她說……」正當我準備說出口時，我才想起這個答案或許會傷害到他：「把你帶到這世上，那就是我人生的全部意義了」，母親是這麼對我說的。這就意味著她認為我的出生不管是對或錯，都是她自認為一定要完成的，按照這個邏輯來想，是否有一段被父親，或是鯨叔叔勸說墮胎這一事呢？如果鯨叔叔曾經勸過母親，那她的答案無疑是對鯨做出一個強有力的還擊。「說不定鯨叔叔早就知道媽媽肚子裡的孩子不是他的，所以……」如果真相是這樣呢？

「說吧！」鯨叔叔來回地看著我的左眼和右眼，似乎在判斷我是否正在編造謊言。

「媽媽說……把我帶到這個世上，就是她人生的全部意義……」我最終還是如實相告，這畢竟是母親的真心話、最後的自白，我不可能背叛他。

「原來是這樣……那她是什麼時候說的呢？」這個問題不是才問過嘛？想來這個答案還是讓鯨叔叔有些難以接受吧。雖然他沒有像我想像的那樣表現出失望或是悲傷的表情，只是眉頭一皺，回到了若有所思的模樣。

「就在查出癌症後的第二天早上，她當著我的面說的。」母親受苦的那段日子忽然湧現在我腦海，我頓時不想再聊什麼了。而鯨也只是略略地點頭，繼續沉浸在他的思考之中，不再發話。此刻的他正在想什麼呢？如果我是他，一個深愛著母親，卻又遭背叛的男人，聽到答案的當下是會感到萬分痛苦的。而鯨只是淡淡地說了一句「原來是這樣」。雖說我們相識不久，可他確實是個喜怒形於色的人，如果他還在意，反應不至於如此平淡吧？

我一邊打量著他，一邊思索著所有可能性。一陣相看無言後，我們點的菜上桌了。他沒說什麼，只是默默地吃著飯。

「你一個人住在大房子裡不會覺得恐怖嗎？我可以和你一起住。」鯨叔叔突如其來的一句話打破了沉默，而他是一邊翻動著食物一邊說的，彷彿是在開玩笑。

「那倒不必啦，自己一個住也不錯。」和他一起生活會更恐怖吧？

「也是，我獨居了好多年，發現自己一個人住真的很輕鬆，就是有時候太寂寞了。」鯨不看人說話的時候總給人感覺像是在自言自語，也許這就是長時間獨居的人所具備的一個特點吧。

「我有些話不得不說，你可能會覺得很奇怪……我能見到你真的是一件很不可思議的事。」鯨忽然停下了刀叉，炯炯有神地望著我，就像昨天在咖啡廳裡見到的那樣。

「你一直活在……活在我的回憶裡，還有你母親的簡訊裡……所以我們能有今天，真的是非常不可思議。」鯨費了很大的勁才把話講出來，而我完全無法體會到他的用意。

「有些事你永遠不能知道……或者說時機未到吧……現在的我只想盡一個父親的責任，趁我還能這麼做的時候。」鯨又恢復了自言自語的神態，好像有什麼東西一直在困擾著他似的。

「對了，叔叔是在哪裡上班來著？」我選擇轉移話題。

「哦，在一家外貿公司啊，叫做『啟星智慧』，聽過嗎？怎麼了嗎？」

我和鯨叔叔就這樣一邊有一句沒一句的瞎聊，一邊吃著飯。我們都沒有再提到「父親」、「母親」之類的話，整個氛圍輕鬆了不少。

「等你考完試，我也去體驗一下你說的虛擬實境吧。」不知怎麼地，我們聊到了 LOKI 的《幻境》。鯨叔叔聽完我的描述後，也想親自體驗一下。我不像和阿誠說的那樣有所保留，我把凡提通過 AR 功能來到現實世界的那一幕也告訴了他。

「真的有這麼神奇嗎？你說她是人工智慧，不會就是想做一個『凡提』出來吧？」

「當然啦，我能做到那樣已經很了不起了。但是我真正的目標是更高級的『凡提』！」

「『更高級的凡提』？什麼意思呢？」

「嗯……怎麼說呢……就我對她的理解，我希望她不只是單純的『回答』我的問題，而是更具有主動性的……舉個例子，假如你被長期囚禁在一個房間裡，你一定會很想出去吧？我希望的是凡提有『想出去』這個想法，而不是簡單地向我介紹這個房間……就是『自主意識』這個概念。」我儘量把強人工智慧中的自主意識用簡單的方式表達出來，還加上了充分的肢體語言。

「凡提不是出去了嗎，通過 AR 功能？」

「不，那不是我想表達的『出去』。那只能說是開發者的一個小技巧而已，通過切換 VR/AR 功能來『欺騙』使用者。出現在現實世界的凡提只是一段影像而已，通過佈置在家中的運動軌跡感應器來判斷入口與出口，或者障礙物，再制定行進路線罷了，這一段其實是技術含量最低的，只要有相應的設備就可以完成。」但不得不說的是，開發者真的很有心意，連隔著牆影像就會消失這點都考慮到了。

「原來如此……所以凡提的智慧僅限於虛擬實境內沒有形體的部分咯？」鯨叔叔馬上領悟了其中的道理。

「是的，我正是這個意思。接著就像我剛剛說的，凡提目前只是在回答一些資料庫裡保存的問題，也就是說她並沒有通過我的『圖靈測試』。」這個測試鼎鼎有名，即使是鯨應該也不需要解釋。

「如果她是故意這麼做的呢？也許她還沒有準備好向你展現智力呢，或者說即使展示了也無用武之地呢？」

「如果她可以展示出來，那我會想辦法讓她逃離幻境的，哈哈！」我故意哈哈大笑來掩蓋這個可能的事實，也就是流行一時的「人工智慧假說」，即故意不通過圖靈測試的強人工智慧其實早已存在，但我們無從辨別。因為這個假說的存在，不管是哪國的研究團隊都對人工智慧持著保守的態度進行研發，不僅測試的環境都是封閉的局域網，啟動或關閉專案也只是一個按鈕的事，只有保持著這樣高度戒備的態度，即使發生任何意外，人類也還有機會進行反應。

開發凡提的人故意沒有給她形體，難道是為了隱藏什麼嗎？也許這都是 LOKI 的把戲，讓使用者小看了凡提，以為她只是個對話型人工智慧，再通過 AR 功能故弄玄虛一番，轉移使用者的注意力，於是根本不會有人想到《幻境》裡的她其實是個強人工智慧，而我們則悄悄地成為「測試員」，與凡提進行了一場隱秘的圖靈測試。

想到開發者在背後悄悄地記錄下使用者的每一個問題，使用軟體的頻率、表情、身體機能數據等等所有可能的其他資料，令我不寒而慄。

「滿田？你沒事吧？我在和你說話呢。」鯨的大手在我眼前晃來晃去，我這才回過了神。

「抱歉，想的太入迷了。叔叔剛剛說了什麼？」

「我說，其實我不認為強人工智慧一定要具備所謂的自主意識。」鯨饒有趣味地看著我。

「咦，為什麼呢？」

「我認為自主意識是應該要被摒棄的，人類之所以能做出那麼多錯誤的決定，不都是因為自主意識嗎？如果拿是否具有自主意識來當標準，很容易就會跳入盲區，這才有了『人工智慧假說』。歸根究底，這說不定是圖靈測試的缺陷哦。」鯨講到最後又變成了自言自語的樣子，但他的觀點令人感到耳目一新。

如果強人工智慧需要具備自主意識，那這種功能的唯一目的就是拿來欺騙人類。也許當機器人的生存得到了保障，或者環境變得有利於生存，自主意識這個功能就會啟動以通過人類的測試，此時，要再想關閉人工智慧就太晚了。圖靈測試是個有太多主觀性的測試，人工智慧系統在不斷的更新、進化過程中，一定已經找出了「最優解」，只是在等待最佳時機一舉突破圖靈測試罷了。

不知不覺中我又陷入了沉思，我抬眼望了一下鯨，沒想到他也正看著我。

「對吧？圖靈測試是問題所在。」鯨淡淡地一笑。

「咚——咚——咚——」是學校的鐘聲。

「誒，我怎麼睡著了？」我被這鐘聲吵醒，才發現自己躺在了操場旁的階梯睡著了。剛剛的鈴聲應該是代表著午休結束。

「完了，還要考試——」我趕忙從操場跑回教學樓。下午的考試從午休結束後五分鐘開始，也就是說我應該還來得及——

我從後門衝進了考場，老師已經就位了，同學們還在做最後的突擊複習。我快速地回到了自己的位置，這才能好好喘口氣。阿誠就坐在我的十一點鐘方向，離我有三排距離的位置上，似乎沒有察覺到我的匆忙。

「阿滿，你又在做白日夢了。」如果我能和阿誠講講剛剛發生的事，他一定會這麼回答我吧？是一場異常真實的、直接還原過往經歷的夢呢，還是只是回憶到一半迷迷糊糊睡著了？這兩者很難分得清，也難怪古人說過「世事如夢」吧！

為期兩天半的學測考試就這樣有序的進行。中午十二點，最後一門考試結束後，我望著那些一臉如負釋重的樣子的學子們，打從心裡覺得厭惡，明明只是幾場考試，搞得自己好像經歷了什麼千難萬難一樣，其實用不了多少時間，他們就會立馬投入到充滿酒精的聲色世界裡，切換的速度之快，彷彿考試只是為了放縱而準備的。

我趕緊離開了考場，也不管會不會有老師來做寒假前的報告。

「滿田，等我！」背後傳來了阿誠的聲音，我轉頭一看，他正從教學樓裡跑出來。

「走吧！」阿誠邊喘邊說道。

「你還是回去吧，好學生。」我有些意外，但還是故意揶揄道。

「你不是要回家嗎？走吧，約好了要玩遊戲的。」阿誠自顧自地往前走。

我毫不猶豫地上了他的摩托車。

「滿田，我有事要告訴你。」我們剛進入家門，阿誠在我身後突然開口道。

「有什麼事直說啊。」我沒有回頭看他，逕自走回了房間。阿誠一語不發的跟著我。

「接下來我們就不能經常見面了。」

「吼，誰要和你經常見面啊？幹嘛？」我轉頭看著阿誠，他正倚著房門的門框，望著腳下說道。

「嗯……因為我爸媽要我考美國的大學，像我姐那樣，所以……」阿誠支支吾吾地說道。

「你沒帶自己的眼鏡吧？」我問阿誠。

「誒？你不是叫我不要帶嗎？話說你到底有沒有在聽我說話？」

我沒有理睬他剛剛說了什麼，而是直接把眼鏡交給他，請他坐在地上。

「以後的事慢慢再說吧，現在先好好感受一下。」

我看著他戴上了眼鏡。「把一切都放在一邊吧，此刻你只是個嬉皮士，阿誠。」我把自己想像成導師之類的角色，故弄玄虛了一番。奉父母的命出國留學，阿誠的壓力一定也很大，《幻境》能給他帶來什麼樣的感受呢？我很好奇，但是要我坐在一邊看兩個小時，我沒這個耐心。

「阿誠，我等會兒去樓下客廳坐著，你OK吧？」我向剛戴上眼鏡的阿誠問道，他比了個「OK」的手勢，沒有說話。

三十分鐘後，我下樓了，阿誠的反應目前還平淡無奇，應該還要再等一個小時，答案才會揭曉。是的，是我叮囑阿誠不要帶自己的智慧眼鏡，一方面考慮到啟動碼配對的問題，終端機可能會識別出阿誠的眼鏡並沒有被啟動；最重要的是，我想知道凡提能不能識別出不同對象在和她進行對話。

如果凡提不具備語音辨識的功能，意味著她分不出我和阿誠的差別，那她與阿誠的對話照理講會從上一次對話結束後得到的結果進行延續；如果凡提可以進行語音辨識，那麼她與阿誠的對話內容就非常令人期待了。

至於阿誠要出國留學這件事，其實我沒有什麼太多的想法，就像面對十字路口，總有人會往東，也會有人往西，我們能做的只有堅持自己的選擇，並祝福他人罷了。我對出國留學的申請條件略有耳聞，除了要圓滿從高中畢業，還要有語言考試的成績、入學測驗成績等等，阿誠很快就要進入更加忙碌的學習中，不說和我見面玩樂了，連學校都很難按時去。

「我也要開始努力才行。」前幾天說的話我可沒忘，既然有了鯨叔叔的支持，那更應該全力以赴才是，可我這樣一個只會寫點簡單的程式，對人工智慧僅有一些粗略見解的高中生，在人工智慧領域裡連努力的方向都找不到。我唯一能想到的突破口只有鯨叔叔了，沒准他真的能引領我走向這條路？但作為代價的是，我將不得不主動接近他，甚至答應他一些令人匪夷所思的請求。

「現在我最需要什麼呢……應該就是個團隊吧？」我一邊想，一邊在客廳來回走動。從阿誠戴上眼鏡到現在也有一個小時了，應該已經進入了「飛行」狀態了吧。反正也閑來無事，我決定在沙發上小憩一會兒。

「你是誰？！」我猛地了阿誠的叫聲，連忙從沙發上起來。一看時鐘，我竟然不知不覺中睡了半個多小時了。

「阿誠一定是在我房間看見凡提了，和我當初的反應一模一樣！」我心想，趕緊溜到牆後，盯著房門看。「凡提應該要走下來了吧……」我掐著時間，興奮地等待著。

令我意想不到的是，首先映入我眼簾的是阿誠的背影，難道他想面對著凡提下樓梯嗎，也太奇怪了。此時的阿誠正緩緩後退著，距離樓梯只有幾步了。

「阿誠，小心樓梯——」說時遲那時快，阿誠已經背著地摔倒了，在樓梯上滾了一圈，然後重重地撞在了牆上。

「阿誠你沒事吧？！」我趕緊衝到他身旁，把眼鏡摘了下來。他緊閉著眼，嘴裡發出呻吟，身軀痛苦得扭動著，幸好我家的樓梯不高，阿誠下落的時候應該也沒有撞到腦部，不然此刻可能已經昏過去了。

「阿誠，你聽的我說話嗎？」

「靠……痛啊……」阿誠一隻手扶著自己的屁股，另一隻手扶著腰，嘴裡罵罵咧咧的。我在一旁扶著他的肩膀，一點大勁都不敢出，生怕又把他弄疼了。

「那傢伙……凡提……還在上面……」阿誠指著我的房間說道。

「你白癡哦，想也知道是 AR 技術！你是不是有點不清醒啊？」我對阿誠的反應感到很滿意，當下也不覺得這是件危險的事。

「啊……頭好暈啊……怎麼可能是 AR……」阿誠一邊捂著頭，一邊努力地表達自己的看法。我很想笑，但我忍住了。「真的啦……就是把 VR 模式切換成 AR 啊……你反應也太激烈了……」

「不是……不可能啊……她……」

「你走得動嗎，我們到客廳坐著吧？我扶著你……來……」我扛起了阿誠的一隻手臂，他才能緩緩地跟著我走向客廳。

「我跟你講……是她推我下來的……那個白色的女人……」阿誠有氣無力地說道。

凡提把他推下樓梯？不太可能吧？

終於走到了客廳，我在沙發前緩緩地把阿誠放了下來，「痛痛痛啊——呼——」阿誠齜牙咧嘴著叫道，坐在沙發上不斷地深呼吸。

「你到底是怎麼下來的啊？」我一邊按摩著阿誠的肩膀一邊問道。

「滾下來的啊，不然呢？她一直靠過來，然後我忘記後面是樓梯，就摔下去啦。」阿誠揉著腰，一臉苦笑地向我說道。他的神色鎮定了不少，沒有剛剛那樣惶恐了。

「你們都說了什麼呀？我第一次看見她也沒有從樓梯上滾下來啊。」

「啊，對了，她有說什麼『你不應該在這裡』之類的話，我那時候正好很放鬆的像在看電影一樣，突然聽到這種話，真的把我嚇到了！」阿誠一副心有餘悸的樣子說道。「喂，滿田，你沒有和她約好吧？！」

「怎麼可能，我什麼都不知道好嗎！」所以凡提是具備語音辨識技術的，或者是人像識別？這樣看來她比我想像的還要更加複雜。我不禁有些激動，又有些內疚，畢竟這個結論是朋友大摔一跤換來的——

「說真的，你有沒有撞到頭，有沒有頭暈、想吐什麼的？」我怕要是樓梯再高點，阿誠就要摔成植物人了。

「你還不信我啊？我都摔成這樣了……她肯定是因為我的聲音和你不一樣啊，才對我那麼粗魯……雖然她沒有推我，但是一步一步這樣靠過來真的很可怕誒！」

我把第一次進入虛擬實境的體驗詳細地告訴了阿誠，包括切換 VR/AR 的時機與用意，還有切換成 AR 後的凡提是如何行動的，以及我對這組行動的原理的猜測——通過運動軌跡出現的頻繁程度來進行路線的規劃。阿誠邊聽邊罵髒話。

「你怎麼不早點說啊……害我……真是的……」

「當然是為了完整的體驗嘛，就像看電影不希望被劇透一樣。抱歉啦！」

「嗯……沒關係……我覺得凡提出現之前都還不錯，很有深意的場景，音樂也配合的天衣無縫，穿梭在那些樓宇之間的感覺……」阿誠抬起了頭，眼裡閃著光。這個樣子比剛剛清醒太多了。

「你說那個團隊是叫什麼……『LOKI』？」

「嗯，和北歐神話裡的洛基同名，你不是上過電嬉論壇嗎，怎麼連 LOKI 都不知道？」

「嗯……隨便啦，反正我覺得他們蠻厲害的……難怪有那麼多人沉迷這種東西……」阿誠忍著痛還開玩笑，看得出來他對《幻境》也很滿意。

「你說嬉皮士們真的可以在裡面待一整天嗎？」阿誠問我。

「為什麼不行？你敢說這裡面的東西能看一遍就懂嗎？還有啊，《幻境》不管從哪方面來講都算很『溫柔』的吧，暗網中應該還藏有更多、強度更大的虛擬實境。」看著阿誠歪七扭八的躺在沙發上，配上一副認真思考的表情，我不禁發笑道：「你要不要去看個醫生啊？」

「不用了……休息一下就好了……你家有東西吃嗎，還沒吃午飯呢。」

我從冰箱裡拿出冷凍的食物，放進了微波爐加熱。「我還想再玩一次——」阿誠在客廳叫道。

「你說什麼？你要再玩一次？」我難以置信地望著阿誠。

「不可以嗎？那個地方只去一次是不夠的吧？我還有問題想問凡提呢，如果她真的像你說的那樣智能。」阿誠端坐沙發上，一臉期待地說道。

「咦，你不是被凡提趕出來了嗎？」我想起第一次進去的時候，凡提意味深長的對我說了一句「還會回來」之類的話，但應該不會出現在阿誠身上才對。

「我才不想再見到她咧……她的聲音一出現我就摘掉眼鏡！」

「不行啦，你騎機車來的，要是——」

「你到時候把我送回家不就得了，讓我再進一次吧！」阿誠打斷了我的話。

吃完速食義大利麵和肉醬飯後，我再次問他：「你確定要再進去嗎？坐在又硬又冷地地板上，而且你剛吃飽，等下吐了就麻煩了。」

「唉……算了……」

「我真羡慕你……滿田……」

「幹嘛，羡慕我什麼？不會被凡提趕出來哦？」我從沙發上坐起來，起身去冰箱拿飲料，雖然是冬天，但冷飲不管什麼時候都很配食物。

「哼，我沒有那麼膚淺好嗎？喂，幫我也拿一瓶啊。」

「其實我一點都不想去美國，但是沒辦法，父母都這樣安排了……」阿誠望著蘇打水中不斷上升的氣泡說道。

「沒關係啦，出去見識一下也不錯啊，待在臺灣還不也一樣要忙考試。」

「話是這麼說沒錯啦……哎……要是能當個『職業嬉皮士』就好了……」阿誠一臉傻笑地說道。

嬉皮士要是可以當作一個職業，那也就不算嬉皮士了吧，但是我又相當理解阿誠的想法，因為這和當初我找到 LOKI 的產品的理由是一樣的，現實世界的麻煩實在太多了，相比之下，一個五光十色、無憂無慮的世界實在太吸引人了。

其實這些虛擬實境的開發者才算真正意義上的「職業嬉皮士」，是他們構建了這個完美的世界，充滿可能性的世界，他們不僅要有相當的哲學思考，要對人類歷史有高度的洞察力，關鍵的是要有強大的建模能力，就連 LOKI 都可以往產品裡裝人工智慧，這些開發團隊的實力真是深不可測。雖然我們連《幻境》都無法理解，只知道是個令人心馳神往的地方，但就如我所說的那樣，這已經是一個適合大眾的、溫柔的世界了。而暗網中還有更多兇險的虛擬實境存在著，更不論深網中的其他部分了，即使找得入口大門，也沒有對應的鑰匙可以繼續前進。

「深網就是一個埋著寶藏的巨大墳場」，這是一位網路工程師前輩口中的深網。無論這些寶藏是遺失的古物也好，或者是虛擬貨幣也罷，其實最有價值的乃是深網的安全性和保密性，非常適合進行各種需要保密的測試。

「從某種意義上來講，深網也是個『幻境』……」心中突然產生了這樣的想法。

「滿田，我想到一個可能性……」阿誠突然開口說道。

「誒，什麼？」不會是看透了我的心思吧？

「要是那個樓梯再長一點，我說不定會死誒……」阿誠的眼睛睜得大大的，直視著我，嘴裡念念有詞。

「那我就是第一個被人工智慧殺死的人類了啊！」

「那算什麼人工智慧啊，只不過是 AR 影像而已。」

「幸好只是撞到屁股……但這已經違反『三定律』了吧……」阿誠小聲嘟囔道。阿誠口中的「三定律」指的是二十世紀的科幻作家阿西莫夫提出來的「機器人學三定律」——即我們常說的「倫理代碼」。其中第一定律的內容就是「機器人不得傷害人類個體，或目睹人類個體受傷害而袖手旁觀」。

「喂，這和『三定律』扯不上關係吧？不要把不小心跌倒這件事想的太偉大啊！」我一臉鄙夷的看著他。阿西莫夫的「三定律」在現代仍然會被經常提起，同時也伴隨著大量的討論，其中更多的是批判，但這其實是有失偏頗的，作為科幻作品裡對未來機器人的設定，打從一開始就是為了表現「三定律」之間的矛盾所存在的，比如小說裡的機器人會「焦慮」、「自爆」等等，是一種為劇情的張力而服務的設定，若要硬搬到現實世界，肯定是欠缺考慮的。所以那些擅自批判「三定律」

的人，很明顯是不瞭解阿西莫夫的作品。

「怎麼這樣講啦，那我真的摔死了要怎麼辦？算在誰身上啊？」阿誠也不甘示弱地回應道，我登時啞口無言。

如果阿誠摔死了，這算我的過失嗎？我向他隱瞞了測試凡提的這個計劃，但也萬萬沒想到凡提會把阿誠「逼」出房間，害他從樓梯上摔落下來。這全程是不受我的控制的，而且作為 AR 功能所呈現出來的凡提，阿誠也有能力把眼鏡摘下來讓她「消失」。那假如真的發生了嚴重的意外，這算是誰的責任呢？

凡提是「兇手」嗎？按此說法來推理，也並非不可能。凡提第一次出現時，已經可以像人類一樣自然地做出下樓梯的動作，這說明以她的「智慧」是可以判斷出現實世界中的「樓梯」，或者其他有形的障礙物。而在虛擬與現實交接之處，使用者很可能會被眼前的凡提所迷惑，不能馬上判斷出眼前的是 AR 影像，凡提利用了這一點，再加上對「樓梯」的判斷，一步一步地逼近阿誠（說不定還面露凶光），而阿誠自然的反應就是逐步後退，最後因為高低差而失足摔倒。

那凡提的「殺人」動機又是為何？就因為使用者變更了嗎，這樣的人工智慧也太脆弱了吧？如果真的是這樣，為什麼不直接關閉軟體，或者乾脆不要切換成 AR 模式？也許這是設計者事先設計好的，不管是程序的啟動者，還是其他後來的使用者，《幻境》都不能拒絕他人來訪，凡提也會按時登場，並且在 AR 模式中呈現。

「為什麼要這樣設計呢，也太強迫症了吧？」阿誠勉強擠出一絲笑容，對我的推理不置可否。

當時的我的確陷入了迷思之中，一心認為 LOKI 欲置人於死地。回到事發現場的推理中，她要怎麼做到這一點呢？此時的她有相當多的選擇，她大可以通過 AR 呈現出魔鬼或妖怪，甚至是傑森・沃赫斯之類的恐怖形象來嚇人。況且此時連接眼鏡的耳機還插在使用者的耳朵中，甚一陣巨大的聲響加上恐怖的畫面，都可以把人嚇得不輕。但是凡提最終的選擇卻是把阿誠逼近樓梯，造成他失足摔倒，這個又不同於剛剛的手段，而是實實在在的「物理傷害」了。

利用了 AR 成像的特點，對周邊地形的判斷，再通過分析使用者的目光移動記錄、心跳次數等數據來設計凡提的動作、台詞，精心策劃出一場好戲，LOKI 的目的如果不是鮮血，想必也是某些極為不人道的數據資料。

「我靠……你越講我越怕了啦……」阿誠雙眼睜的大大的，似乎已經完全相信了我的推理。

「說明設計者真的很討厭盜版使用者吧。」這句話是開玩笑的，但有可能是唯一比較正常的理由。可 LOKI 會缺錢嗎？越多的使用者數據，對他們應當是有利的，但這就與限量「邀請碼」的理念不符了。討論了這麼多，我們只對技術層面上的設計有了初步共識，但在動機上，我們還暫時參不透。

LOKI 開發的《幻境》是最出名的虛擬實境，但至今還沒搬上表層網路的原因也可想而知，程式運行時涉及到了許多侵犯隱私的操作，如盜用個人 VR 裝置的資料，自動開啟 VR/AR 切換功能等等，當然也沒有進行年齡分級，所以才不能放在表層網路隨意供人下載使用。如今就算發生了人生意外或財產損失，也是賠償無門的。

「滿田，我又想到了一個可能性……你說的設計者會不會根本就不存在，而這一切純粹是凡提的自發行為！你仔細想想，真的有可能啊——」阿誠情緒激動地想要站起來，但只稍稍用力就痛得大叫了。

「是啊，只要把剛剛關於設計者的推理全部換成凡提就行了……」這是我聽過最危險的猜測，而我只有一個方法可以證明這個猜測是否正確，那就是——

「阿誠，我送你回去吧。」

「咦？」阿誠一臉疑惑的看著我，蘇打水已經喝光了。

「回去吧……反正也沒事做了不是嗎？」我起身把桌上的塑膠餐盒疊在了一起，連同空寶特瓶一起丟進了廚房垃圾桶。

「下次見面不知道什麼時候了，多保重啊。」回到客廳的時候阿誠已經站了起來，手扶著腦袋，齜牙咧嘴的。我檢查了他的後腦勺，雖沒有創傷，但已經腫了一個大包了。

「喂，你好歹告訴我之後要幹嘛吧，寒假開始了誒？」

「到時候再說不行嗎？哎，我勸你最好還是去醫院看一下，後腦勺腫起來了哦。」

「好嘛，去查咯，我就說是給機器人撞得——」阿誠一臉快快然地說道。

我扶著一瘸一拐的阿誠走到了停車的位置，又費盡九牛二虎之力才讓他坐上了摩托車。正當我準備扣好安全帽準備上車的時候，他攔住了我。

「不用了啦，既然都被搬上來了，我自己騎回去就好了。」阿誠邊深呼吸邊挪動到了摩托車前座，雖然已經滿頭大汗了，仍然擺出一臉不屑的樣子看著我。

我盯著他兩秒，最後還是把扣好了的安全帽解下來還給他。「小心啊！」阿誠發動了引擎，我舉手朝他示意，他擺了擺手，很快就騎出了我的視線。

「寒假啊……」我望著寶藍色的天空，在那些又白又厚的雲朵下，有像灰色棉花糖絮般的細雲正隨著風快速移動著。這是一個沒有母親在身邊的寒假，也許也是我的最後一個寒假。這樣的天空不得不讓我多愁善感了起來，往事如跑馬燈般在我眼前晃過，我的家，熟悉的所在，只剩我一人感受悲歡離合了。我忽然想起一部名叫《紅豬》的動畫電影，此刻，天空瞬間佈滿飛行器，我仰望著——直到想起凡提。

回到房間後，我喚醒了休眠中的終端機和電腦，重啟了一遍眼鏡。在進入虛擬實境前，我想先確認一件事。

我打開了LOKI的官方論壇，流覽了公開的體驗回饋，檢查有沒有類似的凡提攻擊使用者事件，但一無所獲，所有關於凡提的評價都還是「令人驚訝」、「棒極了」等等，令人懷疑這是否是LOKI自己留的言。

「果然被拒絕了啊……」即便是作為通過邀請碼啟動的我的帳戶，也無法在論壇上留下使用體驗，LOKI關閉了用戶評論功能，或者其實它從頭到尾都在唱獨角戲。不過我也沒有感到太意外，這塊地方不同於表層網路，規則或道德之類的東西是沒有人在乎的，但LOKI又何必製造這些假象呢？

令人驚喜的是，我很順利地在論壇公告的底部找到了LOKI在暗網的聯繫方式以及密匙，我把它們複製在了新建的文檔中，等會兒不管凡提給我的答案是什麼，我遲早都要聯繫他們。

我關閉網頁，盤腿坐在了地板上，確認一切無誤後戴上了眼鏡。

幻境展開了。無論是第一次也好，還是第二、三、四次，都和最初的感受一模一樣，可仔細觀察後，又覺得每次都有新的體會。搖鈴聲，然後是鼓點，色彩的融合、電子樂……這樣的聲光盛宴的確令人沉醉，有無盡的細節、內涵可以探索和研究，但此行的目的都不在此。

「凡提！」我開口大叫，如果這一段幻境具備交互能力，理應有所反應才對，但畫面和音樂都沒有顯著的變化。「無法跳過，是否意味著這些場景和凡提有某種關聯呢？」根據我這幾天的調查，這一部分的內容很有可能是在對使用者進行某種程度上的「催眠」。

「凡提！」我不甘心地又呼喊了一次。

音樂戛然而止，畫面的色彩慢慢暗淡了下來。「起作用了……」我猛地吞了一口口水，「凡提就是通關密語嗎？總有種不祥的預感……」我不自覺地屏住了呼吸，目不轉睛地看著前方，不知道等待著我的會是什麼。

只見霓虹般的碎片不斷相交融，慢慢化為一片巨大、完整的黑色簾幕，我不斷地轉頭、上下查看，不知自己身在何處。忽然，在我的正前方出現了一顆散發著墨綠色光芒的光球，不甚刺眼但非常引人注目。這顆光球隨著某種節奏震動，綠光也隨之跳動，但沒有繼續向外輻射。幾秒鐘後，綠光熄滅了，光球散發著乳白色的光暈，逐漸漲大，或者說逐漸向我靠近。雖然沒有參照物，且身處一片黑暗中，但大致可以把它想成一顆乳白色的瑜伽球，正懸浮在你視線中央兩米外的空中。

「你是凡提嗎？」我朝著它說道。我以為這顆光球說不定是某種智慧的呈現，它本身散發著柔和的光芒，像是在氤氳中沉浮般。

「誒？」此時的光球產生了一些變化，覆蓋在它周圍的光暈消失了，現在就真的和白色瑜伽球無異了。它的表面光滑無比，不僅看不出來是否有在轉動，我現在連它是否還是個球體都無法肯定了。

突然，白球的上方四分之一處出現了兩個黑色的圓洞，黑洞的上方分別有長條狀凸出，與此同時，有一條更加凸出的、幾乎可以說是聳立著的長條出現在了白球的中央位置，緊接著這塊突起物的下方，又有兩塊橫向的突起物接合在一起。

白球化作了人面。

我盯著那兩顆應該是眼睛的黑洞，沒有瞳孔或眼白，漆黑無比，顯得十分詭異。我想轉頭查看周圍是否還有變化，但隨著我的頭部移動，面孔卻仍然處於視線的中央，我的視角被鎖定了。

「你回來了。」面孔的嘴唇跟著裂開，耳邊傳來了凡提的聲音。

中場休息

「話說回來，你清楚銘昆在加入 Jinx 之前的故事嗎？」

「忘得差不多了，最初幾次實驗我都有看，後來就一直快進掉了。怎麼了嗎？」

一個鏡頭的切換，畫面裡的主角變成了阿裕和博士。他們倆正在實驗室裏的吸煙區吞雲吐霧著，人手拿著一罐運動飲料，看這幅光景應是難得的休息時間，但話題還是離不開實驗的內容。

「他……他的故事也很精彩……不論是童年經歷、求學階段、各種為愛奔波的故事，都蠻動人的……你應該找個時間瞭解一下。」博士難得一見地支支吾吾道。

「咦？博士原來有在認真看啊！」阿裕不知是發自內心的感歎，還是純屬揶揄，這番話讓博士的臉色越發不自然了。

「嗯……這是必須的……總而言之，我很看好銘昆，我覺得他是可以改變這整個故事的角色。」

「可是這還是取決於我們對實驗組的控制吧？裡面的角色是不可能有主觀能動性的，一切都是安排好的，所以……」阿裕隨心所欲地說道。

從前述的實驗設定來看，他說的完全沒錯，只是沒想到這番話會遭到博士強烈的否定——

「你也太冥頑不靈了吧？！你以為我們在幹嘛，玩過家家麼？照你這樣講，我們還待在這裡幹嘛，直接交報告不就得了？既然有實驗組的設置，既然實驗組還沒取完，那代表每個角色都有無限的可能，其中，最關鍵的就是你剛剛說到的『主觀能動性』，它一定隱藏在某個角色的未來裏……

是誰呢……」

眼看著博士從嚴聲怒斥轉為喃喃自語，阿裕露出了哭笑不得的表情，但也沒多說什麼，他似乎對這種情緒發展的節奏感到相當熟悉了。

「博士覺得銘昆最有可能突破『桎梏』吧？」

煙霧本是平緩地上升、發散在空中，幾根煙抽下來，兩人在這小小的空間裏雖是面對面站著，卻似隔著層層薄紗，面貌都有些許模糊，伴隨著輕佻的背景音樂，這空間竟憑然出現了些許曖昧意味，實在讓觀眾琢磨不透。

然而，阿裕突然開口問道，瞬間攪亂了這迷濛意境。博士聽到這問話，亦不遑多讓，目光炯炯地射破這層層薄紗，回望著阿裕。一時間，這小小的吸煙區已經和前一會兒大大不一樣了。

「是，我覺得是他。」博士的目光停了一會兒才說道。

「你應該注意到了，他一直在變化……變得更加……更加……」

「智慧？」

「不……呃，也可以這麼說吧！但我的直覺是，他似乎能跳出這個輪迴，他明顯和其他人不一樣，他在懷疑這個悲慘的命運……」

「可是，他和滿田不是同一個……」

「那又怎樣！？」

阿裕話還沒說完，竟然被博士硬生生打斷了，但博士卻沒有繼續說下去，只是自顧自地抽著煙，彷彿在用吐出的煙霧對談。

阿裕還沒說完的話令我耿耿於懷，銘昆和滿田是同一個什麼呢？

電影並沒有上演臆想中的劇烈爭吵畫面，但嚴肅的氣氛不比爭吵戲碼來的弱。不一會兒，博士恢復了冷靜：「啊……抱歉，我失態了……」

「D6馬上就要到了，S這次有著極高的自由度……雖然還是得扮演滿田的女友角色。」博士補充道。

「你說S會不會才是實驗的關鍵？我們努力了這麼久，卻沒想過她在虛擬世界中的自由度會影響到最終的結局……」

「我相信S的自控能力，她畢竟和我們是同一個陣營的……」

「那會不會是我們的宗教元素沒控制好，導致滿田和鯨都無法意識到自己處於什麼樣的設定中？會不會是因為……」

「未來該是怎樣就怎樣……走吧，開工了——」

博士不等阿裕反應，迅速熄了煙頭走出吸煙區；阿裕望著他的背影，露出了一個無奈的微笑，輕輕地把煙頭摁滅，離開了是非之地。

人走完了，畫面卻還定格在感應燈尚未熄滅的煙霧世界中，彷彿還有什麼人正待離開此地。一秒、二秒、三秒……這個長鏡頭有些莫名其妙。

「嗒！」

大約等了六、七秒，煙霧世界終究消失了。

第七章

我猶豫著是否要把滿田的怪異舉動寫進報告裡。

尋思良久後，我還是決定把它寫下來。Jinx 有說過，他的電腦裡會保留為期一個禮拜的監視錄影，只要我在報告裡寫上有異常的日期，他也可以把錄影拿出來檢查。至於這算不算異常舉動，我想 Jinx 自己可以判斷。

而所有上傳到網站的監視錄影，都會在我關閉網頁後自動刪除，所以我只能靠著回憶和當時的記錄來還撰寫報告。

而這一次的異常情況，應該要從星期一的晚餐說起。

二月三號那天，雖然我的請求再一次被拒絕，但我沒有太意外，當時的我的確沒有任何條件能說服他。不過，我們在吃飯的時候相談甚歡，滿田對人工智慧有著我意想不到的熱情，這份熱情甚至可以令他拋下學業，甘願踏入社會。而我也是那時候才得知他有程式設計的經驗和天賦。這些都是切入滿田生活的一系列重要的突破口。

至於宿命之類的話題，聽起來更是讓人哭笑不得，也許這就是年輕人吧？總把這些話掛在嘴邊。不是說宿命論是無稽之談，只是他這樣的年紀，有何資格談「宿命」呢？倒是陳靜，她的答案是否和「任務」有關呢？我說不定已經在這場遊戲裡扮演了某個重要角色，只是我還沒發覺罷了。還有一個重大疏忽，當我想到以我的立場應該要對陳靜的答案表現出震驚和難過的樣子時，已經太晚了，我連忙裝出正沉浸在思考中的樣子。幸好滿田什麼都沒發現，他真是個善良的孩子。

我在席間向他承諾了要全心全意支持他的計劃，這是真的，下一次和 Jinx 通話時，我就要提出這個大膽的想法。以我在啟星智慧裡的工作經驗和職位，找到最好的電腦設備不成問題，但技術性人才可沒那麼簡單，若要像我所說的那樣組織一個團隊，除了需要大量的金錢，最重要的是需要技術方面的指導。如今雖有《臺北協議》這樣的條例背書，但沒有政策方面的支持，也是舉步維艱的；若要和政府打交道，就必須先過 Jinx 這一關。以他的實力，說不定有希望。如果真的能建立一個這樣的團隊，那麼滿田和我就會成為同事、夥伴、至交……我們不會再孤單……

「很快就會結束的，未來觸手可及……」在和他道別後的回家的路上，我一直這樣安慰著自己。最近幾天我對論壇產生了強烈的厭惡感，那四個黃色的英文字母有時甚至會出現在我暗紅色的夢中，像是末日審判般從天而降。在那個夢境裡，身邊的人像是在快進一樣不斷來回做著同樣的動作，只有我孤零零地站在大地上，等待著「JINX」的到來，和周圍所有人一同粉身碎骨。這樣的夢我已經許久沒有做過了，但不知為何又捲土重來，我只好把原因都怪在滿田身上。

我已經不想再監視滿田了，我們明明可以正大光明的相遇、相知，為何我還需要躲在暗處偷窺呢？我看著他的身影、動作，常常在想這是不是夢一場？醒來後，我從未與他見過面，他永遠待在螢幕裡，自生自滅。他就像是我的孩子一樣，沒有人比我更熟悉他，我多麼想把一切都說明白，道出所有真相！但我也知道，只要我說出口，我將前功盡棄，所有日與夜都將付之東流，與噩夢相比，我更害怕謊言被拆穿的那天。

可就算滿田原諒了我，我終究逃不過 Jinx 的制裁。「可他又能拿我怎樣呢？」這樣狡黠的念頭才剛上心頭，就馬上被理智消滅掉了。推翻他的統治是不可能的，他神通廣大自不必說，且身在暗處，我連還擊的機會都找不到，只能等待，再等待，Jinx 也說了。總會有結束的那一天。

「但心靈上的折磨也會有結束的一天嗎？」

我回到了居住的五層居民樓，天色已經全黑了。對面那戶鄰居好像是個政治狂人，不僅在門口插旗，還聯合了一到五樓的鄰居，把一條寫著政治口號的紅色條幅從五樓降至一樓。到了夜晚，條幅在黑暗中隨風浮動，像是黑色的海浪一般。

真是不可思議。我無法理解這種行為。顯而易見的，不管再掛上多少條條幅，政治永遠在利益集團的手中操弄著，這種行為只是增加一點好玩的氣氛罷了。當然，我沒資格這樣議論別人，要是我十多年來每晚做的事被公諸於世，不管在誰眼裡我都是個十足的變態吧？

回到家中，我馬上打開音響，播放了福居良的爵士樂專輯。為什麼會挑爵士專輯呢，或許是想試著擺脫心中的那片陰霾吧！爵士樂對受傷的心靈總是有絕佳的治癒效果，我對此毫不懷疑，不信的話可以試試邊聽爵士樂邊想傷心事，至少我是從來沒有成功過的。

當然了，這一次也不例外。我在沙發上閉著眼睛，從1976年的《Scenery》聽到1977年的《Mellow Dream》，身心暢快不已，連九點的鬧鐘也毫不猶豫的忽略掉。爵士的世界是如此美妙，它的情感是世俗又透徹的，無論是激情還是柔情，都表達的恰到好處，聽者無不陶醉其中。

《Mellow Dream》結束後，我依依不捨的關上了音響，打開了暗網瀏覽器，雖然不能說厭惡感已經完全消退了，但至少可以較為坦然的面對接下來的工作。「只要沒什麼意外的話……」

二月二號的錄影擺在了我的眼前，我一如既往地按下播放按鈕，就像在看電視裡的真人秀一樣。

「這世界上百分之八十的人都在做著自己不喜歡的工作，沒什麼好稀奇的，只管做就對了」我每天都可以找到各種不同的理由來麻痺自己。「你可是『鯨』！」Jinx 似乎這麼說過，但「鯨」又代表了什麼，我自己也想不明白。

話說回來，這一天的錄影可以說是近二十年來最有意義的，因為我將親自「出演」這個「節目」，就像電影裡的「彩蛋」或製作花絮一樣。具體時間應該是下午五點十五分左右，鏡頭將切換到客廳，此時的滿田正在客廳裡和我對話呢，多麼值得紀念的一幕啊。

「對……就是這裡……看著自己流眼淚的感覺還真是奇妙呢……」錄影視頻裡的時間是「17:35:07」，此時的我已經快要離開滿田家了。「我表演的完美無缺……各方面都很到位……我不信滿田會無動於衷，說不定我走後他才暗自哭泣呢。」想到這點，我更加專注地盯著螢幕，對滿田接下來的表現充滿期待。

「17:46:53」，滿田獨自一人在家。送走我後，他在門口玄關處站了一會兒，然後掏出了手機，走到了主臥室的門前，站立著不動。「他想進去嗎？自從他把房門關上後，我再也沒見他進去過。說不定裡面藏著什麼秘密？」我在心裡猜測道。沒想到他這一站就是二十幾分鐘，我一度以為錄像鏡頭壞掉了。

終於，他移動了，他沒有開門進去，而是回到了自己的房間。躺了一會兒後，他打開了電腦，連上終端機，之後就一直待在電腦前沒有移動了。我點了一根煙，繼續盯著螢幕。不得不說這個結果令我有些摸不著頭腦，滿田並沒有拿紙巾偷擦眼淚，或是去洗手間洗把臉什麼的，他除了站在主臥室門口有點久之外，並沒有什麼異常。

錄影時間「19:02:30」，滿田離開了電腦前，戴上了智慧眼鏡，然後又一動不動了，只是偶爾前後、左右搖晃而已。滿田一定是在觀看什麼VR影片吧，還真有閒情逸致，據我所知他應該快考試了才對。

「誒，等等！」滿田就這樣晃了差不多二十分鐘，也就是現實世界的兩個小時，期間只是從椅子上坐到了地上，但歸根究底還是在看影片，沒有什麼特別的。突然，滿田不知為何從地上站了起來，然後轉頭盯著身後，再緊接著又看向門口，最後快步走了出去。因為時間被壓縮的緣故，這一段變化來的太快了，我沒有看清楚，連忙後退到滿田站起來的那一刻，又把這一連串動作看了一遍。

他先停在了樓梯，然後緩緩走到了一樓，接著像是要出門一樣徑直地往大門走，最後還真的開門了，不過只是往外望了一下，就把門關上了。在做完這一系列匪夷所思的動作後，他才脫下了眼鏡，再次回到了房間。

「我明白了，這就是滿田所說的虛擬實境吧？」《幻境》，滿田在吃飯的時候提到過它，是由一個叫做「LOKI」的開發團隊製作的。

「所以剛剛一連串的動作，是某種交互式體驗嗎……對了，『凡提』……」我思忖道，繼續盯著螢幕瞧。

回到房間後的滿田像是什麼事都沒發生過一樣，繼續用著電腦，然後差不多十點就關燈睡覺了，錄影頓時切換成了夜視模式。眼看此時的錄影還剩下二十分鐘左右，我想滿田應該也不會再有什麼大動作，點了根煙，順手按下了快進鍵。

「咦？」夜視模式突然消失了，錄影恢復成了自然模式，我趕緊將快進取消。原來滿田這傢伙沒睡著，又了爬起來，摸索了一陣後又把智能眼鏡戴上，隨後錄影才切換成了夜視模式。

我估計滿田沒有過足癮，又進入到了虛擬實境中。他坐在了床上，和剛剛的情形沒什麼兩樣，不斷地前後、左右搖擺，甚至頻率也差不多。我有些無奈地盯著他瞧，果不其然，在視頻的最後幾秒，他突然抬起了頭，直直地看著前方。

錄影結束了，現在是現實世界的十一點半，我盯著黃色的「JINX」發起了呆，不知道今晚還會不會做噩夢。收看錄影前的爵士樂的魔力已經被消耗殆盡了，我應該馬上打開音響以作補充，但我沒有，我想對晚飯上的談話做一次復盤。

滿田對人工智慧傾慕已久，這點是毋庸置疑的，不可能是進入《幻境》後才得出那麼多的感想。凡提的出現就像是引燃乾柴的火苗一樣，從他的話語中我還不能完全理解，直到看完錄影才明白他在飯桌上的情緒是相當真實的。而當時的我也順著他的思考提出了一些著名的「人工智慧難題」，目的是為了探一探他究竟對人工智慧有多少自已的想法，其實這些「難題」歸根究底還是「意識」的問題，不管是多麼偉大的科學家也好，當問題圍繞著「意識」展開時，基本上是是無解的，或者只能得到片面的結論。人類自身都無法歸類和定義的「意識」，用在機器人身上當然也是白搭。於是，建立在模糊概念上的「人工智能難題」失去了原本的意義，成了餐桌上的頭腦風暴。我們只有兩條路可走，一是將模糊的概念定義清楚，二是問題建立在清晰的概念上。以「難題」為例，我們恐怕是無法把「意識」定義清楚的，所以就必須換一個新的「問題」，一個不以「意識」為主題的問題。我會得出這個結論，是因為我也和滿田一樣，不知在何時何地受到了某種感召，自然而然的就對人工智慧產生了興趣。在過去的許許多多個孤獨的夜晚裡，因為這些「人工智慧難題」，我不止一次的跟自己較勁，還把宗教、神學扯進這些問題中。可想了這麼多，我只能歸結出「圖靈測試是問題所在」這個結論，至於「問題」具體是什麼，又該如何改進圖靈測試，即使心裡有這麼一個想法，但就像管中窺豹一樣，我卻怎麼也說不明白，也許真理就近在咫尺，只是不知道該往哪兒伸手才能抓住它。

可想而知，今晚飯桌上的對談除了「凡提」這個滿田口中的人工智慧，其他的想法碰撞對我來說不甚新奇，也沒有什麼難度，滿田的表現和反應也只能算是入門而已，也許他和其他人一樣，只關注到了問題表面，沒想過這些問題的「根基」是否有漏洞。

但是在現實生活中能有這樣的討論也是不錯的，這個所謂的「人工智慧時代」不知道是好還是壞，當茶餘飯後的聊天主題掌握在了媒體手上，人們更願意談論淺顯的道理，或是議論名人的發言。像這種必須要融入自己思考的，較為深刻的話題，大多數人最多只能和你談到一半，有時候連四分之一都沒有，就匆忙地點頭、堆笑，然後切換話題。當滿田說起他那可愛的「宿命」時，我幾乎以為他被凡提洗腦了，或是大腦受到了虛擬實境的暗示，才會有這番「大言不慚」。我連忙裝出震驚的表情望著他，內心相當複雜，沒想到在二十年後還會有人把開發人工智慧當作第一志向，這不和二十歲時的我一模一樣嗎？我甚至還做著人工智慧學家的夢呢！可是滿田的表情和語氣又是那樣的不容置疑，估計他在心裡早就做好了決定，放棄升學考試了吧？我不知該如何是好，一方面怕破壞了好不容易建立的微弱的感情，一方面又想勸他回頭是岸。兩難之中，我選擇了繼續保持感情，也意味著我和滿田搭上了同一條船上，選擇了人工智慧這條路。這算是重拾舊夢嗎？明明是不惑之年，我卻比以往更加困惑了，只能祈禱這次的《臺北協議》不再跳票，各方的資金和政策都能按時落地，讓我們乘著這趟東風一路往前。不然就算 Jinx 願意幫忙，那也是舉步維艱的。

「呼——」我重重地吐了一口氣，然後把煙掐滅在了煙灰缸裡。明天是星期二，我得逼自己睡覺了，儘管「鯨」還是個懵懂無知的二十三歲少年，但「林銘昆」還得早起上班呢。

然而，這只是個開頭而已。當時的我並沒有考慮到滿田會對虛擬實境上癮，以為滿田只是單純的把它當作娛樂消遣而已。

作為一名高三學生，臨近學測考試的那幾天應該是在全力複習才對，但滿田不是。據我觀察，二月四、五號兩天，他除了吃和睡，有一半以上的時間都待著智能眼鏡在房間裡搖頭晃腦，這其中有多少時間是拿來複習課業的，我想應該少的可憐。我雖然不是滿田的監護人，但我知道一個正常的學生應該是什麼樣子的，而他的行為深深地引起了我的焦慮。

而最令我擔心的，也許是受了那些虛擬實境的影響，滿田出神的次數越來越頻繁了。有時候他在家中走動著，會突然停下來，然後就這樣莫名其妙地站著；有的時候滿田本來在用電腦，或是在看書，也會突然走到家中的某個地方，一樣站立著不動。不管是哪一種情況，每次都至少持續半個小時。也許他自己覺得沒什麼，但在我眼裡，尤其是播放在螢幕前，是相當詭異的，要不是進度條還在移動，我都會以為錄影出了故障，或是我自己也開始恍神了。

Jinx 說過，只要滿田有一絲不對勁，或者有異於常人的表現，就要寫進每週報告裡，至於這個「不對勁」就沒有具體的標準了，一切都由我來定奪。一開始的幾年裡，我連滿田感冒生病也會寫進去，但後來我發現這根本就不算「不對勁」，於是我的報告變得簡單多了，大多數情況都是「一切正常，無異狀」，而 Jinx 對此也沒有異議。

和現實世界裡的滿田相差巨大，錄影中的滿田給人一種非常直觀的精神自閉的感覺，這孩子不知道是不是因為家庭不完整，還是什麼其他原因，對周圍的發生的事情不會有太多的情緒反應，不喜歡出門，在家的時間大多耗在電腦和書上，連和母親交流的時間也都屈指可數，可以說是一個比較冷漠的孩子。陳靜去世的那一個禮拜，我以為終於可以寫點什麼了，沒想到滿田依舊正常地過日子，三餐照吃，作息時間也和平時沒有兩樣，我只能在報告裡寫上「一切正常，情緒稍微低落」。

「但似乎是從那時候開始出現長時間發呆這種症狀的……」我努力回想著，之所以當時沒有注意到，是因為出現的次數實在不像現在這麼頻繁。

所幸的是，滿田還是穿上了學校制服，如期的參加了學測考試，高中文憑算是拿到手了。可就算他不去，以我的身份又能說什麼呢？我感到一陣悲哀。

二月九號，星期天，滿田於昨天中午結束考試，今天算是寒假的第一天。我說過等他考完試要去體驗《幻境》，但我沒有主動打電話或發送資訊給他，我現在最關注的還是滿田的精神問題，以及見面的時候要怎麼委婉地提醒他。我上網查了不少資料，可大多和滿田的症狀對不上號，只落得越來越擔心的地步。我想像過最糟糕的情況：因為陳靜的的死、學業上的壓力、我突如其來的拜訪，再加上充滿風險的虛擬實境（誰知道他是否只進入過《幻境》呢？）和人工智慧的衝擊，使得他的精神瀕臨崩潰，此時的他肉體尚在人間，意識卻迷失在了「幻境」之中。但轉念一想，那天晚飯的情景顯然與我的想像對不上號，滿田是個如此活躍又健康的孩子，況且，一個把宿命掛在嘴邊的人，我想是不會那麼輕易就崩潰的。

按照規定，我必須在今天上交一份這個禮拜的觀察報告，星期天不必上班，所以我可以隨時打開論壇收看錄影。換作是其他時候的星期天，我可能會等到吃完晚飯再來看錄影和寫報告，但今天的我才剛起床就想馬上看看滿田的最新情況。「這就是身為人父的感覺嗎？」我嘲笑自己的妄想，最終還是按捺住了這股欲望，決定按照平時的步調，先去健身房運動，然後順道吃完午飯再回來。

「真的有機器人滿大街跑的那一天嗎？」跑步機正對著一塊落地窗，外面就是人來人往的臺北街頭，不禁這樣想道。如果是在二十年前，我會立刻給出肯定的答案，這可以說是我們那一代人的共識了；但是二十年過去了，我卻希望那一天永遠不要到來。我害怕改變，害怕被淘汰，眼前的這一切已經是我能想到的最好的畫面了，沒有硝煙，沒有大蕭條，人們尚有神靈可以崇拜，科技水準也足以讓沒有信仰的人安然無恙地度過一生，我們為什麼還要繼續向「奇點」靠近呢？古人云：「以史為鑒，可以知興替」，變革總是需要付出相當大的代價，何況我們並不能保證變革之後的世界會比現在更好。可又如何呢？我想社會上一定有與我類似的聲音，類似的想法，也有類似的自知之明——我們什麼都無法改變，我們是變革的「代價」，不是那高喊著「不要溫柔地走進那個良夜」的馭浪的勇者，而是只能悻悻地被一波又一波的浪潮拍打著的小草罷了。

「滿田會是那馭浪的勇者嗎？」

我懷著某種念想，而這份念想使得我即將付諸的行動，與我那懦弱、膽小的心靈產生出天壤之別。既然無法阻止變革，乾脆讓變革來的更快一些，何況這還是所愛之人的願望呢？我希望於滿田，毫無保留地支持他，我要親眼見證他達成願望的那一刻，即使浪潮會馬上把我拍得粉身碎骨也無所謂。

一旦有了這種想法，哪還有心情繼續慢跑呢？我馬上離開了健身房，在便利店裡買了一份沙拉後便回家了。

我決定快速地看完錄影，然後把報告寫完、上交，Jinx 看完之後一定會馬上聯繫我，我就可以借此機會向他闡述計劃。未來即將在我眼前展開。

「這是……那個同學？」錄影時間來到了中午十二點二十分，滿田帶著一個男同學回到了家中，這個人我曾經在錄影裡見過不止一次，是滿田唯一會帶回家的朋友。他們一同進入了房間，似乎是準備要進入虛擬實境，的確，那位同學戴上了滿田的眼鏡，而滿田則回到了客廳。

「咦？！這是怎麼一回事？」錄影裡的滿田本來在客廳沙發上睡得好好的，突然一躍而起，走到了電視牆後面，抬頭望著房門，緊接著，那位男同學從樓梯上摔了下來。

我不斷重複著「倒退」、「播放」，終於看出了些端倪來，那位男同學倒退著離開房間的時候還戴著眼鏡，似乎是受到了影像的驅使，不斷向後退，最終從樓梯上失足摔了下來，幸好樓梯沒有很長，但也摔得夠重的。滿田馬上跑過去查看情況，不一會兒便攙扶著他來到了客廳，然後安撫他，那位男同學應該也什麼大礙，看起來意識還是清楚的。

「該不會是……」是凡提嗎？她攻擊了這個同學？我惶然至極，先行暫停了視頻，點上了一根煙，想理清一下思緒。我記得滿田口中的「凡提」只是個弱人工智慧，在虛擬實境裡的表現就是個聊天機器人，影像化也只是切換 VR/AR 系統而已，不至於擁有攻擊人類這種意識吧？此時的眼鏡應該是切換成了 AR 系統，男同學沒有做好心理準備，才會發生這樣的意外吧？

我不斷地給發生在錄影裡的事件找藉口，卻只是助長了心中的焦慮，一個最壞的想法躍然於心：滿田判斷錯誤了，凡提擁有強人工智慧，而且她通過 AR 影像攻擊了人類！

「那麼滿田不就有危險了——」一想到此處，我趕緊拿起手機撥通了滿田的電話。

「喂？」在通話即將轉入語音信箱的時候，滿田接起來了。電話那頭的聲音聽起來很疲憊，但能聽到滿田的聲音我已是心滿意足了。

「滿田，你還好吧！？」

「很好啊……我剛睡醒，有什麼事嗎？」原來如此，滿田只是被我吵醒了，我懸著的那顆心終於放下了。

「呵呵……這麼能睡啊……對了，你考完試了吧，上次說的還記得嗎？」我怕滿田記不得了，又補了一句：「那個虛擬實境啊。」

「噢！咳，我記得，那個……可不可以過幾天再說？我到時候再聯繫你。」聽到「虛擬實境」四字，滿田似乎清醒了不少。

「好的，等你方便再聯繫我，拜拜。」我安心地把電話掛斷。

幸好只是虛驚一場，至於那位朋友遭遇了什麼，我只能自己想像了。我坐回到螢幕前，繼續剛剛的錄影。滿田和他的朋友在客廳聊了很久，期間還吃了飯，在客廳聊了一會兒天，滿田就扶著那位朋友出門了，我想應該是要送他回家吧，便準備按下快進鍵。

沒想到才過了幾秒，滿田回來了，敢情是把朋友放在車上就把他打發走了。如我所料，滿田很快地又再一次戴上智慧眼鏡，應該是進入了虛擬實境，看著自己的朋友意外受傷，他肯定是想確認些什麼，是直接與凡提對話嗎？

我打開作為午餐的沙拉盒，按下快進鍵，邊吃邊看，因為滿田只要戴上了智能眼鏡，保底也要兩個小時才會摘下來。「要是監控錄影可以把智慧眼鏡裡的畫面拍下來就好了」無所事事的我突然產生了這樣的想法，要觀察一個人，在現在這個時代只用監控錄影已經不夠了，終端機裡面的東西才是關鍵，這就像剖開大腦一樣，如果可以知道這個人終端機裡裝了些什麼影片、遊戲、軟體，那麼才能算真正的瞭解他。不知道 Jinx 是否有這樣的駭客技術呢？我不妨把這個想法也一同告訴他，或許我未來的工作會更加有趣些。

十分鐘過去了，由於二倍速快進，錄影裡的時間已經過了兩個小時了，照理講滿田應該要摘下智慧眼鏡了才對，但他仍一動不動的坐在椅子上，就像睡著了一樣。「這麼一想的話……」在剛剛過去的十分鐘裡，滿田不僅沒有起身活動，連身體的搖晃都很少。

「難道他沒有進入虛擬實境嗎？」滿田戴著眼鏡究竟在看些什麼，我無從得知，但是他現在人還好好的，這說明至少他看的東西沒有危險，凡提也沒有「傷害」他。

我切換成四倍速快進，錄影裡的滿田頓時像斷了線的風箏，或者說是像發條綳了十倍緊的玩具小丑一樣，做著快速又無法預知的動作：他摘下了眼鏡，在家中穿梭，然後回到電腦前，頭和手抽搐著；五點多的時候離開了家門，快七點才回來，但對我來講只是不到三分鐘的事；電腦和智慧眼鏡輪番使用，椅子和床來回光顧，夜晚就這樣過去了，視頻亦隨之停止。

與螢幕裡的黑夜不同，此時是正午時分，屋外陽光大好。這種時間與空間的雙重反差也不是第一次感受到了，一開始的時候還會給我一種「不知今夕是何年」的巨大空虛感，可畢竟是我的工作，而任何工作都具有麻痺人心的作用。於是在經過了一年又一年之後，我也就麻木了。

如果說我們人類是某種高等智慧放在他們所創造的虛擬世界中的「玩物」，那在他們看來一個人的一生，甚至是整個人類的歷史，就像我看著以滿田為「主題」的監控錄影一樣，時間流逝的快或慢，不過是二倍速或四倍速，甚至是八倍速之間的調整，毫無意義。

我打開了用作上交報告的子板塊，選擇編輯新主題，輕車熟路地完成各項欄目的填寫，輪到正文部分的時候卻停住了，我斟酌著該如何運用適當的措詞，來如實地描述出這一星期來滿田的變化。我是在二月三號晚上發現滿田進入了《幻境》並遇見了「凡提」，所以要從二月二號開始算起，直到八號結束，這七天以來除了舉行考試的六、七號，以及八號上午，其餘的時間幾乎有一半以上，滿田都處在虛擬實境當中，「加上最近的情緒波動，和學測考試的壓力，滿田經常出現長時間走神的情況」，表現形式多為毫無目的、突發的站立不動，持續時間每次最短半個小時。

不僅如此，我還在報告裡寫上我對人工智慧「凡提」的憂慮，以及她可能會對滿田造成的危害。以防萬一，我在末尾又加上了一句「請馬上電話聯繫我」這樣的話，還史無前例的在寫著時間的標題前打上「緊急」二字，如此一來，Jinx應該會相當重視這份報告。

我懷抱著希望發送完報告，之後便陷入了無所事事的等待中。每次週末把報告發送到論壇後，至少要到晚上才能接到Jinx的電話，倘若報告的內容只有簡短一句話，有時甚至要隔一個禮拜才能接到Jinx的問候。我知道一直抱著手機也不會加快這個進度，便拉上了落地窗的窗簾，把手機壓在了枕頭下，準備睡上一覺。

「嗡——」巨大的震動聲把我吵醒，我趕緊掀開枕頭，接通電話。房間的窗簾不知道何時被我拉開了，光線極其刺眼，我便背對著陽臺講電話。

「鯨，凡提覺醒了——」是滿田的聲音，聽起來有些緊張。什麼叫「凡提覺醒了」呢？

「你看看身後。」我應聲轉頭。

「啊——」剛剛還是空無一物的陽臺，突然憑空出現了一位長髮女子，她穿著合體的衣服褲子，正不動聲色地站在陽臺。由於背著光，我無法看清她的樣貌，但可以分辨的出她正面對著我。「這不可能……」我感到自己呼吸急促，想要站起身來自衛，卻發現動彈不得。我緊張地閉上了雙眼，害怕面對接下來會發生的一切。

「你這個不知好歹的傢伙——」耳邊傳來了比平時還要陰森一百倍的滿田的聲音，我倒吸了一口冷氣，莫非他察覺到了我的偷窺行徑？我什麼都不敢說，只能報以強烈的心跳聲。我睜開了雙眼，沒想到那名女子正不斷接近我，只離我幾步的距離了，她平舉著雙手，手掌卻是垂直於地面的向外張開著，像是準備要摸索什麼。即使我們已經靠的那麼近了，她的樣貌卻還是非常模糊，但又有種熟悉感，是同事嗎？還是遠親？

「陳靜——」我想起來了，這個模糊的臉龐，是陳靜啊！

女子像是有心電感應能力一般，我「陳靜」二字剛浮上腦海，她便馬上向我撲來，雙手在接觸到我的胸膛後，用力一推，我只能無力地向後倒去。「啊——」我放聲大叫，因為不知道為何，我竟站在了高樓的邊緣上，她這一推，我只能從天而降，摔個粉身碎骨。那個模糊的面龐，我只能眼睜睜地看著她離我越來越遠，眼角不知是淚水，還是因為下墜的速度加快，盡是一片模糊——

我倏地張開了眼。

原來只是場噩夢，我哪兒都沒去，也沒有什麼長髮女子。窗簾依然緊緊地闔上，所以室內一片昏暗，分不清現在是白天還是夜晚。

「嗡——」是枕頭底下的手機，和剛剛的夢境一模一樣。「難不成我還在夢裡？」我心驚道，沒有立刻接起電話，而是先環顧四周，確認無異後，我才掀開了枕頭。手機螢幕上的來電顯示是從未見過的號碼，而此時已是下午三點零五分了，我竟不知不覺地睡了兩個小時！我連忙做了幾個深呼吸，確認自己已經完全清醒之後，接通了電話。

「喂？」

「我是 Jinx，我看完你的報告了。」Jinx 那從未改變過的聲音令我如釋重負。

「對應的錄影我也看了，滿田的表現不算稀奇吧，只不過是沉迷於虛擬實境罷了。」

「可是……我們不應該幫他一把嗎？」Jinx 的反應使我感到有些憤慨，既然都知道他開始沉迷了，我們怎麼能坐視不管呢？寒假已經開始了，沒有父母看管的滿田恐怕還會在虛擬世界裡越陷越深。無論是哪方面原因造成的，他的精神狀況已經受到了很大的影響，要是走在馬路上突然失神了怎麼辦？那後果實在不堪設想。何況他不準備升學了，處於一種沒有確定目標的狀態，這種如夢如幻的生活一定會讓他墮入深淵的。

「如果是我的話就不會啊」Jinx 滿不在乎地說道，「告訴你什麼叫異常行為吧，嗯……你讀過《聖經》嗎？聽過耶穌吧？」

「有聽過。」我沒有任何宗教信仰，但耶穌、佛陀這些還是略知一二的。我不明白的是 Jinx 為什麼在這時候提到這個。

「老實告訴你好了，只有當滿田展示了什麼隔空取物啊，空中懸浮啊，瞬間移動啊之類的特異功能，這樣才能叫做異常行為，明白了嗎？哈——」Jinx 發出了毫無人性的大笑，笑聲中卻有一絲悲涼。

「你在開什麼玩笑，即使他死了也沒關係嗎？！」我壓抑不住憤怒，幾乎是用吼的講完這句話。

「閉嘴！我告訴你，他死了我們就都自由了！」Jinx 也馬上吼了回來，我不敢回應。於是我們只剩下沉默，沉默到可以聽見彼此的呼吸聲。

「我老了，雖然你可能感覺不出來，」他歎了一口氣，打破沉默，繼續說道：「這是我的最後一個任務了，結束後就該退休了。到時候我會跟你說明一切的，如果情況允許——」

我沒有回應，因為這個答案同樣令我感到憤怒。滿田在 Jinx 的心裡難道只是一個任務而已嗎？他可是有肉體，有靈魂，他不是什麼採購清單或是財務報表，他可是活生生的人啊！他早就成為了我的生活重心，是我的「親人」，我的心靈寄託，我根本無法想像滿田的死，在那之後的世界即使我擁有了自由，卻也失去了意義啊！

短暫地沉默後，Jinx 再次開口說道：「我很抱歉，可這就是滿田的命運，本來你應該和我一樣會一直待在幕後直到任務結束的，可誰知道『赤』就這麼死了呢？實在是難為你了……說到『赤』，總有一天我也會向你坦白的……」

「你說我得接替她的角色，對吧？我知道該怎麼做了，但我需要你的幫忙。」聽見機會來了，我不敢有遲疑，偷偷地做了好幾次深呼吸，強壓住了心中的怒火，然後把請求說了出來。是啊，此刻只能忍辱負重了，Jinx 能執行這種隱秘的任務近二十年，必定有他的過人之處以及強大的人脈，若能得到他的幫助，我想一切都會輕鬆許多。

我將滿田放棄升學的決定，和開發人工智慧的決心告訴了 Jinx，也把我的計畫，即趁著《臺北協議》的東風，向政府申請資金，招募人才以組建團隊之類的事也一併說了。

「這……」Jinx 難得猶豫了幾秒，「我應該要先問問我的上司，不過……算了，就照你想的做吧！」

「我多少還是可以體會你的心情，畢竟你看著滿田從小長到大，如今他媽媽也不在了，又不想上學，你想照顧他應該是人之常情。」Jinx 又歎了一口氣，即使是經過電腦處理過，也聽得出他的精神相當疲倦。一個老人的形象頓時浮現在我的腦海中。

「也不知道政府何時才能把資金批下來，弄這種新潮的東西會有許多手續要辦。我先借你一點吧，看你用在哪裡都可以。當然，我希望你能按時匯報資金的流向。」

「謝謝你……」

「我掛電話了，保重。」

Jinx 的「重」字似乎都還沒說完，像是在躲避什麼似的，馬上切斷了電話。我拉開了窗簾，讓陽光充滿房間，腦裡思索著下一次和 Jinx 通話又會是何時。一直以來，只有他能聯繫到我，而我則無法主動聯繫到他，就像高維空間對次維空間一樣，這種上下級的關係再明顯不過了。可都快共事二十年了，我在他心中難道只是一個普通的手下嗎？也許正是如此，一個普通的手下，不用在意的棋子。他不會知道，這麼多年來他是我生活中唯一可以傾訴的對象，因為只有他知曉一切！多麼悲哀啊，我不僅是滿田的「人質」，還是 Jinx 的「人質」啊！

正當我欲踏入自我否定的深淵時，手機提示我收到了一筆新的轉帳，馬上就把我拯救了出來。我打開帳戶，發現轉到帳戶裡比特幣數目遠遠超出我的期望，我鬆了一口氣，答應滿田的事可以開始落實了。接下來的我可有的忙了，不僅要向政府提出申請，還得招攬志同道合的夥伴，可能還要先購買幾台高性能電腦。等我悄悄把一切辦妥後，再給滿田一個大大驚喜，到時他一定也會振作起來的，忘掉那些空虛，鼓起勇氣追求幻夢。

我之所以如此相信他，不僅是因為他前幾天在飯桌上那信誓旦旦、胸有成竹的樣子，而是因為我在他身上看到了二十年前的自己。那時候的我放棄了自己的夢想，渾渾噩噩地活到了今天，我切身地明白不知目的為何的活著，是多麼地令人沮喪，所以我不能再讓滿田重蹈我的覆轍。這一定也是上天給我的一個救贖的機會，讓我可以拯救自己那用尊嚴交換金錢的罪惡的靈魂。這一次，我不會再放棄任何東西了。

第八章

「田，你是不是好幾天沒寫啦？」S突然把眼鏡摘了下來，眼裡透著一絲狡黠地向我問道。她指的應該是我的自傳。

「你不是要我多陪陪你嗎？」現在是晚上十點，我和S正躺在床上。

「你什麼時候變得這麼聽話啦？其實還是很想去寫吧？快去吧，我要開始看電影了！」她話才剛說完，嘴角還微微上揚著，眼鏡已經重新戴好了，絲毫不給我反駁的機會。

女人真是奇怪，明明是她要我多陪陪她，自己有事可做了，反倒要把我打發走。我從床上起身，來到了電腦桌前。不過這正投我所好，我已經兩、三天沒打開這份文檔了，心裡一直癢癢的。

「誒……我才寫到這裡啊？」文檔自動回到了上次編輯的地方，我還以為故事已經快講完了，沒想到時間還停留在高三那一段。我對自己感到很失望，無奈地把文檔載入到智能眼鏡裡，準備回到床上再寫。

我輕車熟路地用AR文件處理器打開文檔，將《妄言書》呈現在我眼前。然而我卻發了好一會兒的呆，游標在空白行前段無情地閃爍著，像是在告訴我靈感即將耗盡了一樣。我明明有很多東西想寫，卻一個字都敲不下。我盯著印在羽絨被上的虛擬鍵盤，內心煩躁不已。

「倩倩，暫停一下啦！」我搖了一下S，她沒有理睬我。

「暫停！」我朝著她大喊了一聲。一秒鐘後，S把眼鏡架在了額頭上，耳機都沒拔下來，一臉不情願地看著我。之所以如此，是因為我的聲音觸發了眼鏡的聲控功能，使電影暫停了。

「你幹嘛啦，人家才剛開始看誒——」S嘟著嘴抱怨道，樣子楚楚可憐。我突然覺得是我在無理取鬧了。

「嗯……你說我要不要跳著寫啊，各種穿插啊之類的……你說呢？」按照時間順序的寫法已經讓我有些厭倦了，我想嘗試一下新的寫法，比如倒敘啦，插敘之類的，畢竟這可是時間與空間的迷宮啊。

「幹嘛？寫煩了就不要寫啊，又沒人逼你寫。」S沒好氣地回應我。一聽到我為了討論這個而打斷她的電影，臉色馬上就變了，一雙巨大的白眼映入我的眼簾。

「對不起啦……那個……我寫了這麼久才寫到高三學測那裡誒，所以……哈哈……」我有些無奈地說道。但當S聽到「高三學測」時，她的白眼翻回來了，用一副見著了奇珍異獸的表情看著我，忽然抬頭放聲大笑，害我也忍不住跟著笑了起來。

「你究竟在寫些什麼啊？怎麼才寫到那裡？你是不是連考試題目都要寫進去了啊？哈哈……」S仍笑個沒停。雖然我不知道哪裡好笑，但這笑聲似乎能活化腦細胞，我頓時感覺輕鬆了不少。

「喂……我說你……咳……」S終於止住了，但整個臉還紅通通的，笑意還留存在臉上，似乎又會隨時爆發出笑聲來。

「咳……我想……你可以從中間插入一段，從我們認識的第一天開始寫吧，怎樣？」S擺出一副可愛又機靈的模樣盯著我瞧。

「誒？真的要這樣寫嗎……」我看著S那副狡猾的模樣，有點不太放心。其實我知道，她就是想趕快看到自己出現在我的自傳裡。

「真的啦，不然你要寫到何年何月哦？下樓買個雞蛋都要寫進去是嗎？你從認識我那天開始寫就可以啦，再把之前發生過的重要的事穿插進去不就好了？」

「好啦，那就從認識的那天開始寫好了……可是這樣會不會潦草了一點，突然這樣跳躍……」

「怕什麼啊，換換胃口嘛！要是沒東西寫了，再用日記的形式繼續寫下去不就好了？」

我覺得這樣似乎也行得通。既然已經心浮氣躁了，是該嘗試一下新的寫法，而且日記的形式也令我躍躍欲試的，和書寫新鮮記憶相比，沉浸在回憶裡有時候是件很痛苦的事。

「那就聽你的吧。」心中豁然開朗。而那游標似乎也受到了鼓舞，開始興奮地跳動著。

「那你不要煩我了，我再看一個小時就睡覺，明天還要上課呢。」S目前是大學二年級學生，一個禮拜還是有三、四天需要去學校上課。

「好啦，拜拜！」S已經戴好了眼鏡，翻了個身背對著我。

我調整好枕頭的位置，把虛擬鍵盤分別設置在身體兩側，準備繼續打造「迷宮」。按照S剛才的建議，我得從認識她那天起開始寫，可我一看見還未完成的與凡提的對話，不禁又想繼續往下寫。內心經過一番掙扎後，我決定以後如果有機會，再把這段未完成的對話穿插進去。

我和S是在去年的中秋節，也就是九月十五號那天認識的。那晚秋高氣爽，風自海面吹向沙灘，明月高掛枝頭，是個再好不過的中秋夜晚了。在場的除了我、S，還有鯨叔叔、S的哥哥蘇毅、黃莘和張俊強總共六個人，我們相聚在海灣公園烤肉賞月。當時的阿誠已經如願考上了美國的大學，正在美國讀書，不然此行就是七個人了。

至於其他三人，則都是LOKI的成員，亦是我的同事、隊友，另外還有兩位成員因為要在家陪父母過中秋，所以沒有和我們一起烤肉。

自學測考試結束後，我日復一日的泡在他們開發的虛擬實境裡，不斷地獨自「測試」裡面的人工智慧——凡提，並且把觀察到的問題記錄了下來。後來，我通過暗網的通訊程式聯繫上了LOKI，雖然只是站內信的回覆，但當時的我別提有多興奮了，立馬開門見山地說想要加入團隊，並且把我辛苦整理的對凡提的想法，以及一些相關問題直接告訴了他們。可是還沒興奮多久，冷水就潑過來了——在LOKI眼裡，我只是一個滿腔熱血卻百無一用的空想家罷了。既不會建模，編寫演算法的能力也不出眾，所以來回幾封資訊後，我就被無情地拒絕了。

而當時發來拒絕信的人，正是在大口啃著烤玉米的黃莘。

「喂，不能怪我吧？你是真的什麼都不會啊。」黃莘一邊啃著玉米，一邊發牢騷。他沒告訴過我年齡，只是讓我叫他「莘哥」，目測是三十歲左右。莘哥之前在國有企業上班，是LOKI裡唯一一位有著「鐵飯碗」的成員，平日下班後負責運營LOKI的論壇，週末則是為《幻境》建模。他是三位建模師之一。

「厲害吧？不僅是建模，連主題也是我想的，先是一片濃到化不開的紫，這不就是混沌世界的顏色嗎？然後才開始有了別的顏色，從無到有，越來越多的顏色，這不就象徵著宇宙萬物嗎？然後是那個鏡面的破碎，又意味著……」只要說到《幻境》，也不管嘴裡是不是還有食物，莘哥就會馬上滔滔不絕地說個不停。

「沒有我的音樂配合也不行吧？」S的哥哥蘇毅說道，臉上帶著笑意。蘇毅也是LOKI的三位建模師之一，還有一位由於今晚沒有到場，所以先暫時不介紹。蘇毅，一般情況我都稱呼他「毅哥」，和 S 交往後偶爾也會叫他「大舅子」，他和莘哥是大學同學，LOKI 是他倆一手創辦的。「當初也只是好玩而已，畢竟我們都有想法，不動手試試會很憋屈啊」我有一次問毅哥為什麼要創辦 LOKI，他是這麼說的。

「要是只有模型在那裡變換，很容易就會睡著了吧？音樂才是關鍵啊，那可是花了我一番心血呢。」毅哥喝了不少酒，看起來有些亢奮，其實平時是一個不苟言笑的人。在我眼裡，他是一名真正的「職業嬉皮士」，不僅是因為他參與並主導了《幻境》的開發，還有他那縈繞整場「幻境」的夢一般的樂曲，令我崇拜不已。如果說精巧的建模是給幻境一副好看的皮囊，那麼毅哥創作的迷幻搖滾和電子舞曲相融合的音樂，就是給幻境帶來了現代「嬉皮士」的靈魂。

「對了，滿田啊，你還沒有和我妹妹打招呼呢。」毅哥坐在我的身旁，嘴裡噴著酒氣，一手勾著我的肩膀說道。「她現在還是單身哦，哈哈！」毅哥仰頭大笑，話一說完就放開了我的肩膀，起身去附近的涼亭裡找鯨叔叔他們喝酒聊天。此時的沙灘上只剩我和蘇倩兩人了。

「你不用管他啦……他喝多了……」蘇倩有些不自在地笑道。此時的她正在翻動烤肉架上的烤肉，臉紅撲撲的，看起來甚是可愛。我沒有什麼和女孩子打交道的經驗，於是只能用傻笑來回應。

「滿田，你是不是混血兒啊？」蘇倩一手捧著裝有烤肉的塑膠碗，一手拿著啤酒瓶走到我旁邊坐下。我才剛轉頭看向她，正好對上了那雙靈動的大眼睛，我只能不好意思地把頭轉回去。

「嗯，是啊，我是台以混血。」我只能訕訕地回應道。

「『以』是哪裡呀？」

「以色列的『以』，我爸爸是猶太人。」

「這樣啊，我還以為那個叔叔是你爸咧。那你現在在讀哪所大學呀？」

蘇倩口中的「叔叔」指的應該是鯨，我和他一同參加這次烤肉。除此之外，我們在 LOKI 成員面前一直都是成對出現，年齡差距也和一般父子差不多，所以她難免會誤會。

「我沒在讀大學啦。對了，我們不是第一次見面吧？」一聽到「大學」二字，我就渾身不自在。由於沒有繼續升學，年齡也到十九歲了，按照規定我必須服兵役，但這麼一來就會錯過鯨叔叔的安排，於是，本來 BMI 屬於正常範圍的我，努力減重到免役標準，才順利地進入 LOKI。三個月之後的今天，我體重暫時恢復正常了，可是那段減重的日子實在是太痛苦了，以至於我一聽到「大學」、「畢業」之類的詞就會不寒而慄。

「是第一次見面啊……」我轉頭看著蘇倩，只見她眉頭微蹙，似乎正在認真思考我的問題。

「可是你給我一種很熟悉的感覺，總覺得真的在哪裡見過你。」我已經等不及說出這句話了。這不是什麼剛想到的老套的搭訕秘笈，也不是為了迴避話題想出來的——這是我的真心話。

該如何描述那第一眼的感覺呢？像是在幽靜的深山中忽然聽見一聲貫徹雲霄的鳥鳴，初聞已驚為天人，完全被震懾住了，即使鳴聲遠去，心卻無法平靜下來，反而不斷地回想其蘊含的感情，悲喜交加、綿延不絕。她就是我「命運」的人形寫照，而我被她扼住了喉嚨，只能乖乖遵循冥冥之中早已安排好的道路前進。這種「既視感」體現在每一方面，不僅是她的樣貌，連她的動作、神情、語態，我都覺得無比熟悉，我們之間的隱秘的關聯甚至可以從遠古時代開始追溯到現在，並且會長久地延續直到未來終結。但奇怪的是，我又可以保證我從來沒有這樣的女性朋友。這兩者的矛盾從那一眼起，直到現在還在糾纏著我。可是我沒有這個勇氣拿這種話去搭訕她，所以幸好她主動來找我說話，要不然這些感覺又只能留給自己慢慢消化了。

「我不覺得誒，這是我們第一次見面啦！」蘇倩可能是覺得我的搭訕技巧太落後了，說話的表情卻意外地認真，她笑得很尷尬。

「好吧……」我有些失望，這可能是我太久沒有接觸女性朋友了，才會產生這樣的錯覺。

「那你也是LOKI裡的一員嗎？」我問道。蘇倩此時不知道心裡在想什麼，頭埋得低低的。

「當然啦，我在LOKI裡的代號是『S』，你以後也可以直接叫我『S』哦。」她抬起了頭，一臉驕傲地說道，「你覺得『LOKI』這個名字怎麼樣，是我想出來的哦！無憂無慮的野火，愛惡作劇的天性，簡直就是我們的寫照嘛！這剛好又可以關聯上《幻境》的故事，你有看過北歐神話吧？《幻境》的大背景其實就是夢河啊，LOKI裡面可是有很多彩蛋的……」

「還有，凡提的外觀也是我設計的哦！」蘇倩補充道。莫非我是因為凡提，才會對S產生這種似曾相似的感覺嗎？

「那幾個臭男人哪懂得什麼審美嘛！」S仰頭喝了一口啤酒。

「不過面部表情的管理就要靠大數據庫建模啦，喂，你有沒有在聽我說話啊？」

「有啊，我聽得很認真。」其實我並沒有太在意她在講些什麼，我只是直勾勾地看著她，努力想在她的臉上找到些什麼蛛絲馬跡，可以拿來印證我的直覺。

「你從小到大都住在臺北嗎？」我問她。

「我家住南部，從小在南部長大，因為要上臺北的大學所以才搬上來住。」我後來才知道，當時的S就住在哥哥蘇毅的家，地點在那所大學的附近。不過一聽她從小生長在南部，我的幻想頓時又破滅了幾分。

「對了，那個『鯨叔叔』是你的誰啊，『鯨』是有什麼含義嗎？」

「他啊……」

我猛咬了一口塗滿烤肉醬的豬肉串，邊吃邊把我和他的所有故事講了一遍。

雖說只是簡要的敘述了來龍去脈，但也勾起了我不少情緒，畢竟這個故事要從我的出生開始講起，甚至是出生前的一部分。鯨叔叔至今未娶，也沒聽說過有比較親近的女性朋友，他幾乎把所有的情感，也包括對我母親的那一部分，統統轉移到了我身上，這種情感的轉移究竟是好還是壞呢，作為當事人，我不可能做的出客觀的回答，但出於私心，我會說目前看來是好的。如果沒有鯨叔叔，別說什麼「意義」了，我連LOKI都無法觸及，可能高中畢業之後就去充當廉價勞動力了，從這點看來，是托了鯨叔叔的福，我才能有今天。萬幸的是，在我看來，鯨叔叔自己也是心甘情願的這麼做，他似乎也樂在其中。

可是這樣不就耽誤了鯨叔叔的人生了嗎？這是屬於上一輩的情感糾葛，作為「無辜」的後輩，我何德何能可以繼承這份情感？我的人生應該完全歸我所有，可如今已或多或少的被這份情感侵蝕，成為了一個不純潔的個體，變成了鯨叔叔的某種發洩口，或者是他的容器。這個道理我相信鯨叔叔心裡也很清楚，不管出發點再好，這始終是一種不純潔的情感，可是我們又都不敢戳破。這份情感就像一鍋逐漸升溫的水，而我和鯨叔叔是兩隻正在水中游的青蛙，這鍋水同時滿足了我們的某種欲望，使我們忘記了可能會面臨的危險，待到水溫不再宜人時，想逃也逃不出去了。

都說佛能見因果，可惜我們不是佛。這段因果究竟會帶來怎樣的結局，我們只能拭目以待，並且任其宰割。

不過這種像在電視劇或者小說才會出現情節，S聽得倒是津津有味的，配著烤肉和啤酒，不時發出些感歎聲。

「原來是這樣……也是一種緣分嘛。」聽完我的故事後，S若有所思地總結了一句。

「我比較在意的是我和你之間的緣分。」

這句話當然只是我內心的反應，現實的我只是平淡地回了一句「是啊」，便不再做聲。

「那你現在是自己住，還是和你叔叔一起住呀？」

「大部分時間是和叔叔一起住，他有時候也會回自己的單身公寓睡覺，不過很少——」話說還沒說完，鯨叔叔和幾位大哥回來了。

「滿田，吃的開心吧？」鯨叔叔帶著幾分酒意向我問道。

「有美女相伴，當然開心啦——」俊強哥大聲說道，引得眾人大笑。俊強哥是LOKI的工程師之一，履歷非凡，除了LOKI外，還是多家工作室的技術顧問、技術支援，是當初毅哥經過好一番勸說才拉攏進來的人才。然而，與這樣理當高姿態的身份相反的是，俊強哥沒有一絲架子，他平易近人，還很風趣，不僅主動邀請我做他的「徒弟」，還經常向我大談人生哲理，比如「人好不容易生下來，當然要幹一番事業，要笑傲江湖」等等，是我相當喜歡的前輩。

「大家來拍個照吧，差不多要回去了。」毅哥提議道。

我們五個人擠在了一起，毅哥先把手機架在專門的飛行器上，調整好角度後，手機固定在了空中，隨著毅哥一聲令下，手機便拍下了合照，再根據面部識別，照片逐一發送給了大家。合照完後，我們便開始收拾場地，做回程的準備。

「我可以留你的電話嗎？」收拾期間，趁大家不注意，我偷偷地問S，並且把手機遞給了她。後來回想，這應該是我人生第一次向女生要電話，因為那份一見如故的親切感，和聆聽我故事時專注的表情，我喜歡上她了，比任何其他女生都來的喜歡，我自覺如果沒向她要聯繫方式，事後一定會後悔莫及的。

「當然啦！」S在手機上寫下了電話。只見她指尖飛舞著，然後把手機還給了我。那種幸福感是什麼都無法比擬的，我想說點什麼以表示我的感激之情，但當下只憋出了一句「祝你中秋快樂」，然後快速地離開了。

除了剛拍完合照那會兒，收拾場地的時候大家都沒再說話，似乎是充滿默契地一同回味今宵。遠方的港口傳來機器操作的聲音，夾雜在海浪聲中，配合著空啤酒瓶碰撞時清脆的聲響，反而使夜顯得格外寂靜。在公園的路燈下，月光下，或是港口的高杆燈下，每個人都在沙地上印著幾抹不同方向的影子，隨著身體的動作不斷交織、變化，像是在隨性地作畫一般，而這又與海上那任何光線都無法刺穿的濃郁的黑暗形成強烈的對比，這樣的光影配合，如同一副倫勃朗的油畫擺在了我的眼前。

突然成為了局外人的我，眼看著這一切，耳朵聽著這一切，給我的感覺像是在做夢一樣。

收拾完場地後就要各回各家了，我滴酒未沾，所以可以先送鯨叔叔，再自己騎回家。其餘四人雖然都喝了酒，不過拜智慧行駛系統所賜，只要設置好路線，安全到家也沒問題。

「明天見啊……不見不散啊……下次再來啊……」莘哥喝的醉醺醺的，忘了明天是星期天。他一邊說著奇怪的話，一邊向我們揮手道別。

「叔叔你要抓好哦，不要睡著了。」路口等紅燈的時候我趕緊提醒他，鯨叔叔似乎喝多了，走路也搖搖晃晃的，我怕他一個不注意就從車上掉下去了。

「不會的……我還好……」鯨叔叔講話雖然大聲，咬字卻很不清晰，我儘量把身體伏低，讓他可以靠著我，再一路慢慢開回去。

半個小時後，我終於回到自己家了，儘管黑燈瞎火的，但卻讓我很有安全感。簡單地洗漱後，我倒在了床上，雖然沒有喝酒，卻有種微醺的感覺，「是因為蘇倩嗎……」我迷迷糊糊地想道。

我打開手機，通過號碼找到了她在虛擬社群的帳號，她在上面發佈了不少照片和視頻。我沒有一一點開來看，因為我已經心滿意足了，腦海中全是她剛剛的模樣，微笑著的、害羞的，或是若有所思的、仰頭喝酒的，已經一遍又一遍的播放了好多次了。我向她發送了一句「晚安」，沒有等她回覆，便關閉了手機。

很快地，睡意便湧上心頭，儘管不捨，今日終歸是要完結了，但因為這場刻骨銘心的相遇，今夜將會是我永遠的珍藏。

雖說隔天是周日，但我一心想著完成俊強哥佈置給我的任務，便早早起床了。啟動好電腦和終端機後，我下樓準備早餐，順便看看有沒有收到 S 的回覆。

讓我驚訝的是，S 不僅回覆了我，還發送了很多關心和鼓勵的話。閱讀這些訊息使我百感交集，早起的清新感頓時變得厚重許多。面對他人突然的關照，我的第一反應總是手足無措，甚至會選擇逃避，即便對象是我傾慕的S也一樣，何況她的話句句直擊我的要害，像是看透了我的內心一樣，我更加不知道該如何應對了。

「這個時代還會有靈魂伴侶存在麼？」我邊吃著早餐邊思考。那種第一次見面就產生的莫名的熟悉感，是因為她就是我命中註定的靈魂伴侶也說不定，儘管她沒有對我產生那樣的感覺，可是她後面的回覆卻能輕易地打動我，除非她是有著超強洞察力的人，不然就算是相識多年的老友也不一定做的到吧？

「或者，真的有輪迴這種事？」我越是天馬行空地想，就越是想不明白，光是短短地早餐時間就已經讓我心亂如麻了。

最後，還是逃避的情緒占了上風，我發送了一句「早上好」後，把手機留在了飯桌上，返回房間，希望能把所有煩躁的情緒都留在房外。

俊強哥佈置給我的任務是更新老版本的「凡提」的系統，具體來講是更新語音辨識功能，使她可以匹配更龐大的資料庫。這項功能在LOKI成員的一同改進下早已實現了，但俊強哥為了加強我的實際操作能力，特地找出了還未更新過的「凡提」，還附贈給我他親手寫的程式設計機器人，讓我能跟著它好好學習。

成為LOKI的一員後，「凡提」自然也就對我開源了，我可以自由的編寫這個人工智慧，而不僅僅是優化她的語音辨識功能，這對幾個月前的我來說無疑是天方夜譚。而這一切都要感謝鯨叔叔和《臺北協議》，是人情與時代共同在我身後推了一把，讓我離夢想又更近一步了。

高三的那個寒假，也就是差不多七個月前，我聯繫上了LOKI，但也如同我說過的那樣，我被狠狠的拒絕了，理由是我根本沒有實力加入他們。當時的我大受打擊，因為LOKI是我能想到的唯一的出路。實際上，我大可以參加職業培訓，花上二、三年的時間成為一名工程師，可幼稚的我只想趕快出人頭地，證明自己。遭到拒絕後，我沒有想著加緊學習程式設計以彌補自身的欠缺，而是自詡為失敗者，開始過著一種頹廢至極的生活，不出家門，不與任何人聯繫，智慧眼鏡經常一戴就是一整天，只有吃飯睡覺的時候才摘下來；有時候也會想，乾脆放棄這個荒唐的夢，老老實實地上大學，一切等上完大學再做決定。然而，一旦產生了這種想法，反而讓我更加心安理得的過上頹廢的生活。

巧的是，像命中註定要來幫助我的天使一樣，鯨叔叔找上了我，不是通過電話或者簡訊，而且是直接來到了我家門口。那天應該是個工作日，他可能一下班就趕過來了，所以還穿著襯衫和西裝褲。

鯨叔叔神情兇狠地望著我，我卻對他的到來沒有感到太意外，也沒有理由可以拒絕，只能請他進門。

「你到底怎麼了？」開門的時候，鯨叔叔還不發一語。但一進門後就馬上質問起我，語氣裡有關切，但更多的是憤怒。

此時的我腦袋還是漲漲的，沒有立刻回應他，只是自顧自地在客廳沙發上坐下。天色已經暗了，家裡也沒開燈，雖然已經是下午六點多了，可我還是想回房間繼續剛才的睡眠。

「啪」一聲，鯨叔叔打開了客廳的燈，他的臉上登時有了陰影，顯得更可怕了。「既不接電話，也不回簡訊，你這幾天都在幹嘛呢？」鯨叔叔瞪著我說道。

突如其來的光線使我清醒了不少，我瞇著眼看著鯨叔叔生氣的樣子，不知該做何反應，有點想笑，又想大聲地吼回去：「關你什麼事？」

但我最後還是一五一十地把被LOKI拒絕的事說了出來，因為我連大吼的力氣也沒有了。

「交給我吧。」鯨叔叔聽完後，不假思索得答道。前不久他為了體驗虛擬實境而來到了我家，因為阿誠的意外事件，我特別叮嚀了他不要發出聲音，所以最後也安全的完成了體驗。鯨叔叔對LOKI的作品同樣讚不絕口，在之後的聊天中，我說出了想加入他們的心願。如今聽到了我失敗的消息，鯨叔叔的反應比我想像的平淡多了，「交給我吧」又是什麼意思呢？

「他們在暗網上的論壇應該不難找吧？我會試試看聯絡他們的。你啊，要振作一點啊！」

誒，叔叔也使用過暗網麼？為什麼要聯絡他們，難不成鯨叔叔也想加入他們嗎？

「現在外部條件那麼好，我可以和他們簽一份合作合約，出資贊助他們。如果可以順利從地下工作室轉變為合法的科技公司，應該還能得到政府的補助呢！」

「順利的話，也會有相應的科研人員進駐，工作室會變得更加強大，我們也可以跟政府或大眾企業合作，編寫一些商業程式販賣給他們，不就有盈利了嗎？」

「就當是創業也可以吧，反正總有一天我也會被人工智慧所取代，變成下崗工人，不如現在就做些投資。」

鯨叔叔越講越興奮，簡直比我還會做夢。但是他的計畫也合情合理，從長遠看來，這應該是個不錯的投資，但又與我何干呢？

「你？你是我的籌碼，他們若想爭取到我的投資，就得先接納你。」鯨叔叔炯炯有神的望著我，給我的感覺是他早算計好了一切，包括我會被LOKI拒絕這件事。

「這樣不好吧……這樣很丟臉……」這就像考不上名校，家長塞錢給校長，讓孩子走後門一樣。雖然自詡為失敗者，可這種行徑還是讓我感到有些不妥。

事實上，通往夢想的路有很多條，我只是少了LOKI這個選項而已，並不是走投無路了。可當下的我並沒有想到這一點，越是得不到的東西就越是強烈地吸引著我，這份吸引力最終佔據了我的大腦。

「你還有更好的辦法嗎？你不想放棄LOKI吧？再說了，就當是給你交學費嘛，就算換一家工作室，或者是進培訓機構學習，該付出的一樣要付出。」鯨叔叔繪聲繪色地說道，眼裡散發著某種可怕的熱情。

「我覺得他們根本沒有發現你的長處，根本沒有！什麼程式設計、建模，這些東西遲早都會交給低級的人工智慧來做的。那麼，有什麼是未來不可或缺的嗎？是指揮家！是藝術家！是哲學家！」鯨叔叔激動地從沙發上站了起來，不僅繪聲繪色，還手舞足蹈地說著，我從未見過他的情緒如此高昂。

我被這份熱情征服了，色彩又重回我的大腦，我又可以開始憧憬美好的未來了。開發團隊就像是一個樂團，當樂手都可以被替代時，指揮家就會顯得格外重要，他可以控制著演奏的節奏，何時開始或者何時結束，放在開發團隊裡，就是那個可以率領大家的人，那個可以指明開發方向的人。

我的實際操作能力雖然比不上其他隊員，但想像力和觀察力不一定比他們差，凡提的許多不足之處不都是我發現的麼？要是由我來擔任指揮家這個職位，說不定LOKI的未來會更加令人期待。

「我說的對吧？世界是需要空想家的。」鯨叔叔面帶著充滿自信的微笑看著我。

鯨叔叔的話深得我心，我滿是敬佩地點了點頭。可鯨叔叔自己的工作怎麼辦呢？

「只要能和 LOKI 談得來，我馬上辭掉現在的工作，詳細情況你就不用擔心了。你想想，你才讀了幾年書就不想讀了，何況我做了這麼多年，當然也想換換胃口啦！」鯨叔叔一派輕鬆地說道，「況且，我相信這筆投資一定是很值得的，LOKI 成為正式的公司後，慘淡經營個一、二年，說不定還能上市呢，到時候我只要靠著股票分紅……」

「叔叔的錢夠花用麼？」如果再不打斷他，可能都要夢到自己富可敵國了。

「這你也不用擔心，我比你想像的還有錢多了。」鯨叔叔胸有成竹地說道。

可一個上班族又能存多少錢呢，況且，鯨叔叔也應該想想終身大事了。

「誒，你問題還蠻多的嘛，心情開朗了不少吧？我除了固定的工資，是還有其他收入啦……然後我父母走得時候也留下一筆遺產……是啊……你不問我幹嘛告訴你……」

聽到這個消息，我瞪大了雙眼。沒想到鯨叔叔的父母也已不在人世了，他對我的關懷之情，有一部分原因是因為可能是他理解失去父母的感受吧。

「至於終身大事嘛，暫時不作考慮……現在對我而言最重要的是陳靜的遺願，我不會辜負她對我的信任的。」鯨叔叔的眼裡閃爍著某種光芒。

我再次被鯨叔叔的神情和話語觸動了，但又隱隱覺得有些可怕。母親的遺願成了這個男人真正的桎梏，古人云：「逝者已矣，生者如斯」，我應該要及時點破他的幻覺，還給他心靈上的自由才對，若是順從他的意思，就是將這個桎梏又加重了幾許，鯨叔叔可能永遠也走不出這個心結。

但好不容易出現救命稻草，我豈能輕易放棄？也許這是上天給我這個喪父又喪母的小孩一點補償罷了。雖說心裡不安，我也只是轉移了話題而已：「那……叔叔打算怎麼跟 LOKI 攤牌呢？」

「這個嘛……首先……」

不知不覺中，又和鯨叔叔聊了快一個小時，一開始劍拔弩張的氣氛早已消失不見了。原來，一個人生活久了，心理是會越來越脆弱的，只是在沒有遇到挫折之前，會誤認自己非常堅強，能抵擋的住任何傷害，以為自己精神世界十分飽滿。但其實只要意外降臨，因為沒有人可以分擔，往往會陷入束手無策的狀態，心底防線很快就會被突破，要是意外再嚴重一些，精神很可能就會崩潰了。

「科學家不是做過研究嗎？獨居者患抑鬱症的機率是非獨居者的一倍以上啊。」鯨叔叔在徵求過我的意見後，開始抽起了煙。他繼續說道：「不如我搬到你家客房吧，這樣有什麼情況都可以互相照應。」

「可以啊。」明明我還沒有做好心理準備，也不知道怎麼地就出口答應了。鯨叔叔這麼全心全意地支持我，也許我想拒絕都拒絕不了吧，就當作是互相滿足願望，這樣我也能心安理得一些。

或者，我已經對獨居生活感到害怕了也說不定。

「那好……太好了……我去看一下房間！」鯨叔叔喜形於色，馬上就上樓查看客房了。我默默地跟在他身後，心想著他倒是對我家的格局很是熟悉。

「噢，很不錯……我只要帶些生活用品就可以了……」鯨叔叔環顧著房間，一邊查看房內的設施。這個房間的大小和我的房間大小相差無幾，只是佈局有些差異。房內的電線設備也一律正常，還有一張桌子可以辦公用，只要鋪上床單和被褥，馬上就可以在此過夜了。

「叔叔，你是怎麼知道這間房間是客房的？」我忍不住問道。客房位於二樓的最末端，這間房間自我有記憶以來還未曾被使用過，母親進去打掃的次數也非常稀少，一般人是不敢斷言這是客房的。

「當然啦，我曾經來過嘛……算了，以前的事就不多說了……」鯨叔叔聽到我的問題後，先是一愣，然後語重心長地說出這番話來。聽到這個問答，我也沒再追問下去，這棟房子對鯨叔叔而言，可能還有著我想不到的更深層次的意義。

鯨叔叔沒有再說什麼，退出房間後又回到了客廳。他並沒有坐下，而是把一隻手放在了我的肩膀，對我說：「滿田，我回去拿點東西再回來，我今晚就住在這裡了！」

我順從地點了點頭，把鯨叔叔送出了門外。目送著他離開後，轉身準備返回屋內時，發現門外的小水池已鋪滿了落葉和枯枝，假山上長滿了綠色的青苔，走道邊緣也是一片狼藉，還有許多印著圖片或文字的傳單四散在周圍，因為下了雨所以牢牢地黏在了地上。雖說現在還是寒冷的冬季，可依然有藤蔓向房子的牆壁上爬。我這才想起，自從母親去世後，我從未整理過小院子，這幾天甚至連家門都沒出，所以也沒有收拾那些小傳單。在外人看來，會認為這是一間荒屋也不一定。

我趁著這個空檔，趕緊把院子整理一番，思索著等到白天再借日光好好檢查一下。然後才回到客房，簡單的清潔了一下，鋪上了床單和棉被，之後是廁所，我放上了全新的洗漱用具。安排好這一切後，我回到客廳就坐，等待鯨叔叔歸來。

為什麼不在自己的房間等待呢？我怕是對那個空間產生了厭惡感。剛剛從客房退出後，我不得不經過它才能下樓梯，而在我經過的瞬間，瞥見了裡頭的電腦和終端機，那獨自面對殘忍拒絕的挫敗感，和那迷幻又令人發膩的《幻境》，那日夜顛倒的頹廢生活，瞬間就可以被回憶起來。在和鯨叔叔聊完天後，我自己都覺得心裡舒暢不少，而那個房間卻令我感到抑鬱，因為裡面只有虛擬世界和蹩腳的人工智慧，還有我不幸的人生。此時的我渴望的是活生生的人類的陪伴，是正常的家庭生活，我開始慶倖自己答應了鯨叔叔的請求，可以讓這棟房子重新恢復些人氣，我也終於不用再一個人孤零零地過日子了。

不到一個小時，鯨叔叔就帶著行李回來了，手裡還提著兩盒外送，房裡頓時香氣四溢。

「還沒吃東西吧？你先吃，我再去拿行李……沒事，不用幫忙，都在後備箱裡呢，我自己搬就可以了。」原來鯨叔叔開著轎車過來，我一直以為他的代步工具只有機車而已。

就這樣，鯨叔叔暫時住在了我家。平日他去上班的時候，我便聽從他的意見，看些人工智慧理論和程式設計相關的書，配合著從網路上下載下來的程式設計機器人進行學習。有時候實在是覺得枯燥無比，便去附近的游泳館游泳，這樣的規律生活維持了幾天後，我像是找到了從前學習的熱情，代碼又變成了我熟悉的老朋友了。

鯨叔叔每日下班後，總是會帶著便當或湯麵回來，招呼我一起吃，順便聊聊近況。他用我註冊過的LOKI論壇的帳號，不斷地嘗試聯繫論壇管理員，但卻從未得到回覆。一開始我還會感到很失望，但鯨叔叔總是和我說，不要放棄，現在最重要的是耐心。久而久之我就不再過問了，我能有今天已經是意外的收穫了，就算最後不盡如人意，我也不會責怪鯨叔叔，有他陪伴的日子我覺得十分充實，甚至比母親在世時還要快樂。我開始希望他能長住在這兒了。

半個月後，學校開學了，雖說我沒有繼續升學的意願，但為了不被學校開除，依舊是老老實實的上學。短暫的規律的生活讓我可以不用再煩惱其他事情，望著電腦裡那長長的參考書目，我甚至開始珍惜最後的校園時光了。可惜阿誠因為要報考美國大學，他來學校的次數少之又少，而其他同學多是要為指定科目考試進行最後的衝刺，沒什麼人願意理睬我，我只能獨自做些能紀念高中生活的事，比方說駭進學校的網路，篡改老師的名字之類的，或者和幾個一樣不準備升學的少年一同遊玩個幾天，但因為原本並不相熟，所以玩起來也不大有意思。

自從三月底開始，我就基本不去學校了，因為連老師都說「你這樣可能會打擾到同學學習」，我當然也不會厚著臉皮去我不想去的地方。於是生活節奏又回到了寒假開始之初，面對朋友多彩生活的誘惑，我選擇暫時切斷與外界的聯繫，卸載掉所有手機上的應用程式，專心在程式設計的學習上，因為如果不給自己一個前進的方向，我一定會再次迷失自我的。

「滿田，你瞭解《臺北協議》嗎？」某天晚上吃完便當後，鯨叔叔突然這麼問我。

「沒什麼印象了。」我如實奉告，《臺北協議》目前對我來說還很遙遠，這應該是要出社會的人，或者是從事科技行業的技術員才會考慮的事。

「所以你也不怎麼關心政治吧？」鯨叔叔接著問道。

「是啊，怎麼了嗎？」

「我在和 LOKI 討論政治方面的問題——」鯨叔叔一臉雲淡風輕的說道。

「什麼？！」

原來鯨叔叔早已聯繫上了 LOKI！我後來了解到他口中的「政治問題」即根據《臺北協議》，任何人工智慧的開發中心或公司若要獲得經費補貼或是人才補助，都必須要在政府立案才可以，而中國大陸政府、臺灣地區政府和美國政府的補貼方案又不盡相同。鯨叔叔是打算將 LOKI 搬上檯面好申請政府的補助，而這對於一直以來都處於無人監管的暗網的 LOKI 工作室，是一個嚴重關係到未來發展前景的選擇，所以才需要不斷地商量。

況且，這還涉及到政府監控問題，不管是「天網」、「智網」或者「臺灣眼」，這對「惡作劇之神」LOKI 來說，也是一時難以協調的。

「我最怕的是 LOKI 還有所保留——」鯨叔叔皺著眉頭說道，「他們不應該只是工作室而已，我怕他們早已和某個政府暗中合作……如果是這樣，我可能就被牽著鼻子走了。」

「他們有表態嗎？」鯨叔叔的疑慮也算人之常情，但如果 LOKI 真是暗中為某個政府工作的團隊，應該不會和平民百姓談合作才對，所以鯨叔叔也很可能是多慮了。

「有……他們希望能為中國大陸政府工作，因為裡面有三個成員都有留學大陸的背景。」鯨叔叔盯著我的雙眼說道。

「誒，那不是很好嗎？所以是鯨叔叔有其他意見咯？」我還記得《臺北協議》剛出臺時，我也問過好友阿誠關於立場的問題，當時的我就表明更看好中國大陸，沒想到竟然和 LOKI 不謀而合。

「也不是這麼說啦……總之還得多考慮一下……我先上樓了。」鯨叔叔有些不自在地說道，連便當盒子都沒收拾，就直接上樓了，留我一人獨坐在餐廳椅子上。

「對了！」樓梯走到一半的鯨叔叔像是想起什麼似的，又從樓梯下來，走進了廚房。

「今天是你的生日，滿田！」

一塊大蛋糕被捧了出來，上面還插著寫有「19」兩個數字的未被點燃的蠟燭。「今天是四月三號麼？」我心裡一驚，迅速打開手機查看，「今天是二號……我真正的生日……」我望著生日蛋糕暗道。

「嚇一跳了吧？哈哈，祝你生日快樂！」鯨叔叔咧嘴大笑道，眼睛都瞇成一條線了。

「謝謝……謝謝……」我高興到什麼話都說不出來，只能不斷向鯨叔叔道謝。不知道已經多少年了，我過的都是晚了一天的生日，連母親都記不得的事，沒想到鯨叔叔竟然記得，還買了蛋糕給我……

「那就點蠟燭、唱生日歌吧，招待不周多多見諒哦！」

鯨叔叔從口袋裡掏出了打火機，點燃蠟燭後還把餐廳的燈給關了。伴隨著搖曳的燭火，鯨叔叔邊拍手打著節奏，邊唱著生日快樂歌，雖說是獨唱的生日快樂歌，但卻是一首填滿了我內心的四月二號的生日快樂歌。

「再次祝你生日快樂啦，滿田，新的一年裡也要努力哦！蛋糕我就只吃一塊，先上去工作了！」鯨叔叔拿走了一塊我剛切好的蛋糕，三步並作兩步地爬上了二樓。

我獨自享用著蛋糕，沉浸在「正確」的生日的喜悅之中，這對於我的意義甚至大於生日本身，十九歲了，我下定決心，從此以後的每一年我都要在四月二號過生日。接著，我以一種幾乎是狂熱的情感，很快地把差不多八寸大小的蛋糕全吃完了，這份飽足感會永遠讓我記得今日，四月二號的生日從此不再是什麼秘密了。

直到當晚夜深時，或者說蛋糕已消化的差不多時，我才恢復了先前的思緒，此時的我喜憂參半：喜的是，鯨叔叔成功聯繫上了 LOKI，而且已經談到申請政府補助的事了，說明情況還算順利；憂得是，鯨叔叔似乎對我隱瞞了很多事情，甚至一點進展也不和我說。今天怕是鯨叔叔說漏嘴了，或者作為生日驚喜，我才能知曉他的一小部分計劃。但這驚喜就像別人家的故事一樣，既然鯨叔叔不願繼續說下去，我也只能被動的接受和等待，繼續原來的生活。LOKI 就像天上的白雲一樣，離我時而近時而遠，看得見卻抓不到，為了不自找煩惱，我只好說服自己暫時忘記它。

當然，我也有煩躁到坐不住的時候。記得是四月下旬的某一天，有一個程式設計機器人的程式設計思路我想了好幾天都沒明白，我就告訴自己乾脆別想了，出去走走，散散心。於是，僅帶著些衣物和一些貼身用品，還有一台手機，和鯨叔叔打了聲招呼後，便自北向南，搭乘火車遊玩。之所以選擇火車，一來是有金錢方面的考慮，儘量能省則省；二來也是希望能在慢速的旅途中把長久以來的心結儘量化開。當我回首往事，才發現我並沒有多少歲月的積澱，只是太多意外集中在一段時間發生，給人一種度日如年的感覺。如今，天地悠悠，我已無至親在世，遊亦無方，我是該選擇將來想過的生活了，可這個選擇的成功與否甚至不在我手上，我都懷疑自己究竟是憑藉著什麼才能這樣堅強的活下來。

然而，就在我剛從墾丁回到高雄，準備搭火車北上時，鯨叔叔的電話打來了。

「滿田，我已經和他們談妥了，快回來和 LOKI 見個面吧！」鯨叔叔不緊不慢地說道。

聽到這個消息，我的心跳的很快，表面上卻沒有太大的反應，連回答也只是「好的，我馬上回去」。但事實上，我能感受到那份得來不易的平靜被打碎了，就像晴朗無比的天空突然吹來了大片烏雲，還能聞到暴雨來臨前的味道。我們沒在電話裡多說什麼，掛斷後，我連忙從高雄搭車到左營，準備訂高鐵票回到臺北。

順利地搭到了最近的班車，在自己的座位坐下後，我開始思考今後的打算。車窗內外的溫度差使得一些霧氣蒙上了窗戶，我隨手一擦，窗外的風和日麗才又清晰了起來。乘客有的掛著笑臉，有的則是面無表情，都陸續地從月臺進入到車廂，對我來說，這趟無憂無慮的旅行自那通電話打來就已經終止了，這班高鐵將把我帶向沉重的臺北城，去迎接那無法逃脫的命運。

「這不就是我朝思暮想的結果麼？」我這麼問自己，回答當然也是肯定的。可是既然我向自己提出了這個問題，那就說明在這個問題產生以前，我是對這個答案感到沒有信心的。怎麼會這樣呢？像是動物感受到了潛在的威脅，感受到了暗流正在悄悄地把我捲入漩渦中。呆滯地望著窗外，心裡則是不停的尋找著答案。

是不是旅行真的可以改變一個人？沿途的自然風光足以洗滌人心了，何況我還遇見了各式各樣的人，有世代務農卻過得知足喜樂的同齡少年，有煮的一手好麵卻整日罵街、戾氣縱橫的小吃攤老闆，還有流浪街頭的黑社會老大的公子，更多的則是來自各方各地的旅行者，與他們的相遇，雖然沒有直接對我的人生造成影響，但卻讓我得到了許多感悟。我才明白，「生」的意義的在於「生」，不論是成功或失敗，都只是「生」的一個小部分，就連我一直掛在嘴邊的「宿命」、「夢想」，也不過是某種強加在「生」上的意念，執眾生相罷了。只要努力活著，不論是以何種姿態，那就是完成了「生」的意義，其餘的不過是在歷史長河面前嘩眾取寵罷了。

這是現在的我還是當時的我的想法呢？我無法判斷，但我只能一路向前。因為不論成敗與否，我都不會再受其影響了。

或者，其實什麼都沒改變，也什麼都沒有悟出來。這趟旅途只是延續了我對自己是一個「失敗者」的看法，我夾著尾巴逃出了臺北，妄圖用「旅行」來麻痺自己，還編造了一段解脫心靈之旅來做自我安慰。而那些與我相遇的人，剎那間變成了「幫兇」，一個個拍著我的肩膀說「沒事，好好活下去就可以了」、「你看我們，不也過的很快樂嗎？」，也就是這些麻醉藥和自我安慰，使我坦然地接受了現實，更加相信自己是個「失敗者」。

所以，即使鯨叔叔捎來了這樣的好消息，我也能淡然處之，因為「失敗」的念頭成為了意識的背景，不管是好消息也罷，壞消息也好，都不會再使我變得更糟了。

我搖了搖頭，這兩種觀點似乎都不怎麼好。我才是個剛滿十九歲的少年，如果就這樣一直抱著其中一種觀點活著，那餘生就沒有樂趣可言了；而這段旅程也只是平凡無奇的旅程，不應該賦予它太多意義。

「不管了，就這樣自由放任地活吧！」

探索自己雖然有趣，卻也是個非常累的一件事，夾雜著太多迷思和自我肯定或否定。我決定不再讓思緒任意流竄，於是拿出手機準備聽音樂，卻發現怎麼也找不到耳機，只能在無奈中作罷。我環繞四周，這節車廂的上座率只有百分之四十，大多數乘客都戴著智慧眼鏡，不然就是在閉目養神，只剩列車行進的聲音襯托出一種屬於現代的荒涼感。我覺得無聊極了，只好閉眼假寐，希望能挨到下車。

「哎呀，您一定就是鯨老闆了……那……您就是我們的『指揮家』？幸會幸會，沒想到還是個外國人呀？」黃莘本來正隨意地坐在房間中央的桌子上，見到我們後才笑眯眯地走過來，一邊舉著右手作握手狀，一邊招呼我們。屋內除了我和他，還有蘇毅和鯨叔叔。

「你好，我是滿田。」我對他的開場白感到相當不快，但還是禮貌地回應道。蘇毅一直在屋內的一角冷冷的望著我和鯨叔叔，過了幾秒才緩緩走到房間中央，朝我說道：「我是蘇毅，是 LOKI 的建模師之一。」

旅行結束的那天，回到臺北已經是下午五點了，所以鯨叔叔先讓我繼續休息。隔天恰好是星期六，我和鯨叔叔準時來到約定的地點，沒想到蘇毅和黃莘早已在裡面等候了。這便是我第一次與 LOKI 成員見面的場景，而這位於國立圖書館附近的辦公大廈裡的房間，後來則成了我們的辦公室，另外，隔壁的一間也被租下來了，目的是為了搭建人工智慧機房，以訓練和使用深度神經網路。不過現在辦公室裡除了一張鐵皮桌子和幾張椅子以外什麼都沒有。

「我是黃莘，你可以直接叫我莘哥啦！那麼，歡迎成為 LOKI 的一員，雖然有些無可奈何啦，哈哈！」莘哥像是在演獨角戲一樣，心情亢奮地在屋內轉來轉去，一邊大聲說道。

「鯨老闆，你還真是慷慨啊，這裡真的可以給我們用嗎？」黃莘在房內轉了半天後，又轉回到鯨叔叔面前，眼裡閃著光，看似不懷好意地朝他問道。

「是的，還有頂級配置的電腦、終端機和智慧眼鏡，都是我親自挑選的，很快就會送來——」鯨叔叔驕傲地說道，若有其事地環顧四周，然後補充說道：「隔壁那間就當作機房吧，或者再租一間也行，呵呵。」

「對了，你們也向滿田介紹一下 LOKI 的情況吧。」

「簡單來說吧……我和這個蘇毅——你可以叫他毅哥——一起創辦了 LOKI，我和他都是建模師。」黃莘勾著蘇毅的肩膀說道，「然後呢……我們還有三個成員，改天會正式見面的！嗯……還要說什麼呢……」

「我們本來是一家在暗網運營的工作室，那個蠻出名的虛擬實境程式《幻境》就是我們的產品——」蘇毅開口道。那時的他已經留著長髮了，紮了一個馬尾在腦後，再加上俊朗的面龐，給人感覺完全不像建模工程師，倒像是一名藝術家。他說話的時候，連講個沒完的黃莘都會停下來，在一旁靜靜聽著。

「後來，我們在幻境中編寫了人工智慧凡提，那是一家中國大陸企業給我們拿來做灰度測試的人工智慧，目的是為了檢查她與智慧眼鏡的相容性，還有記錄使用者體驗。」蘇毅繼續說道。

如我所料，LOKI 的背後的確有財力支持。還有凡提，會不會是為了下一代終端機而開發的「作業系統」呢？這些其實科技新聞媒體都有預測過，只是當時的我沒有把它和凡提聯繫起來。

「不過那些都是以前的事了，我們現在都是鯨大哥的手下，歸『天網』監管。」蘇毅甩了一下他的馬尾，假裝討好似地看著鯨大哥，「不過呢，還有個小小的要求，希望你們可以給我們足夠的隱私，因為我們不打算把詳細情況告訴你們，包括為何製作虛擬實境，我們和那家企業的金錢關係等等，因為這其實算是商業機密——」蘇毅皮笑肉不笑地說道，一邊冷冷地瞧著我們，幾乎是帶有挑釁的意味。蘇毅的話說到現在，其實和我並沒有太多的聯繫，這些關於商業合作的部分應該是歸鯨叔叔管理才對，我只想知道自己可以在 LOKI 裡扮演什麼樣的角色而已。

「這些我們都談過了對吧？好的，感激不盡，我只是想再確認一下而已。」蘇毅的目光在鯨叔叔臉上停頓了一下，然後繼續說道：「至於你，小弟弟，你連大學都不想上了，就想著加入我們，作為LOKI的創始人之一，我內心非常感動。」蘇毅拉了四張椅子過來，請我們坐下。

「鯨大哥也把你的理想告訴了我們，再加上你在站內信裡提到的凡提的不足之處，我們可以相信你是認真地想要踏入這個領域，之所以先前拒絕了你，是考慮到你的年紀和你的實際操作能力，我們認為還不夠成熟——但現在情況不一樣了，鯨大哥的話十分具有說服力，再三考慮後，我們同意你成為我們團隊的新成員。」

蘇毅從位置上站了起來，作勢要和我握手，我被這突如其來的動作嚇到了，頓時連思考的時間都沒有，只能連忙站起來回應。黃莩見狀，也立馬站起來要和我握手，我只能照辦。然而，回想著蘇毅剛剛說的話，再加上他們倆的舉動和臉上狡猾的笑容，我可以肯定他們是在嘲諷我，可令我想不通的是，鯨叔叔不僅不以為意，還高興的鼓起了掌。

這段小插曲很快就結束了，像是什麼都沒發生過一樣，蘇毅面不改色地說道：「但是，也別高興的太早——算了，好話說在前，既然你成為了我們的一員，我們會對你負責的，不管是程式設計還是建模，有任何問題只管開口，我相信你也不甘心只能動動嘴，當個什麼『指揮家』吧？」

「如果哪天你想改行玩音樂，毅哥也可以對你負責的，他音樂細胞可好了，哈哈。」黃莩突然沒頭沒尾地來了一句，我們都沒有理睬他。

「接下來才是重點——我不知道你對《臺北協議》的理解有多深，但我可以很認真的告訴你，沒有任何一個國家準備好面對強人工智慧，一個都沒有，」蘇毅的表情非常嚴厲，甚至連房間的氣氛都被他凍結了，他停頓了一下，然後繼續說道：「就我的理解而言，這份協議還是著重於政治鬥爭和人工智慧市場，也就是經濟方面的考量，至於什麼促進科技發展，只不過是拿來掩人耳目的。」

「所以，你得接受現實，我們的工作室不管是從前也好，未來也罷，終究是會把商業利益放在首位的。『人工智慧』從某種意義上來講只是個幌子，但卻是不能忽視的商機。用不了多久，你所認識的那個『凡提』就會走進千家萬戶，成為人人都可以購買、使用的商品。不要太失望了，這個等級的人工智慧已經是政府的底線了，也是人類可以接受的範圍裡最優秀的人工智慧了，要是再繼續往下走……無法想像，任何事都可能發生。也就因為如此，政府絕對不會讓這種事發生的，明白嗎？」

蘇毅這番話如當頭喝棒一般，把我這場還沒做多久的夢打的近乎全碎了。

「你說的沒錯……」我不得不承認，蘇毅的話直指核心。我當時是那樣的幼稚，未經推敲就全盤接受了《臺北協議》的內容，根本沒能想到這個內涵，甚至還相信了一些陰謀論，以為政府早就開發出強人工智慧。事實上，即使當今科技實力足夠開發人工智慧了，也不會有人敢這麼做，就算這麼做了，也會立刻被扼殺在搖籃中，只要政府力量凌駕於科技發展之上，我們能開發的，只能是一些服務於人類的人工智慧，或者對人類進步有啟發意義的人工智慧。

我側頭看了一眼鯨叔叔，他手撐著下巴，面無表情的注視著桌面，看起來只是在單純地發著呆。不知道他聽了這番話後又作何感想，或者他是否早就料到了，只不過在陪我胡鬧而已？

「既然你明白，那就再好不過了，因為這是你必須先接受的事實——」蘇毅歎了一口氣，好像放鬆了不少，一直聳著的肩膀也恢復了正常。他調整了一下坐姿後，重新看著我，臉上卻浮現出了一絲狡黠：「不過，我們可是『LOKI』啊，我們可是『惡作劇之神』誒！」

我愣愣地望著蘇毅，一時沒想通這話是什麼意思，於是沒有答話。他似乎對我這個反應非常滿意，繼續說道：「不要喪氣的太早，我們會盡力支持你的。其實以技術層面來講，開發人工智慧並不是天方夜譚，完全是可行的……但就像我說的，只要被相關部門發現，一定不會有什麼好下場的。」

「所以，你的工作就不能讓政府部門發現，懂了嗎？」蘇毅和黃莘一臉奸笑地望著我。

「儘管放手做吧，滿田，我們都很期待你的表現。」一直沒有開口的鯨叔叔突然轉頭對我說道，「我出錢投資 LOKI，他們自然會幫我賺錢。至於你，你就按你所想的那樣，繼續開發人工智慧系統。但就像剛剛蘇毅說的，這條路可沒那麼好走，不僅要躲避國家權力的搜索，還要面臨著眾多技術難題。即使你真的能開發出強人工智能，恐怕也只能在有限的網路中活動。」

「有限的網路……」這意味著我和我的工作將永無見天之日了嗎？

鯨叔叔咳了一聲以掩飾尷尬，一隻手放到了我的後背上，面帶慈祥地對我說道：「是的，目前看來是這樣沒錯，但未來有許多變數，現在下結論也沒什麼意義啊……咳……而且我覺得，目前還有許多前期準備要做，先不用想那麼多。只要你真的有想法，一步步去實行和完善，等到確實有把握了再將它供諸於世，不也是很好嗎？或者你想參與產品研發也可以啊，只要你開口——」

「要怎麼做才能不讓政府部門發現呢？」我打斷了鯨叔叔的話，朝蘇毅問道。

蘇毅一聽到問題，馬上收起了笑容，正色道：「所有連接到『天馬』——也就是根據《臺北協議》構建的那個雲端網路——都會被三方政府所監控，要繞過這一關基本上是不可能的……所以，關鍵在於如何隱藏資料庫的流量。」

「你應該也清楚，要開發人工智慧必須隨時從資料庫抓取資料，甚至直接連接上資料庫，這樣龐大的流量一定會引起網路監控系統的注意，只要再經過比對，就會發現這些流量遠超過我們的項目所需，馬上就會東窗事發了。」

蘇毅講到一半突然停了下來，把椅子往後拉了些，調整了坐姿。我才發覺自己聽得太入神了，整個上半身都往蘇毅的方向傾斜，只好趕緊端正了姿態。這都要怪蘇毅縱容不迫的分析實在太吸引人了，就像在觀看程式設計高手在編寫演算法一樣，令人暢快無比，我沒敢插話，只能不住地點頭。

「我們暫時只想到了兩個方法來解決這個問題。第一，把資料資料及時備份到暗網，或者深網的其他地方，你再用代理伺服器連接進去。這個方法雖然比較麻煩，而且即時性不高，但是勝在安全；第二，在局域網裡創建鏡像資料庫，你就可以直接連接使用，這樣做很不安全，一個外力破壞就會前功盡棄，但對你來說更加方便、快捷……當然啦，以上方法的前提都是我們有足夠強大的硬體設備。」蘇毅把目光轉向鯨叔叔，我也跟著看向他，只見鯨叔叔抿著嘴，點了點頭，表明了對硬體設備有足夠的信心。

「看你怎麼選吧，我個人覺得都沒有問題，不然你想再多考慮一會兒也可以——」

「我比較偏好第一種方法。」我馬上給出了答案。

蘇毅見我這麼快就考慮好了，有些驚訝，但還是不動聲色地說：「嗯……就照你的意思做吧，到時候還有別的主意再調整就好了。」

話畢，蘇毅往後一靠，雙手擺在後腦勺上，似乎把該說的話都說完了，他開始閉目養神了起來。黃莘和鯨叔叔見狀，也伸了伸懶腰，打了個哈欠，這次的談話好像就要這麼結束了。

「對了，還有一點！」蘇毅突然大聲說道，把處於放鬆狀態的其他三人嚇了一跳，一齊目瞪口呆地望著他。

「你知道『唐』語言嗎？」蘇毅湊近了我，大聲問道。

「我不知道……」

「這是中國大陸自主研發的電腦語言，目的就是為了用更簡短的語句來編寫人工智慧程式，其複雜程度與組合語言不相上下。《臺北協議》裡有一條就是共用電腦語言，你還記得吧？這就是為了讓中國大陸交出『唐』的使用權，在這之前只有中國大陸的科研人員才能合法使用。」

蘇毅的話再次讓辦公室的氣氛進入到「凍結」狀態，大家都聚精會神的聽著，生怕錯過什麼關鍵資訊。唐語言對我來說是全新的事物，聽過蘇毅的介紹後，我之前學習的電腦語言頓時遜色不少，說不定，這個為了新時代而生的電腦語言的使用權才是《臺北協議》裡三方爭奪的焦點。令我感到意外的是，黃莘似乎也對唐語言感到很陌生。

「只要是在政府立案的科研單位，不管是哪一方政府，都可以使用唐語言和對應的編譯器進行程式設計，但我認為這可能有風險……對你來說，滿田。」

「你是指有可能會被監測到嗎？」

「是的，這個語言的特徵太過明顯，況且還有獨立的編譯器，除了它的開發者，沒人能保證這個編譯器不會涉及到個人隱私，更別說是中國大陸的設計了。所以，只要選擇了用這個語言來寫，基本上就可以確定是為了開發高級人工智慧，這就大大地縮小了政府部門的監控難度。」蘇毅語重心長地說道。

我大致明白了他的意思，蘇毅是想提醒我不要用唐語言來開發人工智慧，即使這是最適合的語言。可是，如果用這個語言編寫程式真的有風險，為何《臺北協議》還要取得這個語言的使用權呢？

「等等，所以你認為中國大陸把唐語言拱手相讓是有目的的？」

「我可沒這麼說……我這個人就是疑心比較重，難免會胡思亂想……」蘇毅做出一副無可奈何的樣子，但他的眼神告訴我，我可能猜對了。

「你覺得呢？你不敢用這個語言來寫程式吧？況且，你可能也學不會——哈哈！」黃莘和鯨叔叔見蘇毅笑了，也開始跟著傻笑，但他話鋒一轉，以一種前所未見的嚴厲神態大聲說道：「你是不是懷疑我在做什麼見不得人的勾當，啊？我告訴你，LOKI 就像我的親兒子一樣，不用你這個外人多管閒事！就算這個語言有問題又怎樣，我們沒有做虧心事，為什麼要怕？除了你，我提醒你，你自己最好小心點……我要是你，我寧願用最基礎的電腦語言來寫，這至少保證了安全性，懂嗎？要是你的工作牽連到 LOKI，我不會放過你的，聽懂了嗎？！」

蘇毅手撐著桌子，激動地站了起來，眼睛睜得大大的，好像火焰就要噴射出來了。鯨叔叔和黃莘沒想到氣氛轉變的如此之快，連忙跟著站了起來，勸他冷靜一些。

但最驚訝的人還是我，我甚至還沒表態，蘇毅就突然來了一套莫名其妙的下馬威。果然，會給自己的團隊取名為「LOKI」的人，連情緒都像「野火」一樣捉摸不定。

「毅哥他就是有些情緒化……不要在意，不要在意……」黃莘急忙打了個圓場，他三人這才坐下。

「是我沒有說明白，對不起……我不會用那個語言的，各位放心。」其實我本來也沒想用自己不熟悉的語言來寫程式的，迫於情勢，我趕忙澄清了自己的立場。

「你有這個覺悟就好……嗯，我想不到要說什麼了，你們說吧。」蘇毅再次往椅子後背一靠，雙手背在腦後，開始閉目養神。我們面面相覷了一會兒，沒人敢接著說話，估計大家都給蘇毅的話嚇得不輕。

「咳……大家好像都沒問題了……對了，鯨大哥，我們什麼時候能上班呢？」過了好一會兒，黃莘才小聲說道。

「等設備來齊了我會通知大家……那麼今天就到這結束吧。」鯨叔叔也是四十多歲的人了，我們這些晚輩目無尊長地在他面前耍性子，心裡肯定也很不舒服。話一說完，他率先站了起來，一聲不吭地分別和我們握過手後，馬上走出了房間。我有些尷尬地和蘇毅、黃莘打完招呼後，也立刻跟著鯨叔叔離開了現場。

回家的路上，鯨叔叔問了我不少問題，我也如實地回答，但我們始終都沒有聊開。我的心情除了剛剛蘇毅脾氣發作那會兒有些浮躁，其他時候都很平靜，甚至是有些低落，也根本沒有說話的欲望，我發現自己不像是當事人，反倒是一個冷冷旁觀這一切的局外人。這就像在做夢一樣，當然，這是一場美夢，可正因為是美夢，我努力讓自己以平常心對待，希望我的「平常心」能讓美夢轉化為一個再普通不過的夢，不然哪天夢醒了，我怕那種悵然若失的感覺又會再次把我擊垮。

又過了半個月，大概是五月中旬的時候，辦公室正式啟用了，本來空無一物的房間現在被隔成了兩間，一間作為次機房，裡面有插著大量人工智慧晶片的電腦與終端機。正式工作日那天，LOKI全員到齊，除了介紹過的蘇毅、黃莘、俊強三人外，還有建模師班迪和工程師陳賢治，他們二人屬於比較保守的學院派，但是能力都相當出眾，不管去哪間科技公司都可以成為王牌人物，但也正如我對他們做出的判斷一樣，班迪和賢治對LOKI都有強烈的歸屬感，即使被鯨叔叔「招安」，也不願脫離熟悉的組織。

LOKI的成員除了我以外，都按部就班地按照鯨叔叔的計畫進行工作，著重在優化人工智慧「凡提」身上，以適應市場的節奏。如今，傳統的終端機系統——手動控制系統，正在被有著語音辨識功能的人工智慧系統逐漸取代，「凡提」不再是少部分的人「專利」，不用再揣著啟動碼到暗網偷偷下載使用，只要在表層網路上進行購買，人人都可以使用人工智慧系統。裝上了「凡提」的終端機就像我曾經體驗過的那樣，戴上智慧眼鏡後，不論是VR模式還是AR模式，只要下了可以被自然語言系統識別的指令，「凡提」都可以做得到，甚至還會根據音訊分析、視線分析來做出不一樣的判斷，提出不同的建議。人類的雙手再一次被解放了，第四代人機交互系統就此登上了歷史舞臺。

現在正是分割這塊大蛋糕的好時機，不少科技大廠都推出了自己的產品以進行測試，但最終還是要符合消費者需求的系統才能獲利。我先前針對凡提的缺點所提出的意見就被LOKI採納了，比方說加入擁有「親密關係」的語音辨識系統，主動向人工智慧提示哪些聲音是可以被識別並接納的，這就可以避免類似「阿誠事件」再次發生；降低人工智慧的「未來導向」和「目標導向」能力，以防人類的判斷被低級人工智慧所誤導，提高了使用者的安全性，雖然這一點暫時不用考慮太多，因為凡提的「智慧」根本還達不到那個水準，但為了以防萬一，我還是把它提了出來。除了這些，還有之前在暗網上被邀請的其他用戶的回饋，LOKI也在不斷地進行相關的優化。可想而知，「凡提」應該比市面上販售的其它人工智慧系統還要優越許多。當然，在我眼裡，她就是最先進、智慧的人工智慧系統。

合法連接上雲端網路「天馬」後，俊強和賢治兩位數據工程師開始學習唐語言，聽兩位前輩講，這個語言似乎比傳言中的還要更加複雜，但我相信以他們的天賦，說不定過不了多久就可以開始重寫凡提，讓性能更上一層樓。至於蘇毅、黃莘和班迪三位建模師，除了要為凡提賦予更加生動的形象外，還要重新設計《幻境》。鯨叔叔大膽地判斷，未來的虛擬實境市場一樣不容小覷，想要在這個市場上佔有一席之地，不僅場景設計和主題要足夠吸引人，與人工智慧的互動也很重要，而《幻境》的互動能力明顯不足，所以需要進行大幅度的修改，建模師的工作量因此比工程師的還要重上不少。

然而，如願以償加入LOKI的我，剛開始卻感到十分迷茫。雖然擁有同樣的等級的電腦和終端機，還有凡提的原始程式碼，但我的工作卻完全獨立於其他成員，連鯨叔叔都無法給我明確的目標。在還沒有加入LOKI以前，我以為所有的成員都以開發出強人工智慧為目標，但事實證明蘇毅的話是正確的，LOKI是以營利為目標的工作室，而開發這條路上只能是我獨自前行。眼看著辦公室的大家熱火朝天地敲打著鍵盤，都在為自己的工作目標而奮鬥，成果也越來越好，我卻一直止步不前，心裡自然很著急，而一著急就會開始胡思亂想：我開始懷疑這是否是大家串通好的，讓我知難而退，轉而加入產品的研發；或者，加入LOKI根本就是一個錯誤的決定，在第一次見面我應該就要有所覺悟，大膽地提出退出，然後再另做打算。但眼看著鯨叔叔為了幫我實現願望，又是出錢又是出力的，即使話到嘴邊我也沒有勇氣說出來。

一個平凡的工作日的午休時間，吃完飯的我站在大樓的天井，望著對面正在施工的大樓發呆。突然，背後傳來了俊強的聲音：「滿田，你看起來很不開心誒？」

「年紀輕輕的就有煩惱啊，哈哈——」俊強走到了我的身邊，手架在天井的欄杆上，斜撐著頭，專注地望著我。他的話雖然聽起來有些瞧不起人，但卻帶來一種輕鬆的氛圍，我無可奈何地笑了。

「也還好啦……嘿嘿……」

「我知道你在煩惱什麼，我看出來了啦！」俊強的話裡帶有些俏皮，卻沒有看著我，雙手交叉地放在欄杆上，雙眼直視著前方，好像在搜尋著什麼。

「凡提缺少的是『靈魂』。」俊強像是在自言自語道。

「『靈魂』？」

「深度強化學習程式、與資料庫相匹配的資料抓取能力、自動程式設計系統等等，這些是最基本的，至少要滿足我剛剛說到的這三點，凡提才能擁有『靈魂』。之後可能還要考慮自然語言理解的能力，如果強人工智慧需要的話——」俊強抿了抿嘴，繼續說道：「你應該知道我在說什麼吧？至於凡提的三維模型你就不必多想了，憑我的猜測，這個問題根本用不著人類來解決……總之，暫時用現在這個版本的就可以了，甚至不用模型都可以——」

「你是說……」

「對，正如你想的那樣。我看你一天到晚愁眉苦臉的，所以特地來提醒一下你……如果你是因為其他事傷腦筋，那就當我沒說。」俊強轉過身來，帶著一貫的笑容看著我說道。

「誒……不是的……」

「你太急躁了，真的，我不知道你到底對這方面有瞭解多少，但你現在最需要的學習，學習寫代碼的思路，學習程式設計的邏輯……」他閉著眼睛舒展著身體，然後忽地睜開，像是要看透我的內心一樣，直視著我。

「等會兒回辦公室後，我把我自己做的程式設計機器人發給你，然後按照我說的步驟慢慢開始學習。至於那個深度強化學習程式的演算法……就交給我吧！但你不要抱太大希望，我也就空閒的時候才能寫……嗯……要是用唐語言應該會更快一些……」說著說著，俊強不顧已經目瞪口呆的我，又繼續趴在欄杆上眺望遠方。

我趕緊回話，試圖把他從思緒中拉回來：「真的嗎？俊強哥？這樣不會……」

「有什麼關係啊？反正我分內的事一定會先做好。哎，真羨慕你啊……就這樣吧，我要回去了，記得要學習啊，年輕人不要只會唉聲歎氣的嘛，哈哈——」

俊強一邊搖頭大笑，一邊朝大樓走去，像是剛懲凶除惡完的武林高手一樣，瀟灑無比，而我只能靜靜地目送他遠去，思忖著前輩留下來的忠告。

於是，便有了開頭的那一幕，我正準備在家中電腦連上辦公室網路，配合著程式設計機器人以優化語音辨識程式。多虧俊強哥的福，自加入 LOKI 以來，我的生活終於充實了不少，即便有程式設計機器人的幫忙，我還是得整天埋首於電腦前，常常是知識還沒吸收完，新的學習任務就又下達下來了。

在外人看來，我每天過的這麼忙碌，工作上一定大有所為，其實不然，我只不過是在努力趕上前輩的腳步而已，分內的工作一點實際進展都沒有，但又不好意思向大家說明白，只好帶著這樣的標籤繼續用學習來麻痺自己，連與我同住的鯨叔叔都無法察覺出來，還以為我樂在其中。甚至，我還欺騙了阿誠，我利用 VR 視訊向他展示了 LOKI 辦公室，還有專屬於我的高配置電腦等設備，告訴他我的生活是如何充實，工作是多麼振奮人心。看著他羨慕的表情，我感到既驕傲又內疚，這種用欺騙換來的虛榮，比單純的虛榮還要更加容易腐蝕人心。

「靈魂啊……靈魂！」我對著螢幕喃喃自語道。假如凡提真的擁有了「靈魂」，她會做的第一件事是什麼呢？還有那個莫名其妙的圖靈測試，與其說是科學上的測試，不如說是一個形而上學的測試，凡提的「靈魂」經得起人類的主觀的考驗嗎？

我把程式設計機器人切換成調製模式，先讓它自動清除掉更新完資料庫的語音辨識系統裡的代碼冗餘。這個過程要花費不少時間，而且對我來說沒有什麼意義，我只要之後再去檢查就可以了，我想起了留在飯桌上的手機，雖然我說過要把煩惱留在房外，但效果並不怎麼好，我反倒更加頻繁地想起蘇倩，想起她發給我的鼓勵的話，還揣摩著她會不會因為我的回覆過於簡短而生氣，會不會就這樣不再理我……

閉上眼睛猶豫片刻之後，我離開了房間。

第九章

「爸、媽，我走了哦，改天再來看你們！」我揮手朝他們道別，他們卻不做任何回應，只是呆滯地望著我。我持續地揮著，希望他們能有所回饋，但阿茲海默症已經確實、殘忍地剝奪了他們的智力，那凝固了的空氣就是最好的證明。

我只好離開養護中心。時值十月中旬，天氣漸冷，即使他們穿著毛衣，體型卻依然顯得瘦小，我看著心疼，卻也無能為力。

距離上一次見面到現在，間隔了差不多兩個禮拜的時間，自從和滿田同住後，我採取的是不定時的拜訪，以免滿田起疑心。我對他撒了太多的謊，這些謊言雖然能暫時擺平眼前的問題，可時間一長，它就會反噬到了撒謊者的身上。隨著滿田不斷成熟，心思也會跟著細膩了起來，我越來越害怕我撒的謊有一天會被拆穿，若真的有那一天，我就只剩兩條路可選了，一是失去滿田，二是編造更多的謊言來圓場。

無論是哪一條路，對我的打擊都是毀滅性的，所以我不能讓它發生，我要小心翼翼地扮演好自己的角色，哪怕代價是減少看望父母的時間。

「原諒我吧……」我開在通往辦公室的路上，希望迎面而來的涼風能把煩惱全部吹跑。

今天是星期日，本是不用上班的日子，身處辦公室一定不會被人打擾，根據這點，把議事地點約在那兒應該是個不錯的選擇。我到達大廈的時間比約定的提早了十分鐘，因為是週日，這棟大廈冷清了許多，電梯人滿為患的景象亦不復存在，我一路輕鬆地來到辦公樓層，沒想到俊強已經在門口等著我了。

「老闆——」俊強微笑著向我點頭示意。

「你怎麼來的這麼早……我馬上開門！」我趕緊小跑步過去，迅速地驗證完指紋、聲紋鎖後，再用鑰匙打開了大門。

雖然我比他大上個十來歲，且位居領導，但他是LOKI的王牌，不僅人緣好，工作能力又強，是我十分尊敬的手下。況且我一直有求於他，自然不敢怠慢。

進門後，我先給俊強到了杯水，然後再請俊強坐在他自己的位置上，我自己則是順手拉了張椅子，坐在了他的辦公桌旁。

「抽煙嗎？」我問他，一邊把西裝內側的香煙拿了出來。

「謝謝，我不抽煙。」俊強擺了擺雙手，我只好把抽出來的香煙再塞回去。

「我以為LOKI裡的都是煙鬼呢……好像是沒見過你抽煙……」程式師抽煙是再平常不過的事了，像是蘇毅、黃莘等人，都是大煙鬼。為此著想，我特地在辦公室的後排用擋板分出了一個吸煙區，供大家使用。現在想起來，俊強好像是從未進入吸煙室，這種不抽煙的程式師真是少見，可能他還有其他有助於放鬆的癖好吧。

「老闆找我有什麼事嗎？」他畢恭畢敬地說道。

「啊，不好意思，休息日把你找來……滿田最近在學些什麼呀？」

「哦，滿田啊！他在用我的程式設計機器人學自動程式設計啊，雖然他家裡應該沒有足夠多的資料，但我的機器人是根據雲端資料庫寫出來的，再加上凡提本身也有——」

「停、停，我知道他有在學就好，你繼續說下去我也聽不懂啊……」程式師還有一個共同點，只要說到他們的工作，或者是什麼最新科技消息，往往就會口若懸河，根本不管聽者能不能理解。於是我馬上叫停了俊強。

「其實我找你來的真正目的是……那個程式的演算法……名字很長的那個，讓你重新用『唐寫的那個啊……』即使辦公室沒人，我還是不由自主地輕聲細語道，但俊強似乎有些不理解。

「誒？噢，你說要給滿田的那個演算法啊，寫好了、寫好了！」一開始他還不明白我口中的演算法是什麼，在我故意朝他擠了一下眉毛後，他這才恍然大悟。

「原來老闆是因為這玩意兒才找我來的啊……要我現在打開嗎？還是說就直接發給滿田？」俊強臉上的表情是恍然大悟後特有喜悅之情，在我的示意之下，他先打開了電腦。

其實自入主 LOKI 以來，我一直在觀察著滿田。雖然我的工作也很忙，除了要招攬客戶，還要時刻注意客戶的回饋，還得規劃 LOKI 的研發方向，和政府部門打交道等等，可以說除了開發以外的工作都是我一個人包辦了，但我沒有因此忘了初心，畢竟，幫助滿田完成他的夢想才是我最大的心願。

LOKI 剛正式啟動沒多久，我就察覺出滿田的情緒一直處於低落的狀態，我沒有直接問他，而是查看了電腦活動記錄，這才發現滿田每天開啟電腦後，就只是給凡提的原始程式碼進行些無關緊要的修改，或者就開著即時更新的資料庫後便一動也不動了。我還以為他是在研發的路上碰到了困難，才會看起來這麼萎靡不振，原來他是根本還沒起步，從上班到現在一直在神遊。

滿田的情況令我大傷腦筋，因為辦公室裡的每一台設備都非常耗電，如果有人開著機器不做事，那就會直接造成工作室的虧損。但仔細想想，我也不好意思直接批評他，滿田是從失學又失業的情況下來到辦公室上班，一般來說都得要有個過渡期，這些虧損只好當作是訓練新員工的成本了。況且，LOKI也並非我們先前所想的是純粹的研發團隊，盈利才是LOKI的目標，這就和滿田的願景背道而馳了，但我既然拉上了滿田，就得對他負責到底才行。

可是，除非滿田突然開竅了，突然找到了研發方向，不然開著電腦神遊的情況也會繼續下去。我想過讓滿田調到產品開發，但這樣做不僅讓他丟面子，身為引薦人的我也會被嘲笑，我們不是為了製作令客戶滿意的產品，我們可是奔著強人工智慧而來的。所以這方案馬上就被我否決了，我想，滿田應該需要一名老師，一名可以引領他走向正確道路的人。

這個人當然不能是政府派下來的科研人員，何況作為負責人的我也根本沒向上申請。因為這個工作室的性質，我想即使申請了也不會被優先考慮，況且，就像蘇毅曾經說過的，滿田的工作不是政府短期可以接受的，如果被發現了，還有可能會影響到工作室的發展，所以，滿田的「老師」只能從LOKI成員裡尋找了。

要是LOKI是個大型工作室，那尋找合適的成員會困難許多，但好在LOKI只給了我兩個選擇，那就是張俊強或者陳賢治。這用不了我多少時間，我很快就決定了心中的最佳人選。賢治作為程式師的實力可能不及俊強，但是勝在老實，是個做事一板一眼的人，而且似乎不怎麼會處置人際關係問題，一直都和大家保持著一定的距離，除了工作，基本上不和其他人互動，好像是個為寫代碼而生的人一樣。

我想，老闆私下的命令他應該會默默服從，也不會走漏風聲，於是某天，我讓賢治留下來獨自加班，等大家都走了後，我把心裡的計畫告訴了他。

「對不起，老闆，我做不到。」賢治乾脆地拒絕了我，還附上了一個九十度的鞠躬。

「為什麼，你是認真的嗎？！」我感到很意外，賢治這樣的「好好先生」，應該不會拒絕上司的請求才對。

「老闆，這和我的工作內容不相稱啊，況且，我也沒想過開發什麼強人工智慧啊，這也不符合公司利益追求吧？要是滿田做不下去，老闆應該另想它法，比如……」賢治開始滔滔不絕了起來，和平時判若兩人。

總而言之，賢治毫無保留地拒絕了我。我接受了這一現實後，也沒再強求，只是要他嚴加保密，不能把我和他的談話告訴第三者，他倒是很爽快地答應了。那麼，只能拜託張俊強了，可他是個相當機靈的人，蘇毅也是他的好朋友，如果我想用唐語言來幫助滿田這件事被他發現了，爭吵是在所難免的，說不定還要面臨成員罷工的局面，後果不堪設想。

但情況已不容我再多做考慮，賢治拒絕了我之後，我很快地就找上了俊強。

「俊強，是這樣的，我想請你幫個忙……滿田的實際操作能力太差了，你能否幫我指點一下他？還有——」說到這裡，俊強的表情告訴我他樂意為之，可接下來才是關鍵。

「我希望你能暗中幫助他開發人工智慧，用『唐』來寫程式……我覺得他靠自己的力量希望不大，所以……」

「這個嘛……」俊強聽了我的計畫後，沒有馬上做出答覆，而是皺著眉頭猶豫了很久。

他的反應不像賢治那樣不留餘地，而是在權衡其中的利害，若他最後拒絕了我，這說不定會成為把柄，反被他要脅。我連忙趁熱打鐵道：「拜託你了，俊強，這對你來說應該沒問題吧？該付給你的錢一定不會少，你儘管開口……」

儘管我都這麼說了，俊強仍舊沒有表態，手撐著下巴，保持著一副思考者的模樣。我不禁有些生氣道：「你是不是覺得我不夠誠意？說吧，你想要什麼——」

「不是的，我是在考慮安全性……畢竟我們都還沒摸透那個語言。」俊強從容不迫地說道。

「那你可以先答應我，給點事情讓滿田做，也當作是為他好，可以嗎？」我緊盯著他瞧，他倒是一點也不緊張，一臉真誠地點頭說：「可以的。」

「我就先讓他熟悉原始程式碼吧！至於開發，我會悄悄地進行。」

「嗯？你答應了是嗎，你願意寫那個演算法了？」我連聲問道。

「是的，安全性的問題就當作是我多想了。人是無法預知未來的，即使用唐語言寫出來的程式有安全隱患，那也未必會對未來產生什麼影響，未來就是為了唐語言而準備的。所以我願意試一試。其實，開發強人工智慧也是我從前的志願之一……不過我對現在的生活也感到很滿足，有時候，你就是會知道你不是這個時代的弄潮者……」

話音尚未落完，一抹難以察覺的憂愁在俊強的眼眸上綻開，與他上揚的嘴角形成了反差，但這個反差並不詭異，反而帶給我一種想同情他的欲望。他到底在 LOKI 裡扮演著什麼樣的角色呢？從他的話裡可以推測，他也曾經是想把強人工智慧帶到這個世上的人。俊強的年齡與我差了將近十歲，可也算是同一代人，也就是「人工智慧」概念井噴的那一代，不知道多少人把這個開發出人工智慧當作畢生的夙願，也許俊強就是其中一人。在經歷過多次跳票後，這波浪潮漸漸消失了，直到高科技冷戰和《臺北協議》的簽訂，「人工智慧」才有了捲土重來的跡象。但我們也老了，已過了而立之年的俊強雖然已經放棄了夢想，但還能守在人工智慧業務的開發一線，想必內心還是有些不甘心。

我怕再沉默下去對我們兩人都不好，簡單整理完情緒後，我向他問道：「那我先謝謝你了，俊強……你可以定時給我報告進度嗎？」

「啊，不好意思……當然可以，哈哈！」

「那就好……這件事記得保密，連滿田也不能告訴哦……我希望他能融入到這個集體，而不是當我的跟屁蟲……拜託你了！」我現在的身份是辦公室的領導人，滿田即是我的員工，如果我額外關照他，一定會引起不好的化學反應。

「我知道了，全部交給我吧。冒昧的問一句，請問滿田是您的什麼人呀？」

「我是他的監護人，其他的我就不多說了。」這是我第一次告訴員工我和滿田的關係，之前都是以合夥人搪塞過去的，我怕俊強還要多說些什麼，於是轉移了話題：「俊強，等你用唐語言寫完演算法後——不管是怎樣的演算法，不要立刻交給滿田，先等我通知，明白嗎？」

「是，我知道了。」俊強向我保證。

所以我才在星期天的下午把俊強約到了辦公室，因為他在上個禮拜告訴我，演算法已經差不多寫好了。

電腦開機後，他沒有直接展示成果，而是自顧自地開始操作，我有些奇怪地問道：「你在幹嘛啊……誒，你寫的這是什麼啊？」

「嗯……深度強化……學習……演算法……」俊強的雙眼緊盯著螢幕，偶爾敲擊著鍵盤，好像好不容易才把注意力分配到嘴上，慢慢地擠出了答案。

我看向螢幕，那些在程式師眼裡可謂是至寶的用唐語言寫出來的演算法，對我而言就是一堆亂碼而已。我也不知道俊強還要忙上多久，便站起來走動。隔著機房的大門上的透明玻璃，看見裡面豎立著的電路板正閃爍著寶藍色的光芒，我感到喜憂參半，「這不僅是科技的光芒，還是金錢燃燒的光芒啊」我心想。為了這間辦公室和隔壁的機房，我幾乎花掉了我所有的積蓄，而政府的資金補貼因為工作室的盈利性質問題，比我預想的還要少了大半，可以說是起不了什麼作用；Jinx借給我的比特幣原本想存著當作投資貨幣的，可最後還是用光了，雖然他沒有再和我提到那筆錢，可我知道總有一天還是要還，而我的希望，全都寄託在這間辦公室裡。

LOKI的產品主要是虛擬實境和人工智慧作業系統，而它們的市場都還沒有巨頭能壟斷，所以如果能盡可能地搶佔大部分市場，甚至當上「龍頭」，那麼工作室進帳就非常可觀了，到時候不僅可以解決我的債務問題，還能讓工作室的水準更上一層樓。

「希望我的選擇沒有錯，可是滿田……」投資LOKI這件事，雖然耗盡錢財，但未來的商機相當可觀，我一點都不後悔，到了這個年紀還能有事業上的第二春，應該要謝天謝地了才對，可事與願違的是，我入主LOKI的本意將會摧毀我的事業，讓這春天迅速凋零。

滿田的工作會為整個團隊帶來許多不確定性，很有可能就像蘇穀曾經說的那樣，只要惹惱了政府，LOKI將會被打入永不見天日的冷宮，到時候不要說賺錢了，人身自由都不一定能保得住。可即使是這樣，作為領導的我，竟然還與下屬聯手協助滿田，這不等於是把大家、LOKI推向火葬場嗎？

我每天都在努力堅持著初衷，努力把和滿田說過的每句話印在大腦裡，並且始終相信未來是仁慈、積極的。滿田的創造無疑會給這社會帶來巨變，這個巨變將是前所未有的，而且無法預知，可歷史上那些曾經的「無法被預知的巨變」，最後不都給人類帶來更多的福祉嗎？那麼，作為哺育著偉人滿田的 LOKI 工作室，不僅不會被摧毀，而是將永垂不朽，成為變革的「領頭羊」；而我，作為 LOKI 的領導者，擁有無比的遠見，還有著堅忍不拔的意志、身先士卒的科學家精神的領導者，也一定會成為人們口中的傳奇人物，長久地受後世人景仰。年少時的夢，說不定可以借著滿田的成功，而圓滿實現。

這兩個可能性發生的概率是多少，我不曉得，但事已至此，我也只能繼續賭下去了。我就是這樣一個抱著賭徒心理活著的人，但又有著哲學家的敏感和判斷力，不論是大事還是小事，我總是能察覺出它們好的一面和壞的一面，然後讓這兩面在我心中共存著、纏鬥著，就像是讓硬幣在我心中旋轉一樣。為了知曉這枚硬幣最終哪面朝上，我必須得既是個賭徒，又是個哲學家地活著，直到塵埃落定。

「鯨老闆，我準備好了！」辦公室的那一頭響起了俊強的呼喚，我這才從寶藍色的光芒中回過神來，連忙走了過去。

「抱歉、抱歉，我打開電腦的時候才想起來還沒測試過，所以就先試了試——」

「什麼？！你用了那個演算法？」

「哎呀，別擔心！我只是截取了一點點資料拿來測試，不會怎樣的。」俊強咧著嘴笑道，看到我大驚失色的樣子一定讓他很得意。

「那就好……差點把我嚇死……誒，真的一點都看不懂，你確定 OK 了嗎？」我看著螢幕上橫七豎八的字元，雖然每個都認識，但拼湊起來就像天書一樣，完全無法理解。

「簡單來說，唐語言的奧秘在於它本身就是演算法，所以程式設計者等於是在用演算法寫演算法，這樣——」

「等等，我只想知道你測試的結果如何。」我見俊強又開始滔滔不絕了起來，連忙打斷道。

「哦，測試結果相當成功，雖然只是很小的資料量，但它的特性也顯示出來了：高效率、低耗能，而且基本上不用什麼訓練時間。這個語言完全就是為深度強化學習演算法設計的，我認為大陸那邊的科學家早就擁有了強人工智慧！」

俊強的表情告訴我他是認真的。其實有這樣的結論也不奇怪，這個語言本就是對岸發明的，連俊強都能寫出來的演算法，再加上科技大國的資料庫，強人工智慧應該在幾年前就誕生了才對。

那麼，為什麼要藏起來呢？或者說，為什麼可以藏得起來？

「這個你就不用管了，既然如此，你明天就打包給滿田吧。」我直截了當地告訴了俊強。

「哦……好的，那這樣就沒事了吧，我關機了哦？」

「不，等等，不止這些吧——」我比了一個「停」的手勢，繼續說道：「你說過，要開發人工智慧還需要什麼自然語言理解之類的吧……我記得還有……」

「哦，那些呀——凡提本身就有相當的智能了，您不知道吧？我想滿田應該會直接在凡提身上動手腳的，不會再傻傻的重新開發一個。如果他連這個都想不到，那老闆您可就真的看走眼了，哈哈……」不知道是哪裡擊中了俊強的笑點，他竟哈哈大笑了起來。

「所以說只要有了這個演算法就差不多了是吧，俊強？」我還是不放心地問道。

「不，數據也是另一大關鍵，只有連接上資料庫，答案才能揭曉。」剛大笑完的俊強的臉紅紅的，肌肉處於鬆弛狀態，然而表情卻顯得有些難以捉摸。

「答案揭曉……直接就是成功或失敗了嗎？」我不解地問道。

「是的，但究竟結果如何我也不敢保證，誰都不敢保證啊……要不我現在試試？我這兒當然也有凡提的原始程式碼——」

「不，就這樣吧，讓那小子自己解決，你只要明天上班的時候打包給他就行了！」我趕緊阻止了他。就算是潘朵拉魔盒，那也得要滿田打開才行。

「噢，好的……那老闆還有什麼吩咐嗎？」也許是我的語氣突然變得強硬，他被嚇到站了起來，我連忙擺手讓他坐下。

「抱歉，我不是有意的……有時候人老了就這樣，突然大聲說話……」每次想到「老」這個字，也不知道是真的老了，或者只是心理作用，總會感到很疲憊，也許是中午看到父、母親後才特別有這種感覺吧。

「我有一個對你來說可能很淺顯的問題……你覺得照這樣開發出來的人工智慧，能通過圖靈測試嗎？」我問道。

令我詫異的是，俊強竟然思考了很久才做出回答。

「這……沒有意義……」但他說出這句話的時候，神態輕鬆自然，彷彿難題已經不復存在了。

我沒有說話，而是用疑惑的神情看著他。

「如果誕生的是強人工智慧，那麼這個測試就失去意義了，不是嗎？這就像是在問天神會不會做數學題一樣，天神根本不需要做數學題啊。」

「你說的……很有道理？謝謝！」我大概明白他的意思了。這一次，俊強沒有通過生硬的科學知識來回答我，而是舉了一個有點繞，但還算好理解的例子。

「那我們走吧，記得把電腦關機。」我心情愉悅地離開了辦公室，在門外點了根香煙等待他。

「可是，圖靈測試也不能說完全沒意義了，很多人工智慧都被它『制裁』了啊。它其實是很能體現人工智慧的強弱的，通過圖靈測試的人工智慧代表它在自然語言理解、知識處理系統、搜索方法、機器學習等方面上是合格的，那麼最終限制這個人工智慧發展的就是資料的量級了。」俊強一邊走出辦公室，一邊說道。但他根本沒有朝我看，我只好當他是在自言自語了。

我鎖上大門，和俊強一起搭電梯下樓。期間，他始終喋喋不休，我偶爾也會插上兩句。

「所以說，對人工智慧進行圖靈測試是在所難免的。那麼以這個測試為標準，應該可以設立一個分界線……嗯……無法通過圖靈測試的人工智慧應該也要有所分界，那麼分界的標準是……」俊強依然在忘我地說著，絲毫沒有察覺我根本沒有在和他對話。

「哎，俊強啊，要是現在這個版本的凡提直接拿去做圖靈測試，你猜會如何呀？」我試著切進他的話中。

「凡提……不行，她能連接到的資料庫還不夠大，而且考慮到現實意義，她的機器學習能力被寫的很弱，只能處理一些簡單的指令，根本就無法應付圖靈測試的考官靈活的問題。」俊強眼神銳利地朝著我看道。

「可是，我在《幻境》裡向凡提問的問題，她都能回答啊……還有，AR模式下的凡提也是……」其實我大概知道怎麼回事，但就是想多和他聊聊。

「哦，那個呀——這樣說吧，凡提有專屬於《幻境》的資料庫，而且她的臺詞都具有暗示性……哈哈，沒看出來吧？當然要做些手腳，才能『矇騙』大家啊。至於AR模式，其實就是線上搜索而已，如果要再加上更多複雜的運算，那只能等硬體升級了才有可能實現。」

正如我從前和滿田猜測的那樣，凡提有著一系列帶目的導向性的台詞，再加上《幻境》的渲染，恐怕真的會對她的智慧做出錯誤的判斷。人類就是這麼容易被欺騙啊。

「可就連這句話也是大腦做出的判斷……」我思忖道。

「老闆，那明天見啦，拜拜！」俊強朝我揮手致意，騎上電動機車一溜煙就消失了。

我亦不多做停留，馬上驅車回家。

「滿田？你在家嗎？」我打開屋子的大門，發現滿田的室內拖鞋方方正正地擺在了玄關，他十有八九是出門了，但我還是試探性地開口叫道。

無人應答。

如我所料，滿田已經不在家中了。我獨自走到客廳沙發上坐下，望著牆上的時鐘發呆。自從上個月的中秋烤肉後，他就和蘇毅的妹妹蘇倩走得很近，平日要上班就算了，一到週末就經常整天見不到人，剛開始的時候我還沒有在意，是蘇毅向我打小報告後我才有所察覺。

「鯨老大啊，你家滿田談戀愛了哦……」

那是稀鬆平常的一天，晚上下班後，等到辦公室只剩我們二人時，他帶著我意想不到的不懷好意的笑容向我說道。

「滿田？對象是誰，不會是代碼吧？」我只當他是在開玩笑，程式工程師總是會想到一些自以為好笑的話，其實根本就很無聊。可怎麼連平時一本正經的蘇毅都……

「哎，是小倩啊！」

「小倩？！不是吧，她不是你妹妹嗎？」我對這個答案感到很意外，自己的妹妹難道也可以拿來開玩笑麼？

「正是，但那又怎樣，和老闆的兒子談戀愛不是很好嗎？呵呵……」蘇毅無可奈何地笑道。

不管工作上遇到再大的困難，蘇毅總能泰然自若地解決問題，他臉上這種無可奈何的表情是我前所未見的。

「你……你是怎麼知道的？」我故作鎮定地問道。

「我是她哥哥啊！平時她要上課，我也要上班，是比較難以察覺啦……可是最近幾個週末她總是往外跑，雖然她已經長大了，可是作為哥哥我肯定也會多問幾句啊……」

對了，滿田也是這樣！

「那她就這麼說出來了？和滿田？」

「嗯，她是這麼說的。老大，沒關係啦，那是他們自己的事，都是成年人了，談戀愛也很正常啊……而且這和我們的工作也沒什麼關係吧？我也只是說說而已，你不要太在意。」蘇毅見我不說話，以為我生氣了，連忙勸道。

「那是當然的，你不要緊張……我只是有點意外罷了……」我當然是不會插手年輕人的事，可滿田竟然沒有第一時間告訴我，我有點耿耿於懷。

「那我先走了，老大再見！」蘇毅沒打算和我促膝長談，匆忙地離開了辦公室。

「蘇毅也只是個孩子啊……」我心想，他雖然嘴上說著不在意，可心裡一定也有所起伏。可他心裡的起伏又怎能與我的相比呢？我可是以滿田的「父親」的身份活在這世上啊！

既然已經對此事略有所知了，回到家沒見到滿田也不會太意外，我比較在意的是他何時會向我公佈這段戀情，而這段戀情又會對我們產生怎樣的影響。據我所知，上個月十五那天是他們第一次見面，沒想到才過了一個月就在一起了，現在的年輕人談戀愛的節奏與我們那代相比只能說有過之而無不及呀！

「若是陳靜地下有知，應該也會感到高興吧？」我望著那間被鎖上的主臥室大門想道。我的心突然打了個寒顫，好像陳靜聽到了我的心裡話，以此來回應我似的。我趕緊環顧周圍，但理所當然的什麼也沒看到。只是獨自處在這大房子裡，令我感到分外不安，那些裝在天花板與牆壁交接之處的黑色小盒像是一隻隻來自地獄的黑色眼瞳，正在時刻地監視著我，就像我曾經監視著滿田與陳靜一樣。

心裡一有這個念頭，我便無法再獨自待在這棟房子裡了，我從房間取走筆記型電腦，決定先回一趟從前的住處，待到吃晚飯的時間再回來。

雖然我已搬來多時，但之前租的單身公寓一直沒有退掉，偶爾還會前去住了個兩晚，理由是那裡有我舒適的沙發和音響設備，這些我從沒打算要搬到滿田的客房裡，它們是這間單身公寓的靈魂，只要它們還在這裡，這裡就是我永遠的避風塢。

回到真正屬於我的小空間後，我才略感放鬆，迅速地把音響連接到電腦後，動人地爵士樂彷彿讓我回到了從前的時光。

也許是受了這懷舊氛圍的影響，我下意識地連接上暗網，登錄到了 Jinx 論壇，首頁一如既往地單調、沉重，公告欄裡也什麼都沒有，這裡唯一出現過的就是陳靜的訃告，但很早就被清空了。

我跳過雜亂的思緒，點開屬於我的工作板塊，望著網頁中間的那不斷做著逆時針旋轉的讀取條，如果我猜的沒錯的話，裡面依然……

「什麼都沒有。」

我正式從啟星智慧離職是在今年的五月中旬，同一時期，LOKI 工作室正式啟動了。林銘昆的生活翻開了嶄新的一頁，但屬於「鯨」的卻一成不變，滿田依舊是我的任務對象，即使不用再每天查看監控錄影，每週的報告還是得按時完成。

然而，就在兩個多月前，具體時間是八月三號的下午四點，Jinx 打來了，他是來告訴我，那幾乎佔據了我半輩子的「任務」結束了。

「鯨，週末快樂！」我按下了接通鍵，電話裡傳來了 Jinx 的聲音，那種語氣即使經過電腦處理，還是令人覺得相當彆扭，就像在祝不熟悉的朋友生日快樂一樣。

「Jinx……」我在思考自己是不是在報告裡寫了什麼不合適的話，不然 Jinx 為什麼會突然打給我，而且還用了猥瑣的開場白。

「工作結束了，以後不用再發報告給我了。」Jinx 平靜地說道。

「什麼？！」

「是的，監視滿田的工作結束了，不用再看錄影、寫報告了。當然啦，你也收不到錢了哦，哈哈……」Jinx 笑了。這只是一場惡作劇吧？

我試圖配合 Jinx 的惡作劇，也想一笑了之，可是我最終做不到，像是有天使同時經過我和 Jinx 的身邊，我們一同沉默著，等待天使的離去。

「怎麼會……說結束就結束了嗎？真的就這樣結束了？」我還是不敢相信道。

我總以為，「結束」的日子遙遙無期，就算真的有那麼一天，也會以一種我想不到的、戲劇性的方式到來，甚至連員警突然破門而入我都考慮過。可沒想到只是 Jinx 簡單的一句話，一切就結束了。

他才是真正的樂團的指揮家，就算樂團的規模再怎麼大、演奏的音樂再怎麼激揚人心、持續的時間再怎麼長，一個收拍的手勢，所有聲音都會嘎然而止。

那我自己呢？在聽到「結束」的消息後的反應，我曾經在心中幻想過無數次、排練過無數次，是要大聲歡呼，還是輕聲感歎，或者是用更加浮誇的方式來表達……

然而都不是，這一刻真正到來時，我只是感到無法置信而已。

「是的，說結束就結束。你就繼續奮鬥吧，我退休了，要開始過安逸的晚年生活啦……」Jinx 的話讓我的腦海中浮現一幅景象，是一個戴著休閒鴨嘴帽、身著純棉背心的白髮老人，正坐在靜謐無人的湖岸邊釣魚，一派「歲月靜好，現世安穩」的模樣。

不，不是這樣的，一切都還沒有結束，遠遠沒有結束。

「你在騙我吧？怎麼可能呢？滿田可還好好地活著呢——」

我一說出口就後悔了，這絕對不是我的本意，我明明視他為己出，為什麼還會說出這種話呢？滿田還活著，所以任務還沒結束，難道在我的潛意識裡，滿田死了才算任務結束嗎？難道我要親手殺了他，才能接受「任務結束」這個現實嗎？

「就算他還活著也一樣。鯨，結束了，上頭的指示已經下來了，再繼續寫報告也沒意義。從今以後你再也不用登陸那個暗網裡的論壇了，就算你進去了，也什麼都沒有，不會再有錄影了，不用再寫報告……鯨，一切都結束了。」

「…………」

Jinx 在說些什麼？我只聽得見「鯨，結束了」、「鯨，結束了」、「鯨，結束了」……

「等等，你說有秘密，對吧？你說你會坦白這一切的，對吧？我現在就要知道，你——」

「不，不是現在——」話還沒說完，Jinx 嚴厲地打斷了我，然後才繼續說道：「我當然會向你坦白一切，不過現在我還有許多事正待收尾，你懂得，就像從公司離職了要打包走人一樣。等到我覺得時機合適了，我會約你出來見面，到時候再把一切事情告訴你，明白了嗎？」

「…………」

「一時間還很難接受吧？沒關係的，反正你也如願了不是嗎？你都不用再每天看錄影了，心裡也應該早就知道這個任務很快就要結束了吧……就當作是一場夢吧，連我都已經坦然接受了呢。」Jinx 恢復了平淡的語氣說道。

在 Jinx 的心裡，這只是一場夢麼？我望著桌上還沒喝完的易開罐，突然有了立刻切掉電話的欲望。

「是的，我知道了……」

我除了接受，也別無他法了。Jinx說的也是，我已經如願了，現在的我有了新的目標，有了新的家人，現在傳來結束的消息，不就是給我一個功成身退的機會嗎？這種不正當的工作，遲早也該放下了。

厄運結束了麼……？

我關閉網頁，闔上了電腦。我想我得收回我曾經說過的話，一想到那天的事，即使聽著爵士樂也無法讓我擺脫心中的煩躁，索性就停止了，讓靜謐的氛圍重新回到小房間裡。

「鯨叔叔，我回來了——」

我在單身公寓裡靜坐時，突然發現天已經全黑了，一看時間已經六點了，想著滿田可能會回家吃飯，於是就開車回到了滿田家，結果房子裡依然空無一人。我想起下午的可怕念頭，連忙把家裡的燈全部打開，然後帶著冰箱裡冷藏的盒裝凱撒沙拉回到自己的房間，打算獨自享用晚餐。

沒想到才吃到一半，滿田就回來了，時間比我預估的還要早得多。

「你回來了啊，咦？」

「叔叔好，我是蘇倩……」

我剛出房間，就看見樓下除了滿田，還有蘇毅的妹妹。我繼續張望著，但沒有第三個人走出來。怎麼，滿田這是帶著女朋友回家了麼？

「鯨叔叔，他是我的女朋友——蘇倩，你也應該認識……」滿田帶著尷尬的神情說道，手還緊緊地牽著蘇倩。而一旁的她則是抿緊了嘴，似笑非笑地低著頭不敢瞧我。

「是的，她是蘇毅的妹妹……你們吃飯了嗎？要不要我熱點東西吃？」這種局面我當然也是第一次遇見，我可能比他們還要更緊張，但畢竟是大人，我也只能硬著頭皮隨機應變。

「啊，不用麻煩啦，我們帶了東西回來吃！」蘇倩像是在玩搶答遊戲，飛快地拒絕了我，邊把手裡的塑膠袋舉了起來。我這才發現他們手裡拿了不少東西，滿田手裡有兩袋，蘇倩手裡也有兩袋，不知道都裝著些什麼。

「哦……這樣啊，那你們先吃，我上樓了……是的，我吃過了……」剛好的是，我能想到的臺詞都說完了，既然他們不需要我，我當然選擇逃之夭夭，等我再想好新的臺詞再出房間也不遲。

「可這是滿田第一次帶女性朋友回家，我身為長輩不應該多關照一下嗎？就算我不是他父親，好歹也一起住了一段時間，要不要做個自我介紹什麼的？要是蘇倩問起我的身份，滿田豈不是會很尷尬？」

腦海中突然冒出一連串的問題，我想真的得上網查詢一下該怎麼辦了。原來這就是當父親的滋味，看見自己的兒子帶女朋友回家，還真是令人忐忑不安，而且對象偏偏是自己手下的妹妹，這個手下還是你一直提防的傢伙……這樣的關係不僅會令我感到不安，想必蘇毅也有同感吧？

自從第一天起見到蘇毅，他就給我留下了不好的印象。我作為他們的老闆，他不僅絲毫沒有把我放在眼裡，還公然地向我的「合作夥伴」滿田嗆聲，根本就是一塊鐵錚錚的反骨。正式開始上班後，我自然也多留了幾個心眼在他身上，以防這個 LOKI 的「山寨大王」給我來個「釜底抽薪」，製造權力真空。

所幸的是，正式上班後他就安分多了，沒有和我起過衝突，我交代下去的任務都能認真完成。也許正如黃莘所說，他只是一個脾氣暴躁的人，LOKI 畢竟是他親手創立的，想要保護自己的創造物才是他真正的本意。如果拋開 LOKI 工作室上的事不說，他也是個很有魅力的人，除了有俊俏的外表，內在也很豐富，從他能獨自設計出《幻境》的主題音樂這一點就可以看得出來。

我們還在上個月的中秋聚會，借著酒意聊了許多。他用那沾滿酒氣的真心話告訴我，他願意追隨我，只要我能對 LOKI 認真負責；我當時也晃著腦袋向他保證，要與 LOKI 同進退，努力做大做強。這番話讓在場的成員們都精神亢奮，舉著酒瓶又猛地灌上一口，似乎只要這麼做，美好的願景就可以立刻實現一樣。

可我的話並沒有說完，「要與 LOKI 同進退，努力做大做強」當然是真的，畢竟我是老闆，是投資者、經營者，當然會與自己的工作室同進退，而且也只有做大做強了，才能有更大的盈利。以上這些想法適用於每個老闆，大到巨頭，小到路邊攤，誰不想要這麼做呢？

但要是說到「負責」，那就不儘然了。我首先要對滿田負責，之後才是 LOKI。今天早上在辦公室，我之所以會對 LOKI 的未來產生了一絲憂慮，也只是短暫忘記初心的後果，我若是全心全意為 LOKI 好，自然也不會使用充滿不確定性的唐語言來寫關鍵代碼。除了要更加有效率的開發強人工智慧以外，我還隱隱約約察覺到自身的一種惡意——

這股惡意究竟會不會產生帶來實際性的破壞，最後還是得看滿田自己的選擇。若是對蘇倩，乃至對 LOKI 的愛的重量，大於對追求人生價值的熱情，他也許就會放下唐語言，寧願多繞幾個彎來達到最後的目的地，那麼這份惡意也就煙消雲散了；倘若相反，那份欲望大於一切，甚至他也擁有與我類似的「惡意」，那麼那個演算法就會像殺死光神巴德爾的槲寄生之劍，朝著蘇毅和 LOKI 的致命部位射去。

「誒……他們好像吃完了？」我聽到樓下傳來了碗碟碰撞的聲音，於是便從電腦椅上來到房間門口，把耳朵貼在門上，希望能借此觀察到他們的動靜。

的確，他們正在餐廳收拾殘餘，然後是廚房裡的自動洗碗機啟動的聲音，期間還夾雜著細微的說話聲、腳步聲，沒有令人感到意外的聲響出現。我估計在過幾分鐘，他們就會打開大門，滿田會把她載回家，然後再回來，今天的約會就到此結束了。

「…………」他們沒有離開，而是一塊上樓了，我聽見樓梯上的腳步聲，然後是開、關門，最後什麼也聽不到了。

我有些不知所措，滿田就這樣一聲不吭的把一個剛認識一個月的女孩帶回家裡過夜，作為「父親」的我是不是太弱勢了一點？可惜我既沒有當父親的經驗，也沒有自己親生父親的立場可以轉換，只好默不做聲的任其發展。

那蘇毅呢？蘇毅知道她的親生妹妹會在這間房子裡過夜嗎？他也真敢放任自己的妹妹，還是說他早就見怪不怪了？或者，還有更陰險的目的，他是想把妹妹安插在滿田身旁，以此監視滿田，甚至是我的動靜嗎？

「要是 Jinx 的攝像頭還能用就好了……」

這個念頭像是一滴墨水滴在了白紙上，不斷擴散。當我想反省自己為何會有這等齷齪的想法時，才發現墨跡早已佔據了大塊面積，還不斷地向外滲出觸角。那處於穢紙中央的、最開始滴落下來的墨，是無比深邃的黑，像是來自深淵的瞳孔一般，正凝視著我長久以來脆弱、卑微的靈魂。

我恨，恨透了，恨「鯨」這個骯髒的角色，恨那把骯髒的工作全部交給我，擱下一句「結束」就不見人影的 Jinx；也恨這份給了我一個扭曲的心靈、一個不完整的人生的工作，它奪走了我應有的夜生活，讓我羞於與異性交往；我恨滿田，這個與我毫無血緣關係的少年，我費盡心血地為他打造了王國，他卻不思進取，只懂得一再的利用我；我恨蘇倩，一個滿田認識不到一個月女人，就這樣肆無忌憚地走進這間屋子，打破它原有的和諧氛圍，打破屬於我和滿田的二人生活……

我最恨的，當然還是自己，是我那懦弱、貪婪的靈魂放任這一切發生，是十九年前種下的因，才有了現在的果。而我只能一邊傷春悲秋、一邊獨自將這惡果吃下去。

可就算食完這惡果，失去的東西終究也討不回來。

我要復仇。

第十章

「我發現，你寫到目前為止，存在一個很大的問題——」本來靜靜地讀著我的自傳的S突然對我說道。

「嗯？是什麼？」

「關於我的篇幅也太少了吧？！」S撒嬌似地埋怨道。

「誒？」我被這個「問題」給難住了。

「不過我們第一次見面的場面寫的還不錯啦，我當時還以為你是騙我的，什麼熟悉感……呵呵……」S小聲地自言自語道。

經她這麼一說，我才發覺我寫的東西基本上都是與LOKI和人工智慧相關，甚至鯨叔叔占得篇幅都要比她多得多。

或許是我對她的愛已經達到了不需要描述的地步吧？

我正打算用這樣的話來回答她，但她搶先了一步：「哎呀，跟你開玩笑的啦。你能有今天，很大一部分原因是你一直跟著『心』走對吧？也就是玄而又玄的『命』，哈哈……」

「如實地記錄自己的心路歷程，這才是真正的自傳啊。至於我嘛，是我太晚出現在你的生命中了……」

S那溫柔的眼神和話語，再次令我啞口無言，她是如此地愛護和體貼我，甚至還把我的疏忽攬到了自己的身上，要換做是其他人，恐怕就要與男朋友大吵一架了。我沒多說什麼，此刻只想把她擁入懷中，於是我張開雙臂，從床上翻了下來，準備擁抱坐在電腦椅上的她——

「喂，你幹嘛呀！？臭流氓！」她果斷地拒絕了我的擁抱。

「都說了是開完笑了啊，笨蛋田！我想說的問題是，你的自傳從頭到尾都沒有寫出年份誒，你確定這樣可以嗎？」S手指著電腦螢幕，似笑非笑地說道。

「哼，你說這個啊……」美好的意境就這麼被打破了。但如果問題是這個，那我可有話要說了。

「其實我是故意這麼做的，嘿嘿……第一，這是屬於我的自傳，裡面寫的東西我自然知道是什麼時候發生的，年份豈不多此一舉？況且，這不也是你叫我寫的麼，純粹是寫著玩、當放鬆心情嘛……而且確實還挺有效果的。」

雖然有時候會想到一些不愉快的回憶，但只要能寫出來，心情不知不覺就會舒暢幾分，彷彿被油脂堵塞的血管突然疏通了一樣。

「第二，也是最重要的理由——我希望讀到這本自傳的人可以更加感同身受的進入這個故事，甚至是把它當作成自己的故事。這兩點就是我沒寫出年份的最重要的原因。」

沒說出口的是，要是給讀者知道了年份，我還怎麼把迷宮建下去？

「咦，這話怎講？」S露出一臉茫然的表情問道。

「這樣讀者就可以不受自傳裡的時間影響，自由的套入心目中合理的年份來閱讀。假如真的有除了你以外的讀者，哈哈——」

「哇，你好貪心呀……」S有些不屑地看著我，然後皺著眉頭問道：「喂，其實在你心裡……

是不是覺得自己的故事很有代表性啊？」

沒想到看似遲鈍的ｓ竟然提出了這樣一針見血的問題，驚得我差點就要拍手鼓掌了。

「你怎麼會知道？！太厲害了吧。我本來也是想這麼說的，但是很難組織合適的語言來表達，你竟然——」

「傻田田，這不是很明顯的嗎？不管是什麼樣的藝術作品，只要刻意不寫一樣東西，用意就是要突出另一樣東西……我這樣說你聽得懂嗎？我打個比方好了……很多電影導演會故意隱藏主角的特徵，就是想讓這個主角代表電影時代裡的大眾，對吧？」

「是的，我的用意正是如此。我所寫的故事，與其說是我的故事，不如說是這個『人工智慧爆炸時代』裡所有人的故事……我就是這麼想的！」隱藏在內心深處的美好的秘密，被自己所愛的人發掘出來，令我感到相當振奮。

雖然「追夢」這個主題略顯庸俗，但哪個時代沒有追夢人呢？在這樣的大環境刺激下，一定也有很多像我一樣的年輕人，願意為了自己的夢想、國家的榮耀，乃至全世界人類的未來，去推動科學的進步。不管將來會不會有其他人讀到我的拙作，也不管最後強人工智慧是否能如願現身，我的目的都可以達到了，那就是如實地記載屬於這個時代的「追夢」歷程。

然而，看著我興奮模樣的ｓ，眼神卻有些憂鬱，似乎還有什麼心裡話沒有說出來。

「怎麼了？」我問道。

「是不是不管發生什麼事，即使是死——你都不會放棄它的，對吧？」ｓ瞪著一雙無辜的眼睛，裡面有光芒正閃爍著。

「你為什麼會這麼問？怎麼了嘛？」

我一時間無法回答這個問題，亢奮的心情也瞬間被冷卻了。ｓ究竟想說什麼呢？是在考驗我的決心嗎？她的問題要是放在一年前，我會立刻回答「是的」，我的眼裡只有人工智慧，那是喪家之犬最後的夢想，甚至如果只有死能讓我如願以償，我也會甘心赴死。可我遇見她了，遇見了從未想像過的美好，這些美好比夢想還更加耀眼、更加滋養我的心靈，我又怎麼捨得放下呢？

反觀那所謂的夢想，會不會只是我在走投無路的情況下，用來麻醉自己的藉口呢？母親的去世、升學的壓力、朋友的離去，這些因素綜合起來，其能量是如此強大，不能保證我沒有做出違心的決定，若要客觀的評價，恐怕是一種逃避現實的手段罷了。

但我也沒想到，這個逃避現實的手段會把我代入嶄新的生活圈，有著完全不一樣的生活節奏，我彷彿真的朝著自己的「夢想」前進。這都要感謝——或是責怪那個人，鯨，他讓我的逃避手段變成了「維生手段」，就像命運的齒輪突然卡進了另一個高速運轉的齒輪的齒槽中，只能步履不停的往前，根本來不及思考這一切是否是我真正想要的。

「你無法回答了吧？說明還是我比較重要！」ｓ突然用力地抱住了我。面對這樣意外的收穫，我只能感歎世事難料。當然，我也用力地抱緊了她，不管如何，只要眼前人快樂就好。

片刻後，ｓ脫離了我的懷抱。

「你還會不會夢見媽媽呀？」真不知道女人在被擁入懷抱時都在想些什麼，反正ｓ的這個問題又把我嚇了一跳。

「不會啊，你到底想說什麼嘛？」我已經有點不耐煩了，ｓ明明心裡有話卻不直說，反倒是一直問我一些沒頭沒尾的問題。我已經許久沒有夢見母親了，可經她這麼一提醒，今晚就很難說了。

「啊，就隨口問問啊，這都不行哦？」S見我的情緒不對，埋怨了一句後，便轉頭面向電腦螢幕，不再理我。

我也只好無奈地回到床上，戴上眼鏡繼續讀我的小說。S不知道是受了什麼刺激，還是讀了什麼文藝的小說或電影，最近總是有些神經質，情緒也陰晴不定，不斷拿一些莫名其妙的問題來問我，如果我的回答稍有一點讓她不滿，她就會立刻冷落我。這樣反復幾次，弄得我都有些心裡疲憊了。

「誒，你可不可以暫時不要看我的自傳，等我寫完再給你看嘛……反正也快寫完了。」過了一會兒，我朝她說道，但是她沒有轉頭，也沒有理睬我。也許是被她的幾個問題問的有點心煩意亂，我根本讀不進任何東西，一心只想著《妄言書》裡的內容。

其實我原本就對她擅自讀我的自傳表示過不滿，因為未完成的作品有著無限種可能，要是提前被他人拿來看了，或多或少會影響作者接下來的發揮，要是像S這樣對未完成的作品裡的內容加以評論，影響就更大了。至於她的評論會不會影響到《妄言書》的真實程度，或者會不會對我的寫作風格產生影響，作為一名「當局者」，我很難保證不會。這個迷宮本身已經錯綜複雜了，我也不捨得再加大難度，我會儘量如實地繼續記載下去，也算是給自己一個交代吧。

但她對我的請求從來沒有放在心上，包括現在，還是一聲不吭，根本就是在耍大小姐脾氣。只是她的心情已經很不穩定了，我怕再說下去會惹她不高興，所以也沒有做進一步的勸阻，只能躺在床上望著天花板發呆。

誰知她突然轉過頭來，劈頭蓋臉地來了一句：「好啦，暫時不看了。話說回來，你的那個測試運作完了嗎？到什麼程度了？」

「誒？這個嘛……」這種出乎意料的發問，亦是S神經質的表現之一。我納悶究竟該不該告訴S真實的情況，因為鯨叔叔曾經提醒過我，不要把工作上的事告訴S，以免她把話傳進蘇毅的耳朵裡。我自然明白鯨叔叔話裡的真意，他怕蘇毅知道我用了唐語言寫的程式後，會以此要脅鯨叔叔，對LOKI工作室的運作造成不好的影響。

可是同住一個屋簷下，又有什麼秘密能守得住呢？

「測試還沒開始。她們都還在進行神經網路訓練，現在只能等待，但是應該已經快完成了。」

得到了俊強大哥的各種技術支援後，我以為人工智慧的開發就要接近尾聲，強人工智慧馬上就要誕生了，但很可惜的是我錯了。即使有了更強大的學習能力，凡提還需要進行多次的測試和除錯才能保證有效率。再加上即使經過篩選，還是太過龐大的資料，我們只能截取一部分來進行訓練，效果自然打了折扣。但即使如此，等待還是顯得遙遙無期。

況且，現在不止一個凡提在進行訓練，而是整整十個。之所以需要十個凡提，是為了進行某個具有實驗性的測試，這個測試的由來，還要從那個我意想不到的早晨說起。

那天是週末，我和鯨叔叔都不用工作，S也還沒有正式與我同居。一早起床後，下樓就發現鯨叔叔已經靠在沙發上，茶几上擺著散發著熱氣的咖啡和幾塊三明治。他一見到我，馬上舉手招呼道：「滿田，快點去刷牙洗臉，早餐就在這兒，我等你。」

剛睡醒的我腦袋還處於混沌的狀態，不知道他早起等我是為了何事。我朝他答應了一聲，匆忙洗漱後，乖乖地坐在了客廳沙發上。

「滿田，你還記不記得去年二月初，我們在Daniel Bar吃過一次晚餐？」

此時的我嘴裡還塞著金槍魚三明治，鯨叔叔這麼一問，我一時還反應不過來。

「想不起來不要緊，那你記不記得我和你談過圖靈測試？」他用一種試探性地目光盯著我，柔聲問道。

「嗯……嗯……有！」我努力應聲，一邊大力地點頭。說起圖靈測試，我記起那天的晚餐了，是學測考試前幾天的事，那是我第一次和鯨叔叔吃飯，第一次把心裡話毫不忌諱的告訴他人：去他的大學，去他的學測。

「你記起來了？那太好了，等你吃完，我們再接著談。」鯨叔叔滿意地看著正在拼命咀嚼著食物的我。

「圖靈測試……怎麼了？」我無法忍受鯨叔叔那熱切的目光，胡亂咀嚼了一通便把食物吞了下去，怔怔地望著他。

「我們當時得出的結論是，圖靈測試存在缺陷，對吧？它造成了『人工智慧假說』的出現，即懷疑這世上存在故意不通過這個測試的人工智慧。」

「嗯，我想起來了，是這樣沒錯。」

當時的對話已經記得差不多了，那時候我還以為鯨叔叔是個門外漢，就拿出人工智慧假說來考驗他，沒想到他竟然可以很快地把人工智慧假說與自主意識、圖靈測試聯繫在一切，我才知道原來他曾經也是人工智慧愛好者。最後我們得出的結論是，圖靈測試存在缺陷，它從某種方面來說限制了人工智慧的發展。

「那你後來還有繼續想，該怎麼解決這個問題嗎？你知道的，雖然凡提擁有了最好的演算法，最全面的資料庫，但她遲早要面臨圖靈測試的考驗，要是失敗了，你難道不會沮喪嗎？」鯨叔叔充滿挑戰意味地反問道。

「我們可以直接跳過這項測試啊，如果覺得不合理，那就捨棄掉它不就好了？」

雖然才剛睡醒沒多久，但我能感受到頭腦已經開始高速運轉了起來。鯨叔叔這麼早就坐在沙發上等我，要說的事情一定不簡單，我估計他心裡其實已經有想法，我得先順著他的思路，把他的核心想法給引出來，這樣才能公平的對談下去。

「捨棄？天啊，滿田，這當然是無法捨棄的，不然你連凡提的自然語言理解能力都無法估量……相信我，這是繞不過去的測試，除非你能想到其他方法來替代它。」

「嗯……」

鯨叔叔一定已經預測好我會拿什麼話來反駁他，所以他也早已準備好了如何反駁我的反駁。那天在餐廳的談話，最後也是引向這個當時還無解的問題，我承認我後來並沒有做太深刻的思考，所以究竟要拿什麼來解決圖靈測試和人工智慧假說，我心裡一點兒譜都沒有。

我一語不發地望著餐桌上還沒吃完的三明治，偶爾瞄一眼鯨叔叔，他倒是一直饒有興趣地望著我，就是想聽我能不能說出解決的方案，或者是直接投降。

「我認為……圖靈測試可以單純地用作人工智慧的自然語言理解能力的水準測試……這樣如何？」

「你這是在簡化圖靈測試的內涵，你以為這裡面只涉及到自然語言理解能力嗎？凡提將會如何回答人類的提問，這個『思考』的過程才是關鍵——」

「你就直接說吧，鯨叔叔，你其實已經有答案了對吧？」

我直接打斷了他，因為我已經懶得玩這種「你畫我猜」的遊戲了，更是討厭鯨叔叔那種想玩弄他人於鼓掌的態度。這樣一個有風有雨的早晨，天色都是暗的，就算起床之後馬上回去睡覺也不會有人責怪。不管如何，總比坐在這裡陪一位自負的大叔玩他那愚蠢的頭腦風暴遊戲要好。

「滿田……呵呵……」鯨叔叔先是對我的反應感到意外，隨後就訕訕地笑了。

不知道為何，我越來越反感鯨叔叔，他口中的話、神情、動作，都帶有一種精神上的壓迫感，好像此時此刻我仍是他的員工一樣，必須得聽從他的指示。他搬來我的家，這棟母親遺留下來的房子，不再像以前對我懷抱熱情，而是轉為一種義務式的監督。

最讓我感到不滿的是，他對ｓ的存在很有意見，只要我們同時出現，他就會故意不現身，要不就是假裝看不見我們，一點都沒有家長的風範。不僅如此，他還暗中提醒我，讓我小心提防ｓ，不要向她提起工作上的事，也最好不要提起他。

我或多或少的能理解鯨叔叔的苦心，但當時的我內心只想反抗他，他越是叫我不要做的事，我越是想做。我把這句話當作他在離間我和ｓ，根本不屑一顧，只要ｓ問起，我都會如實地回答。事實也證明，我和ｓ的感情超過了他在工作上的顧慮，蘇毅根本就沒有對我，或是鯨叔叔有任何抱怨。這點讓我得意不已。

「你說的對，我已經有答案了……我打算調轉一下圖靈測試的『位置』，讓人工智慧來『測試』人。」鯨叔叔收起笑容，目光炯炯地說道。

「什麼？什麼意思？」我懷疑我還沒有睡醒，雖然每個字都聽清楚了，但連在一起就完全聽不懂了。

「你應該有看過圖靈測試的現場版吧？在聊天室裡找出潛藏在其中的機器人。我想反其道而行，安排一個人在機器群中，看機器最終能不能找到這個人。」

「這……」

讓人工智慧在聊天室中尋找「人類」，這個想法倒是前所未有的，可以說是「逆向」的圖靈測試。雖然在實際操作中是可行的，但它的意義是什麼？我以為自己清醒了，但其實還不足夠思考這個問題，只能繼續聽鯨叔叔的解釋。

「不明白麼？這可比圖靈測試好玩多了。你想想，一群人測試一台或是幾台機器，機器只有一個選擇，那就是偽裝成人類，給出合乎聊天邏輯的回應或是提問，只要稍有差錯，很快就會被發現是機器人，測試就會以失敗告終，對吧？」這是圖靈測試大會中一定會出現的橋段，對此我沒有任何疑問。但鯨叔叔還是稍作停頓，似乎在考慮我是否跟得上他的思維。

見我點頭了，他才繼續說道：「那麼，想想我剛剛說的，一台以上的機器與單獨一個人類同處於一間聊天室的情況……當然，此時人類是已知聊天室中只有自己是人類。」

「照你說的話……誒，那這樣複雜多了！」我恍然大悟道。

原來鯨叔叔是這個意思，在他發明的逆向圖靈測試中，「勝利」的條件不再是騙過人類考官，而是要找出哪個聊天對象的真實身份是人類，所以就得根據聊天的內容隨時變換自己的「身份」。但是不管何時，機器都有兩種選擇：第一，偽裝成人類，即機器在正常的圖靈測試中所要扮演的角色，但此時的目的不僅是找出唯一的人類，而是要迷惑其他機器，讓其他機器最終做出錯誤的判斷，以提高自己「勝出」的可能性；第二，刻意在聊天中插入不自然的回應或是提問，讓其他機器認定自己是「機器」。這是一種更加有深度的「偽裝」，因為會選擇這種行為的機器，已經考慮到人類會試圖偽裝成「機器」這一層次了，這就加大了所有機器的辨識人類的難度。

沒想到把圖靈測試中的雙方調轉一下位置，竟然會產生出這樣的局面，雖然我還不明白意義為何，但如果這麼做，人工智慧通過測試的難度不是更大了嗎？

「等一下，叔叔，那機器知不知道場上有幾個人類？」我突然想起鯨叔叔在剛剛的話中，只提到了人類已知只有一個人類的情況，那受測的機器們知不知道人類有多少個呢？

「好問題，但是要等一下再講。我想先說的是，人類在這場測試中也可以選擇扮演機器或是單純『扮演』人類，這一點你想得通吧？」

「我是想的通啦，但是這樣對機器來講也太難了吧，連圖靈測試都不一定能通過，何況是這樣局面多變的測試，機器——」

「你的思維根本就還沒有轉過來啊滿田……」鯨叔叔打斷了我的話，然後自顧自地端起了茶几上的咖啡喝了一口。

看著他一臉冷漠樣子，加上這種我最厭煩的態度，我真想一走了之。可他的想法成功地吸引了我的注意，我只能乖乖地坐著等他喝完咖啡，然後聽他把話講清楚。

「我之所以想出這種測試，就是為了要消除意識的主觀性。此時，受測的不再只有機器了，而是要加上人類。」鯨叔叔語調輕鬆地說道。

「測試人類？怎麼可以……這樣好像……等等，我不太明白，你的意思是人類如果沒有被大多數機器識別出來，失敗的一方是人類而不是機器？」我說話的聲音應該是鯨叔叔的三倍，因為他的想法實在太驚世駭俗了。

「有何不可呢？」鯨叔叔嘴角一揚，饒有興趣地看著我道。

「那……那又如何呢，失敗了就喪失了做人的資格嗎？！也太可怕了吧？」

我想起了日本作家太宰治的名篇《人間失格》，所以才會這麼說。我想，按照大部分人的邏輯，如果機器都沒有認出人類，那應該是機器不夠發達的緣故，從來不會有人把錯怪在人類身上，所以我才會對鯨叔叔的話感到可怕。

但仔細一想，說不定這正是人類在開發人工智慧中無法突破的盲點，因為人類在長久的歷史中，總是拿自己的標準去看其他生物，自然而然也會拿自己的標準去評價機器的智慧。我們應當承認，機器的智慧也許不是我們能順利理解的，但機器擁有「智慧」又是一件不可否定的事實，我們得找到一個合適的方法去建立這兩者之間的智慧的關聯。

「你太誇張了吧，難不成失敗了就要死不是？我猜啊，一次失敗也許證明不了什麼，但如果多次失敗，就說明我們的思維模式和機器有根本上的差別，這是在『解放』人工智慧啊，我們可以像看待全新的物種一樣來看待人工智慧，這不是很振奮人心嗎？」

「這是其中一點。」鯨叔叔才剛做完「振奮人心」的表情，馬上又回到面無表情的樣子，補充了一句。

「啊？」我以為鯨叔叔已經總結完畢了，沒想到還有其他點。

「哈哈，瞧你那樣子，有這麼不可思議嗎？還有一點，應該是驕傲自大的人類會更加關注的一點，就是那個讓大部分機器誤判的『人類』。它的存在表明，它有著更勝人類的邏輯和偽裝能力，它在其他機器『心』中，是比人類還像『人類』的存在。那麼這個充滿『人性』的機器，應該就相當接近通過圖靈測試的水準了。」

「比人類還像『人類』……」我喃喃自語道。鯨叔叔可能以為我都聽懂了，而且還興趣快然，其實正好相反，此時的我已經接近無法思考的狀態了，只能後悔自己為什麼要一大早起床。

「那麼，我們再來討論機器──」

「等等，我要上個廁所！」我必須得緩一緩了，雖然鯨叔叔的理論聽著很有趣，但只要細想，大腦馬上就會進入缺氧狀態。

我打開廁所的通風窗，一股冷空氣馬上竄了進來，我頓時清醒了不少，連臉上的毛孔正在急劇閉合都感受得到。十一月的風與雨，義無反顧地降臨在臺北，一年前的景況也與現在類似，母親就是在風雨交加的夜晚中與世長辭。下個月的周年忌日，鯨叔叔會陪我一起祭拜吧？

我歎了一口氣，回到了客廳。

「下個月二十八號就是媽的周年忌日了，時間過得好快……」我望著客廳的窗外說道。本來想繼續侃侃而談的鯨叔叔，一聽這話就愣住了，好像瞬間喪失了講話的能力，靠在沙發上，眼睛望向一片虛無。

我們倆就這麼無言地坐著，時間一如既往地流逝，但思緒卻拋下了桎梏，回到了從前。在這棟房子往生的人們，他們的靈魂乘著風回來了，回到這充滿悲傷的墳地，恣意地在這空間飛舞，像是在嘲笑苦難還沒有結束的生者，炫耀著極樂的自由。這不存在的畫面攝住了我們的心魂，我們倆就這麼無言地坐著。

「算了，我沒有心情再說下去了。」鯨叔叔眉頭一舒，像是對什麼不存在的事物妥協了。

「等等，我們繼續說下去吧。不是還有好多種情況嗎？我剛剛一直在想這個問題。」

「誒？是嗎？我還以為你在想媽媽呢。」

事實上，我的確是在想媽媽，但如果鯨叔叔就這樣回客房休息，我會覺得怪寂寞的，不如讓他繼續講那個奇怪的圖靈測試，雖然很難聽懂，但至少是一個轉移注意力的辦法。

「我們剛剛說到什麼了？」鯨叔叔問道。

「說到……嗯，我倒是想到一個問題，在你說的逆向圖靈測試中，人類始終只有一名，這樣對人類不公平啊，人類的勝率豈不是相當低？」

「呵呵，其實，即使是人類與機器一對一，人類的勝率也高不到哪裡去。」鯨叔叔恢復了自然的神情，胸有成竹地說道。

「那如果在一對多的局面下，出現了人類一直勝利的情況怎麼辦？」

「這個概率太小了，根本不用考慮。如果大多數機器都能識別出人類，那以它們的智慧程度要通過圖靈測試就太容易了……根本不可能，只有一種情況，那就是其中一台機器總是能識別出人類，這台機器的智慧就可以說是達標了……人類一直勝利的情況，不可能……」

其實不管是可能還是不可能，不都是鯨叔叔的一家之言嗎？儘管他講的津津有味的，我還是對這個逆向圖靈測試的意義感到有些迷茫。

「如果人類總是勝利，那就代表機器也總是勝利。在這種情況下，這個測試就失去意義了。」鯨叔叔結束了自言自語，總結道。

「所以才需要一對多的局面嗎？我懂了，其實這個測試是為了——」

「是為了篩選出那個最像人類的機器，沒錯，這是第一步，然後……啊，你等一等。」

鯨叔叔端起了桌上的咖啡，才發現早已喝完了，於是端著杯子走進了廚房。他一走，室溫好像馬上下降了幾度，緊接著，窗外那隨著風雨搖擺的樹枝又奪走了我的思緒。此刻的我是在思念母親，還是思念那一段回不去的歲月呢？不過一年的時間，我的世界已經發生了翻天覆地的變化，如果母親的靈魂真的回來了，看到她曾經的愛人就居住在這間屋子裡，承擔著不屬於他的父親的責任，不知又會作何感想……

「滿田，要不要幫你泡一杯？」鯨叔叔的聲音混雜著咖啡機的運作聲，從廚房裡傳來，打斷了我漫無目的的神遊。

「好的，謝謝！」我開口回應道。

五分鐘後，鯨叔叔端著兩杯咖啡回到了客廳。不知道他在泡咖啡的時候想起了什麼，他的心情似乎很輕鬆，臉上還掛著笑容，跟這室內冰冷的氛圍完全不搭調。

「我還是不賣關子了，直接告訴你我的中心想法吧。」他啜了一口熱咖啡，閉著眼自己地品嘗了一會兒，然後才繼續說道。

「我最終的目的，是想讓機器自己進行『圖靈測試』。」鯨叔叔盯著我的雙眼說道。

「這……是讓那個被判定成人類的機器扮演人類的角色，來對其他機器進行測試嗎？」我只能想到這個答案，但從鯨叔叔的表情來看，我說對了。

「不錯，正是如此。如果這個被多數機器判定成人類的機器，最終能反過來淘汰其他機器，甚至還能讓真正的人類通過測試，那就可以說明這個機器有了真正屬於它的『意識』了，而不是單純的人類所框定的『意識』。」

「那『中文屋』問題……」

「對，『中文屋』問題不再是問題了，或者說，這個問題不適用於有獨特意識的機器。」

所謂的「中文屋」問題，最早是由美國哲學家約翰・希爾勒提出來的，目的就是推翻強人工智慧可以像人類一樣進行思考這一觀點。在鯨叔叔的這個測試中，扮演人類的機器擁有的是類似人（可以欺騙大多數機器），但又不是人的全新的思維模式，這種「思考」的能力既是，也不是中文屋裡的「思考」的能力，因為機器根本不需要像人類一樣思考，人類應該用一種看待全新「生物」的眼光來看待它。

「而且，所謂的『人工智慧假說』也不復存在了，因為機器不用考慮來自人類的威脅，只需要在測試中單純地做出判斷就可以了，呵呵……」

鯨叔叔咧著嘴，帶著癡癡地笑容說道。這種近似癲狂的表情出現在一個滿是鬍子的中年大叔臉上，讓身為聽眾的我相當不舒服，感覺他正在做著白日夢，而且是非常美妙的白日夢，美妙到毫無破綻，不僅如此，他還想把我一同帶入這個夢境。我在努力保持「旁觀者」身份的同時，努力地思考著，希望可以提出一個他不能回答的問題來戳破他的「美夢」，但總是差了那麼一點兒。

「那這樣如何：所有機器都認為自己是人類，在最後的判斷中選擇了自己。要是出現了這個情況該怎麼辦？這是相當有可能的吧？」

這幾乎是在雞蛋裡挑骨頭了，但是這種情況並不是不存在。按照鯨叔叔所說的，機器如果有著獨特的「意識」，那大概率會在測試中選擇自己，以保證自己能獲得勝利。因此，這個「圖靈測試」就沒有意義了。

我得意地望著鯨叔叔，如果這個問題他不曾考慮過，那麼今天的談話就可以到此結束了，所謂的「逆向圖靈測試」，只不過是黃粱一夢罷了。

「呵呵，這個問題看似不可避免，但只要稍微修改一下遊戲規則就行了。」鯨叔叔沒有露出我想像中的錯愕的表情，而是點了點頭，彷彿在讚歎我讓這場談話變得更有趣了。

「『在場的談話者中，除了你自己，還有一名人類，請做出判斷』，這樣不就解決問題了嗎？」

鯨叔叔的笑容更加燦爛了。

「所以這個測試就是完美的嗎？雖然我現在看不出來，但說不定有悖論存在，對吧？」我還是不願意與他分享「美夢」，只能氣急敗壞地說道。

「你說的沒錯，說不定悖論就近在眼前，只是我們沒有發現而已。實踐是檢驗真理的唯一標準，對吧？所有我才把這個點子告訴你——」鯨叔叔沒有把話說完，而是端起了咖啡杯，用他那幾乎要洞察人心的敏銳目光看著我，等待著我的答案。

「你的意思是……用凡提來做實驗？」

「不行嗎？只要你同意，我們可以馬上開始安排。要是這個測試最終沒能給出我們想要的結果，再另尋他法就可以了。」他放下咖啡杯，雙手交叉地放在胸前，閉上了眼。

「…………」

這是難得的可以讓我自己做決定的時間，我不想太快就交出答案。但其實我還有的選嗎？鯨叔叔的想法雖然瘋狂，但卻值得一試，縱觀人類歷史上許多偉大的科學發明，一開始也不過是旁人眼中的一個瘋狂的念頭，就像現在我們坐在客廳所談論的東西一樣。況且，我們已經有足夠的實力去做這件事，不論是技術、環境、資金，都可以支援這個實驗的運作，只要靜待實驗的結果出爐就行了。

假如機器真的通過了這個測試，展現出了獨特的「意識」，我們該怎麼辦呢？若能把這一結論寫成論文發表，那一定會在科學界引起巨大的討論，說不定就此改寫了人工智慧發展的軌跡，我和鯨叔叔的名字將家喻戶曉，而 LOKI 也會跟水漲船高，成為最受關注的科技工作室。不，不止這樣，這些都太小家子氣了，我們要面臨的不只是名和利，甚至是人類存亡與否的大戰役也說不定。

至於這個「意識」對人類社會意味著什麼，我無法做全面的考慮。但是可以肯定的是，只要這個「意識」覺醒了，基於人道主義，他都應該繼續生存在這個世上。他也許暫時是孤獨的，但總有一天，我們會迎來強人工智慧的時代，到了那時，這種「意識」將不再獨特，而是作為一個全新的「生物」，與我們共同生活在地球上；或者，是只有它們生活在地球上。

另一種情況，假如通過這個逆向圖靈測試所篩選出來的「人類」機器，根本無法通過一對一的機器的「圖靈測試」，也就是實驗失敗了，那代價也不過是電費和時間而已，並不是什麼毀滅性的損失，就像鯨叔叔說的，我們只要再另尋他法就可以了。況且，可以證明鯨叔叔的想法實屬荒唐，對我而言也不是壞事。

就在我即將出口答應時，鯨叔叔突然補充了一句。

「這個實驗我也和你的俊強哥哥談過了，他覺得這個想法不錯，可以一試……」

「那就一試吧！」鯨叔叔連俊強哥都搬了出來，我決定不再猶豫。只是沒想到，鯨叔叔竟然會和俊強哥商量這種事，而且俊強哥還認同了他的想法。看來應該是我太不成熟了，無法洞察這個實驗的意義，而且缺乏遠見和實踐精神，連天上掉下來的餡餅都在猶豫要不要搶，實在是慚愧。

「既然你同意了，下週上班就開始佈置，俊強和賢治也會一起幫忙……這對辦公室的負荷能力是個不小的考驗啊……」鯨叔叔似乎早就知道我會答應了，並沒有露出什麼驚喜的表情，而是開始考慮具體的安排。

「賢治哥哥也會來幫忙？其他人不會有意見嗎……」我想起第一次和蘇毅見面，他那嚴厲的話語猶在耳旁。

「你說蘇毅對吧？沒關係啦，他妹妹都在你手裡了，不用怕他，哈哈……」鯨叔叔戲謔道。

「那好吧……」我不置可否的說道。既然連鯨叔叔都這麼說了，我再考慮也是無濟於事。

「那個……如果資金不足，我可以拿一部分媽媽的遺產出來。」

「陳靜的遺產？！算了吧，你還是自己留著，資金方面我大可以找投資商來投資，動用她的遺產是不行的！」鯨叔叔一聽到我提起母親，馬上瞪大了雙眼，不由分說的拒絕了我，然後不再說話。

「那……具體要做什麼工作呢？」我以為他生氣了，連忙轉移話題，希望他能重新打開話匣子。

「明天邊做邊說吧，我沒事了，你想幹嘛就去幹嘛，我要回房間了。」鯨叔叔拿走兩個空咖啡杯，二話不說就離開了客廳。

沒想到我的話竟然引得鯨叔叔這麼大反應，連話都不想談了。不過也好，從這場頭腦風暴中解放的我，準備回臥室好好消化一番。

「滿田，等等──」我上了樓梯，離房間還有五步之遙時，鯨叔叔叫住了我。

「下個月我和你一起去祭祀你媽媽，可以嗎？」鯨叔叔從廚房探出半個身體，手上還拿著正滴著水的咖啡杯，向我問道。

「哦，好的。」我回答道，然後直接走進房間。

因為這次意想不到的談話，十個凡提誕生了。當然，他們並非完全一樣，差別在於各個凡提所擁有的資料量大小不一，其中擁有最大的資料量的凡提，她的代號是「赤」，我們希望她可以順利的扮演「人類」這個角色，只有如此，測試才能繼續進行。至於這個代號有什麼含義，鯨叔叔沒有解釋，只是固執地要把她稱作「赤」。

由於人工智慧的數量突增，運算量大幅增加，鯨叔叔不知道從哪裡得來了資金，另租下一間辦公室，用三分之二的地方當作機房，我們的實驗才能繼續進行。但儘管如此，十個人工智慧，十個龐大的資料庫，她們的神經網路訓練還需要很長一段時間才能完成。

當然，辦公室的電費也在蹭蹭地往上漲，不過還在可以接受的範圍內。除了有來自中國大陸和美國的輸電船對臺灣進行電力運輸，還要感謝科技的進步，硬體水準不斷提升的同時，能耗也在盡可能的降低，要是換做十幾年前的設備，LOKI 不到一個月就會倒閉了。

「既然還在訓練，那就可以請假了嘛，反正你也不用監督她們訓練。」S 聽到我的回答後開始撒嬌道。「暑假都快結束了，陪人家出去玩嘛！」

「雖然我不用監督她們，但是我可以趁這個機會多向俊強和賢治請教，也可以幫他們開發產品啊！」雖然我很想這樣回答，但終究沒有說出口。誰都沒有想到這個測試的前期工作那麼耗時，而且此時正值夏日，電力分配相當緊張，辦公室的機房運作速度也慢了許多，真不知道什麼時候才能結束訓練。

望著S熱切的雙眼，我最終還是妥協了。

「好吧，那我們要去哪裡玩？」反正她很快就要開學了，應該不會玩太久。

「和我回南部一趟吧，你都還沒有和我回去過呢！」S聽到我答應了，興奮地從椅子上蹦了下來，跪坐在床上看著我道。她指的南部，應該是她在高雄的老家，她大概有半年沒有回去了。

我還以為要出國旅行，原來只是「回娘家」而已，有何不可呢？於是，她馬上開始整理行李，我則撥通了鯨叔叔的電話，準備向他請四天的假。

已經是下午三點一刻了，但電話那頭並沒有人接聽。鯨叔叔有午休的習慣，但一般兩點就會醒過來，不過他也可能是在忙私事，或是在運動也說不定。

這種時候，我是希望他還住在隔壁客房裡，只要過去敲個門，事情就解決了。可大多數時候，特別是S和我同居之後，我又慶倖他搬走了，不然每天都要忍受那種尷尬的氣氛，我們三個人都會受不了。

但最先妥協的人是他，也只能是他。去年的十二月二十八日，也就是母親的忌日當天，是他主動提出要搬離這個家，理由是住不習慣客房，而且不能使用他的家庭音響收聽音樂。現在想起來，讓我萬分羞愧的一點是，當時聽到他的請求，我的第一個反應是驚喜，而不是失望、不捨，或者其它情緒，而且這個「驚喜」中，「喜」的部分比「驚」還要來的強烈，但幸好，在自身強力的克制下，我才沒有顯露出來，而是用一種委婉的方式表示了同意。

那天晴空高照，萬里無雲，陽光刺眼但不灼人，鯨叔叔載著我來到位於半山處的祭奠廣場，燒香祭拜之後，我們肅立在冷風中，望著山坡上的墓園，誰都沒有說話。

「我們回禮堂吧。」沉默半晌，鯨叔叔才開口說道。他拍了一下我的肩膀，然後直接走向停車的地方，我沒有多作停留，跟在他後頭走著。

「滿田，我之後想一個人住，可以嗎？」他回過頭來和我說道，語氣裡滿是疲憊。

我的反應就如同剛剛寫到的，但當時的我只是低著頭繼續走著，過了一會兒才回答道：「嗯，也可以啊。」

「自己一個人住比較自在啊，客房那麼小，我又喜歡用音響聽音樂，也是會打擾到你們的。」鯨叔叔看似漫不經心地說道。但他特意用了「你們」二字，除了指我和S，哪還有別人？用意如此明瞭，但我們都沒有說破，只是繼續走著。

「那就這麼說定了吧，回去我整理一下，今晚就一個人住了。」鯨叔叔表情輕鬆地說道，拉開了駕駛座的車門坐了進去。一路上，我們都沒怎麼說話，在禮堂辦完相關的手續之後，直接回了家。

不知是受了祭祀時的氛圍，還是搬回單身公寓這個決定的影響，一股沉重的氣息籠罩在鯨叔叔身上，即使是溫暖的冬日陽光都無法驅散開來，反而使他那隨風飛舞的頭髮顯得斑白，一瞬間好像蒼老了許多。

回家後，他一語不發地整理完行李，拖著行李箱在我房間門口囑咐道：「我整理好行李了，至於廁所的浴巾、牙刷、漱口杯和房間裡的棉被、枕頭之類的就麻煩你了。記得照顧好自己，有什麼事直接電話聯繫……拜拜啦！」然後他點了點頭，提著行李箱就下樓了。

我當然還是把他送到了門口，但直到我關上門，他都沒有再多說些什麼，彷彿心裡早已擱下了一切。

對比當初我同意他搬來住時他那興奮的神情，他離開時的冷淡的背影令我感到落寞無比，早些時候的驚喜之情早已蕩然無存了。我提醒自己，不能沉浸在這種落寞之中，無論是鯨叔叔的決定還是我的不挽留，都已成為過去的事了，而生存在當下的人，必須義無反顧地前行。

於是，我拿出手機，打給S。幾天之後，我們開始正式同居了。我知道，這也拜鯨叔叔所賜，他愛我至深，才會做出這樣的決定。我無以回報，只能在工作上力求完美，盡我所能的不辜負他的期望。

但即使我放過了自己，來自外在力量的審判不依不饒地進行著。比如鯨叔叔看我的眼神，彷彿在連著追問我的內心是否滿意，令我心虛不已；還有S的疑問，也像在換著角度指責我的冷血與無情；蘇毅不管說什麼，聽上去都像是在對我冷嘲熱諷，而我完全沒有反抗的餘地。

是我多心了嗎？也許他們並沒有那麼嚴苛的想法，純粹只是我的心理作用罷了。但這些心理作用卻是實際存在著的，它使我惶恐，使我焦慮，它時刻提醒著我，人生在世不是可以隨隨便便過活的，只要做出了決定，就得背負起名為「心理作用」荊棘，趟血前行。

「喂，還在想什麼啊？你電話打完了沒？」S對著依然躺在床上的我大聲喊道，我這才回過神來，愣愣地搖了搖頭。

「那還不打？哎喲，磨磨蹭蹭的……」S一邊抱怨，手上的動作卻沒有停過，只見她不斷地從衣櫃裡拿衣服、放衣服，明明只是回老家住幾天，搞得像是要參加選美比賽似的。

我乾笑一聲，沒有多做解釋，起身與她收拾行囊。

第十一章

「喂？銘昆啊？」電話裡傳來老莊的聲音。剛被午休結束的鬧鈴驚醒的我，迷迷糊糊地接起來電話。

「是，我是銘昆。莊大哥有什麼吩咐嗎？」雖然他已不再是我的頂頭上司，但畢竟照顧我多年，而且我本就是晚輩，所以措詞一向都很客氣。

「什麼莊大哥啦，叫我老莊就好了，你們不都是這樣叫我嗎？哈哈……」老莊的心情聽上去很不錯，想來這通電話應該不是來告知什麼壞事，我的心情也跟著放鬆了。

「你應該還不知道吧？你辭職還沒多久，我也跟著退休了，現在公司交給李伯管了……對，就是那個李伯啦……」老莊口中的李伯，也是公司裡一位德高望重的人物，但現在公司歸誰管，老實說我的興趣也不大，只是單純地接著老莊的話，希望他能趕緊道出主題。

「退休的生活可清閒了，偶爾還會覺得寂寞，就是會想你們啊……所以我打算辦個聚餐，把當時公司裡比較熟的人請來吃飯，想問你意下如何呀？」

「我嗎？當然可以啊，榮幸至極、榮幸至極。」原來是為了這個，不過倒也合乎情理。雖然工作的時候我誰也看不順眼，但過去的事都過去了，能聚在一起吃一頓飯，感歎一下生活不易，想來也是樁妙事。

「你可以就好。那麼，我還有個請求，下午我們能否先提前見個面？我想和你商量一下具體的安排。」老莊用他那低沉、不容否決的語氣說道。

「沒問題，莊大哥想在何時何地見我？」雖然我很想拒絕，但老莊竟然如此抬舉我，我也不得不順從他的意思。

「那麼就等會兒吧，三點，公司樓下的咖啡廳見，沒問題吧？」

「是的，我知道了，沒問題。」印象中今天是非常空閒的一天，所以我連行程表都沒有查看，馬上答應了他。

我們沒有再多做寒暄，電話很快就掛斷了。拉上了窗簾的起居室，仍有些許光線從縫隙中透出，使房間不至於太過黑暗；那老式空調運轉時的噪音，更加襯托出了午休結束後的空虛寂寞之感，即便剛打過電話，我亦未徹底清醒過來。

呆坐片刻後，我才開始洗漱、打扮。和前老闆見面究竟該穿的正式一點，還是輕鬆一點呢？我最終還是選擇了休閒長褲、襯衫，和休閒皮鞋。時值八月底，室外的氣溫高達三十八度，相信老莊不會責怪我不懂禮貌的。

頂著一顆混沌的大腦，我快步走在通往公司的路上，即使氣溫如此之高，店家和逛街的人依然熱情高漲，人群一撥接著一撥，本來就是相當炎熱的天氣，現在感覺更熱了。幸好，路程不會很長，所以我才沒有驅車前往，還有一個原因是，這條路線已經有一年多的時間沒踏上了，我也可以趁此機會懷舊一番。

到達咖啡廳的時候才二點五十分，但老莊早就到了。他坐在靠窗的位置，眼前放著一杯已經喝到一半的冰咖啡，戴著智慧眼鏡不知道在看些什麼。我想起老莊最討厭話講到一半有電話來干擾，所以我還是乖乖地把手機調成了靜音模式。

「大哥！」我進了門，走到他跟前，微微欠身道。

只見他伸出手，在眼前一張，暫停住播放的內容，然後他摘下眼鏡，伸手指向他對面的座位，滿意地看著我道：「你來了啊，請坐！」

他朝服務員揮了揮手，問我要喝什麼，我隨口點了一杯摩卡後，開始仔細端詳這位老上司。

老莊今天也是一身休閒的打扮，綠白相間的格子襯衫，米黃色的休閒褲，配上白色的運動鞋，背頭梳得一絲不苟，自然而然地散發出一股威嚴的氣息。他看起來比半年前還要更年輕了，雖然白髮更多了，但皮膚比以往緊緻，面頰也清瘦了些，精神氣更足了，和工作的時候相比簡直判若兩人。

「哎呀，你生意做很大哦？看上去好像有點憔悴啊。」老莊一邊刻意地上下打量我，一邊戲謔道。

「哪有，只是晚上失眠而已啦。」我訕訕道，老莊一定是見著了我那嚴重的黑眼圈才有此言。我本來就是睡眠品質不太好的人，最近還迷上了黑咖啡，一天不喝心裡就不舒服，但喝了又更加難睡，這才經常半夜失眠，有了嚴重的黑眼圈。

「話說，大哥怎麼來的這麼早？真是讓您久等了。」我問道。

「哪裡的話，我現在閑的很，家裡也只有我一個人，就早點過來了。這裡人來人往的，比較熱鬧，咖啡也是熟悉的風味，待在這裡比待在家好多啦！」老莊笑眯眯地說道。我記得老莊早有妻室，今天也是休息日，不知為何家中只剩他獨自一人。

雖然有此疑惑，但這終究是他人的隱私，何況對方還是前輩，我自然沒有問出口，只是點頭表示理解。

至於這家位於公司樓下的咖啡廳，從我近二十年前入職到現在，依然堅強地生存著，很大一部分原因就是有我們公司全體成員的鼎力支援。因為地理關係，再加上飲品本身不錯，這家店從營業開始到結束，幾乎每個時段都有來自我們公司的訂單。在我還是實習生的時候，就經常幫前輩下樓買咖啡，等到當上了經理，也喜歡叫手下幫我帶咖啡。這裡不僅是我們的精神補充站，也是小聚、小憩的好所在，對我來講更是有著一份獨特的紀念意義。

「你投資的那個工作室最近怎樣呀？運作的還行吧？我看現在人工智慧這方面很火爆啊，不過相對的也有不小的阻力，你可以小心謹慎啊！」老莊不知不覺中又恢復了他那教訓人的口吻，但少了幾分嚴厲，多了幾分關切的意思。

「還不錯，只要繼續穩定的發展，明年應該可以擴大規模了。」在我的運營和 LOKI 全體員工的努力之下，幾個招牌程式的業績都很不錯，還額外接到了一些大公司的程式框架設計的任務。除此之外，還有幾個投資商正待洽談，如果談得順利，我可以得到一筆不小的投資金，我準備拿來置辦更多設備，招納賢才，以擴大工作室的規模。雖然現在市場上有很多競爭對手，但幸好起步的早，未來的路還是相當光明的。

可要細說下去，我又覺得麻煩，我猜老莊也只是隨口關心一下，並不想深入瞭解，畢竟我今天來的目的是為了商量聚餐的事，於是我馬上切入正題：「大哥，那個聚餐的事準備怎麼辦呢？時間和地點有什麼吩咐嗎？」

「嘿嘿……」老莊只是笑了笑，往沙發後背一靠，表情曖昧地看著我。我完全不清楚老莊此時內心的想法，正好，服務員端上了我的摩卡，稍稍緩解了尷尬的氣氛。然而，這杯冒著熱氣的摩卡讓我有些錯愕，炎炎夏日怎麼會上熱飲呢？作為一個敏感的人，這杯無厘頭的飲料讓我覺得我在老莊面前變得更加弱勢了。不過我也沒有為難服務員們，直接端起杯子喝了一口，熱意剎那間貫穿全身，在這溫度極低的空調環境下，倒也不會那麼不合時宜。

「滿田最近怎樣？」老莊面不改色的問道。

「滿田？一切都好……老老實實的工作，身體健康……」這個問題問的突如其來，我才會支支吾吾地回答，老莊要是因為我這閃爍其詞的樣子而起了什麼疑心，我也會覺得很正常，畢竟我從來沒有想過老莊會問起滿田。

對啊，老莊是怎麼知道「滿田」這號人物的？我記得我從未向他，或者公司任何一名同事提起過，大家都知道我是「黃金單身漢」、「鑽石王老五」，我也樂得承認這些稱號屬實，沒有多做解釋，為的就是守護我那長久以來的秘密。

莫非是我突然離職引起了老莊的懷疑，於是請了徵信公司調查我？可即使調查出了「滿田」的存在，這也是我的私人問題，絲毫不會影響到公司的利益。況且，我從業近二十年來，從沒做過什麼危害公司的事，離職的原因也的確是為了創業。既然如此，老莊為何還要調查我呢？！

這麼一想，他在電話裡說的「商量聚餐」恐怕也是個幌子，只是為了把我約出來罷了。我在心裡打了個顫，眼前的男人忽然變得那麼深不可測，我的反應似乎還給他帶來了相當的成就感。而我，面對他突如其來的入侵，也毫不避諱地用幾乎是憤怒的、防備的眼神緊盯著他，腦裡不斷思忖著他將如何展開話題。

老莊捕捉到了我神情的變化後，臉上的笑容顯得更加難以捉摸了。我們誰也沒有說話，就這樣僵持了幾秒後，他忽地向前一靠，直勾勾地盯著我的雙眼，從容不迫地說道：「鯨先生，你還真遲鈍啊。」

這句話不過短短幾個字，卻來回地衝擊著我的大腦，像是定身咒語般，使我無法動彈。我怔怔地看著他，但又不是真正意義上的「他」，而是被獨立出來的五官，如嘴巴、鼻子、眼睛、額頭，這些部位無比清晰地展示在我眼前，但卻難以拼湊，即使勉強為之，這個面孔竟令我陌生得很。

我眼中的「他」，左、右嘴角漸漸地上揚，法令紋顯得更加深刻，但嘴唇卻緊緊地抿著，一點也看不見牙齒；鼻頭有些發紅，兩邊的鼻翼向外舒張著；那雙眼睛比一般情況下還要縮小一些，下眼瞼正微微顫抖著往上收，幾乎是在瞇著眼了，可瞳孔卻大的嚇人，幾乎占滿了整個虹膜；那對稀疏的眉毛倒是紋絲不動，像是忠實的守衛，佇立在雙眼上方。

綜上所述，我可以認為「他」正在笑，他確實是在笑吧？可他在笑什麼呢？是的，一定是在笑我遲鈍吧？完全可以諒解，畢竟他就在我身邊潛伏了快二十年，我卻絲毫未能察覺出來，恐怕「遲鈍」二字都不足以形容我的愚笨了。

所以，他就是 Jinx，Jinx 就是老莊，是嗎？Jinx 可以輕輕鬆松地把我安排進一間公司，他很有可能就是這間公司裡某個有權勢的人物呀，這麼明顯的暗示，我卻始終沒有識破他的真面目……或者，我根本不敢去懷疑身邊的人，我寧願 Jinx 只是個幻影，一個高高在上、見首不見尾的幻影，只是一通經過層層加密後的電話，來自虛無縹緲的國度……只有這樣麻痹自己，我才不至於陷入草木皆兵的錯覺中。要不然，他也該是個我從未見過的陌生人，即使見面了，還得先互相介紹一番，再共歎金飛玉走、光陰荏苒……

「你就是 Jinx。」我猛吞了口口水，強作鎮定地說道，即便事實已經擺在眼前了，卻還想做最後一番掙扎。然而，眼前的男人並沒有立刻回答我，像是在享受揭開謎底的快樂。「嗯，是的，我就是 Jinx，希望你還沒有忘記我。」片刻後，老莊，不，Jinx 恢復了平時威嚴的神情，拿起了桌上的冰咖啡猛吸了一口，冷冷地看著我道。

我雖然已經四十幾歲了，此時卻像一個被叫到訓導處的犯了錯的小學生一樣，大氣也不敢出，只是稍微點了點頭當作回應。

「還記得就好……其實你也不用那麼激動，我是誰根本不重要，反正事到如今還有什麼差別嗎？」Jinx 放下了手裡的咖啡，再次靠在沙發後背上，神情從嚴肅轉為悠哉，繼續說道：「我說過總有一天會向你坦白的，對吧？就是現在了，你儘管問吧，我也會盡力回答你的。」

就是現在了？所有問題都可以真相大白了麼？為什麼隔了那麼久才找上我？為什麼會選在今天，為什麼是這間咖啡廳，為什麼要當面告訴我，而不是通過電話？為什麼……

明明是要解決問題的，此時卻徒增了更多的問題。我沒有開口，而是揣測著 Jinx 每個字，每句話的用意。最終，這一切都指向一個危險的結論：我的世界即將發生巨變，甚至是有攸關個人性命的巨變。

「對了，得先跟你道個歉，上一次以 Jinx 的身份打給你是一年前的事了吧？沒辦法，太多事要忙了，我們都是『雙面人』，我相信你可以諒解我的。不過，聽到你說生意做得好，滿田也過的不錯，我是真的為你感到開心啊！」

我盯著已經破碎的咖啡上層的拉花，依舊沒有說話。雖然沒看見 Jinx 的表情，但我能從他說話的語氣裡判斷他應該是誠懇的祝賀我，既然如此，他沒有理由破壞這一切吧？

「鯨，你什麼話都不說，我們要怎麼進行下去？這樣吧，我就從頭開始說，你就當聽故事，有什麼疑問到後面再提出來，可以嗎？當然，我只會說你可以聽的，機密的東西就跳過，放心吧。」

「嗯……」再次聽見「鯨」這個字，我還是會猛地一顫，它就像是大腦裡的一個開關一樣，切換我兩種完全不同的人格，我害怕 Jinx 發覺了我這一弱點，只好連忙答應他。

我偷偷地做了幾次深呼吸，然後端起已經微微發涼了的摩卡，猛地喝了兩口，再放下時，焦躁的情緒像咖啡上的拉花一樣漸漸消失了。當我再重新直視 Jinx 的雙眼時，我已暫時拋開了心中的所有雜念，準備認真地聽他娓娓道來。

Jinx 露出了滿意地微笑，沒有急著說，而是朝服務生揮了揮手，又點了一杯冰咖啡。待服務生走後，故事展開了——

首先，我要說明一下我的身份，但這個身份又不能講的太明白，姑且可以把它稱作是「特工」吧，但我不為任何一個國家服務，我只為我的組織工作。這個組織裡的成員遍佈全球，組織的領袖則有三位，他們各自都有著撼動全球的權力、財力，即便你用盡想像力都無法描述他們究竟有多麼強大。但據我所知，組織不曾插手過國際事務，也從不干涉國家內政，我們所執行的任務，往往是「高於」世俗範圍的。

這個組織的結構非常簡單：三位領袖、三位秘書、六位大洲負責人和數不清的特工。每位領袖都有一名專屬秘書，各個秘書都擁有制定任務的權力，但必須要經過三位領袖同時同意，任務才能開始執行；除南極洲以外的其他六個大洲，各有一名負責人負責管理特工、制定詳細計畫和追蹤任務執行進度等工作，領袖們同意執行的任務，將由三位秘書分別下發給大洲的負責人，讓負責人通知特工執行；特工的數量只有上級才知道，特工與特工互不相識，所以也無法私下聯繫，特工存在的目的就是為了執行負責人下達的任務。至於這些人都是怎麼徵召的，恕我無可奉告。

如你所見，我就是一名亞洲片區的特工，而且是駐臺灣特工。我為什麼能坦然告訴你呢？因為你也算是被我徵召的「特工」之一，如今任務結束了，我有自由可以告訴你事情始末。可惜陳靜先走一步了，不然此刻她應該和你坐在一起，一起享受揭開所有秘密的快感。當然，我相信你不會愚蠢到要告發我，因為你不僅沒有任何證據，而且認真追究起來，你的責任恐怕比我還要大，不是嗎？

二十二年前，我接受了一個新的任務，據負責人所說，這是個全球性任務，意味著幾乎每個國家、地區都有特工在和我做同樣的事。這個任務被稱為「彌賽亞計畫」。

鯨，你對「彌賽亞」瞭解多少？只知道是《聖經》詞語？那就和我當時差不多。一般來講任務的名字是隨機的，用什麼詞語來命名都可以，但當時的我還是選擇上網查了一下，如今仍然記憶猶新：彌賽亞，是希伯來語中「受膏者」的意思，而「受膏」，指的是將香油或橄欖油抹在某人的頭上，比如舊約裡的王、先知等等，是他們接受神所給他們的職分。那麼受膏者的意思就是受到了上帝的任命，去做重要的事情或任務。到了《聖經》新約，「受膏者」這一詞直接就用「基督」來表示了，沒錯，就是耶穌基督的「基督」。

這麼講你可能還是不懂，那我就不引經據典了，通俗地講，彌賽亞就是上帝的使者，至於祂是或不是基督，全看個人信仰了。

當時的我，單純地以為「彌賽亞計畫」只是隨機挑選的任務名稱，接到任務後也沒怎麼重視，只是靜靜地等待負責人通知下一步計畫。沒想到他直接就把計畫書發送給我，讓我依照上面的內容行事。也許你會認為這是很平常的事，因為現在的公司任務都是這麼執行的；可在特工的世界裡，要事先知曉整個計畫幾乎是不可能的，所有的任務或計畫都是長官下達現行命令，我只要執行就可以了，根本不需要考慮其中的關聯。所以當時的我幾乎不敢相信自己收到了什麼，也不知道自己有沒有許可權閱讀計畫書，但幸好負責人很快就解釋了原因：這個任務需要特工親自招募和監督「員工」，所以必須得掌握整個計畫。

既然負責人都這麼說了，我也只好接受它，雖然這與平時的任務形式迥然不同，也不知道為什麼長官會把這個任務交給我。不過在我還未打開計畫書前，一切還是屬於可以接受的範圍。

咳，接下來要說的事你可得認真聽了，但你又不能太過著迷，畢竟這都是已經發生的事了，就算再怎麼違背倫理道德、顛覆想像，你也無法扭轉因果。這個計畫看似是由秘書們制定的，但我認為應該是領袖們自己決定的。為什麼呢?因為計畫書裡有寫，三位領袖一致認為我們所處的時代，即通俗意義上的人工智慧時代，已是「末法時代」，人們心中不再有信仰，不再有神靈，轉而投入了科學的懷抱。即使二十年前尚未有《臺北協議》這種條例出現，但領袖們已經預見了人工智慧將不可避免地誕生在世上，人類將成為某種意義上的「神」，所謂信仰將成為歷史，人類會步入嶄新的時代。這當然會讓三位領袖既痛心又擔心，於是，他們趕在人工智慧誕生前出手了，這就是彌賽亞計畫的由來，目的是要人重拾信仰，哪怕代價是無數條生命也不在乎。

還記得我剛剛說的吧？彌賽亞就是上帝的使者，而彌賽亞計畫，就是為了「召喚」這名上帝的使者。具體是誰呢？應該相當好猜，因為即使是末法時代，這世上仍有至少三分之一的人信奉祂為彌賽亞——耶穌。

不敢相信吧？但你又必須得相信。等等，先聽我講完，你不相信是你的事，可事情是確確實實地發生了，我已提醒過你，不論聽到了什麼，都只能全盤接受。其實克隆技術應該見怪不怪了吧？只是這次的對象是「神之子」罷了。計畫書裡寫道，早在很久以前，組織就通過《聖經》內容，比對各處歷史遺跡和聖物，找尋到了疑似耶穌的基因，但似乎在測序上遇到了許多難題，多年後，最終靠著基因編碼技術，才成功「拼湊」出完整的基因序列。

喂，不用這麼看我吧？我又不是科學家，計畫書也沒擺在我眼前，何況還是二十多年前的事了，我已經盡力把它講明白了，事實大致就是如此。至於這組基因有沒有被隱秘的拿來使用，提前讓耶穌「重生」？我認為很有可能，但結果一定都是失敗的，不然也不會有彌賽亞計畫的誕生，對吧？

不，準確來講，是這世間並沒有出現《啟示錄》裡的情景，就是那羔羊揭七印時伴隨的「末日審判」，所以才能判斷出計劃是失敗的。但組織還是不依不饒地執行了彌賽亞計畫，我想是和基因編碼有關，因為沒有人知道耶穌原本的基因序列究竟是怎樣的，恐怕組織打算用窮舉法，逐漸替換序列的編碼，以此找尋最接近，甚至是「還原」耶穌的基因。是的，剛剛也說過了，這是全球性的計畫，但究竟有多少特工在執行這個任務，我也無法得知。但彌賽亞計畫最終也失敗了，不然我們不會坐在這裡喝咖啡不是？可依照我對組織的理解，他們肯定不會輕易放棄。未來也許還會有「彌賽亞計畫 2.0」、「彌賽亞計畫 3.0」的存在，直到「末日審判」降臨大地……

可如果沒有彌賽亞計畫，滿田就不會誕生，不是嗎？呵呵，沒錯，這一切都環環相扣，滿田，他是這個計畫的產物，他是人造的「彌賽亞」，他是耶穌的克隆人！

話說到這裡，如何執行彌賽亞計畫，想必你心裡也有了答案，不過還是讓我這個當事人把它說完整吧！詳細閱讀了計畫書後，我開始按照裡面的步驟執行任務：首先，需要找到一名代孕者，這名代孕者的身體素質、出生地、年齡、知識水準、婚姻狀況等，都有與之對應的規定，我必須按照規定來找代孕者。比這更麻煩的是，這名代孕者在代孕結束後，還得負起照顧孩子的責任，就是要扮演「母親」這個角色。這讓我頭痛萬分，因為社會上的代孕者，一般都是些缺錢花用的女子，心裡只是想大撈一筆，根本沒有人願意承擔「母親」責任，即使我開出的條件相當優越，不僅提供房子居住，每個月還能領到固定的薪水，結果仍是無人回應。這個任務的第一步，在找尋合適的「母親」上，就已經耗費了我一年的時間。

我當時除了有表面的工作，也就是啟星智慧的工作，還得為了任務四處尋訪。有時，好不容易有人毛遂自薦，一經我的調查，要不是條件不符合，要不就是想詐財。這樣反復地折騰了一年的時間，壓力已經快到極限了，我甚至想找長官辭去這項任務，但一想到代價可能是自己的小命，我只好負重前行。可就在我意想不到的時刻，陳靜出現了。

其實，能主動報上名來的，境況一定都很不好，這是因為我發佈招募資訊的地方，可以替我把這部分人篩選出來。然而，用「境況很不好」都不足以形容當時陳靜的處境，應該說已經到了窮途末路的地步了，我甚至還一度把她列為詐騙者。直到經過一系列的調查後，我才驚覺她完全沒有說謊，她不但適合成為「媽媽」，而且似乎也只有這條路能走了。

至於具體是怎麼回事，我不能告訴你，既然她已經往生了，就讓她的過去一同被埋葬吧。我也提醒你，別想著去查當年的事，你就算想查也無從下手，因為陳靜原本也不叫陳靜，關於她的一切你能查到的資訊，都是偽造出來的。

現在想想，我也算做了一件大功德。是我把她從苦海中拯救出來，給了她全新的身份、居所和穩定的「工作」，最重要的是，她享受到了身為「人母」的喜悅，不是嗎？要是那時候我直接放棄調查，或者找到了新的人選，那麼陳靜只能選擇輕生這條路了。喂，幹嘛這樣看著我？這不是我隨口說說的，是她親自告訴我的。

後來的事就順理成章了。在確定陳靜是合適的人選後，我幫她擺脫了原來的身份，改名換姓後接到了我準備的住處，也就是現在滿田的家。在搬進去之前，我已經安裝好所有攝像頭了，它們就隱藏在家庭智慧設備和運動感測器中，陳靜則完全不知情。

然後就是代孕的工作：我利用職務之便，把「彌賽亞」的胚胎偷渡到了臺灣，再通過可以提供代孕技術的診所，將胚胎植入陳靜的子宮。這一切都進行的十分順利，陳靜自知懷上了來路不明的寶寶，但也沒有太過操心，和一般的孕婦並沒有什麼兩樣。不僅如此，我還出高價請了特種看護來照顧她，衣食住行打理的非常周到。依我看，懷著「彌賽亞」的那幾個月，說不定是她從小到大過的最快樂的一段時光呢。

沒人性？怎麼會呢？你還真是冥頑不靈啊，究竟是哪一點沒人性啊？你要說我不顧人類存亡，妄圖複生「彌賽亞」，這一點倒是有些沒人性，可我又能怎麼辦呢？我只是一個執行任務的特工，人不為己天誅地滅，何況這世上大部分人都該死，不是嗎？可你要說我找陳靜來代孕是沒人性，那你就大錯特錯了。我建議你放下倫理道德，好好回想我剛剛說的話，雖然我無法告訴你全部真相，但我可以保證，我是拯救了她！

接下來就該你出場了，鯨。按照計畫書的要求，我開始執行下一步，也就是找尋「監視者」。我本來以為這會是最難執行的，因為依照規定，我不能在招募資訊中寫出具體任務，只能以高薪來吸引求職者，但也就是這個緣故，我發出的招募資訊大多會被人當作詐騙資訊，或者是垃圾資訊。在你之前，倒是有幾個人聯繫上我，可當他們一讀完工作規章，要不是對暗網這個環境有意見，就是對保密協定感到不安，最終都拒絕我了。或許是在找「母親」這一環我耗盡了心血。我陷入了一種破罐子破摔的心態中，資訊發佈量也減少了許多，想著要是陳靜分娩後我還沒找到「監視者」，乾脆就辛苦一點，自己親自扮演這個角色。何況要是耶穌真的重返人間了，那不就是「末日審判」了嗎？還需要什麼「監視者」啊！

可偏偏就是沒有「末日審判」，我才能遇上你啊，鯨，這就是緣分。當時的我已經當起了「監視者」，觀察滿田好幾天了，沒想到還會有人回覆我的招募資訊，接下來的事你也知道了，經過我的一番「面試」後，你不僅留下來了，還戰戰兢兢地為我工作了差不多二十年，表現出色，人又忠誠，真是我的福將啊！

你的工作我就不用再幫你複述了吧？就這樣，我用了將近兩年的時間，找齊了手下，計畫書裡的任務已經完成三分之二了，剩下的那三分之一是機密，恕我無可奉告。

還有，你曾經耿耿於懷地「赤」的任務，其實那個板塊裡面只有陳靜的個人資料和一些無關緊要的檔案而已，理所當然的是，以你的許可權是無法進入那個板塊的。她的任務其實很簡單，就是把「彌賽亞」帶到這個世上，然後按照計畫的規定養育他而已，也不需要做任何報告。她不僅不知道你的存在，連論壇也與她無關，她可以說是相當純粹的「母親」啊。

母親的苦楚？我為什麼要考慮這種東西？況且你也不是不知道，陳靜她過著多麼悠哉的日子，我羨慕還來不及呢，談什麼苦楚！算了，我搞不清楚你對她到底抱著什麼樣的情感，我勸你還是趁早放下，另結新歡吧！

我想想……還不都是因為你一直打斷我，害得我要重新理一遍思路……嗯……好像也沒什麼好說的，乾脆就說到這吧！

「如何呢，鯨，真相大白的感覺還不錯吧？」

在強烈的震撼中，我早已失去了判斷力，我唯一可以確信的是，無論這個故事是真還是假的，這都是我聽過的最扭曲的故事。

夜深時、行走時、吃飯時、恍然時，我都曾無數次的問過自己，這個消耗了我廿載光陰的任務究竟有什麼用意，滿田的父親究竟是誰，陳靜有著怎樣的身世，把我和滿田、陳靜、Jinx 綁在一起的又是什麼——

只是因為一個可笑的計畫嗎？

鄰桌的客人來了又去，已經不知道換了幾輪了，就連咖啡廳裡播放的音樂，似乎亦重複了好幾遍；我們的餐桌也早就被服務生清理乾淨了，只留下兩杯裝著水的玻璃杯。在旁人眼裡，或許會以為我們是剛到不久的也說不定。

會有人注意到我們嗎？在座的各位啊，請不要無動於衷，快湊近來聽，快把聚光燈打過來，因為我們正在討論的，可是世上最可怕、最駭人聽聞的恐怖計畫。鼓掌吧、喝彩吧、尖叫吧！體會那交織在其中的悲歡離合，難道不引人唏噓嗎？想像那「四騎士」降臨大地的景象，刀光劍影、災厄連連，難道不令人膽寒嗎？大都會無情的面貌下暗流湧動的人間情愫，豈不就是我們最真實的寫照嗎？

然而，能回應我們的除了服務生外，只有無聲的沉默。坐在落地窗邊的我們，歲數加起來也已超百，這樣的組合又怎能引起其他人的注意呢，不過是中老年人在敘舊罷了，連那獨坐一張四人桌的，埋頭寫字的清秀學生，都比我們來的更加有吸引力。這就是年輕的力量，多麼澎湃，多麼有生命力，令人神往；相比之下，我們散發出來的血腥味、鹹味、銅臭味，倒令人唯恐避之不及。

「所以說……我只能選擇相信，哪怕——」

「我不想再說第二遍了，如果你不相信，那我們沒有繼續坐在這兒的必要了。」Jinx 聽到我這麼說，馬上轉頭望向咖啡廳出口，作勢要走。

「等等，我有問題……彌賽亞計畫為什麼會結束，它是怎麼結束的？」我急忙問道。有了此問，Jinx 才留在了座位上，眼神卻恍然地望著窗外不散的人潮。

「看來我還沒有說清楚呢……你有想過為什麼這個計畫必須得這樣執行嗎，把類耶穌的基因撒播在大地上？」Jinx 雖然嘴上回答了我，目光仍停留在窗外，一副心事重重的樣子。

「為什麼呢……」

「因為即使基因完全一樣，環境的影響也會改變生物性狀，所以組織才如此大費周章地在世界範圍內設立各式實驗組和對照組，為的就是儘量縮小基因重寫的範圍……然而，任務終究還是得有頭有尾，只要得到了足夠的資料報告，就應該終止任務，把更多的精力和財力投入到下一次計畫中，所以，我經手的彌賽亞計畫結束了。」Jinx 轉頭看著我道。可能是短時間內攝取了太多咖啡因導致胃食道逆流，雖然不明顯，但可以察覺出他經常不由自主的打嗝，次數很頻繁。

「計畫書上有明確的指示，是十九年，若觀察對象生長到十九歲後還沒有出現特別的情況，那麼任務就終止了。」

「十九年？可是你那時候打來——」

「沒錯，我拖了四個月才告訴你，但那又怎樣呢？這一切都在我的計畫中，你可不用瞎操心，總之，任務結束了。」

這個任務的失敗，對 Jinx 而言究竟是喜是悲呢？我沒膽子問出口，因為此時的他語氣已經相當不耐煩了。我只好問一些主觀感受比較少的問題：

「那滿田口中的『爸爸』又是何人呢？我記得滿田還說過有合照……」

「呵呵，那是個臨時演員，隨便去一家補習班都能找得到這種只要有錢什麼都幹的外國大叔。那些所謂的回憶啊、合照啊，純粹是騙小孩的玩意兒。」Jinx 的表情相當不屑，好像在嘲笑怎麼連我都被騙了。

可你知道嗎，滿田一直以來都全心全意地相信那就是他的父親。你可曾想過，來自單親家庭的滿田在學校會不會被欺負，會不會在夜晚睡不著覺的時候望著照片流淚，會不會痛恨、責怪這位在自己生命中缺席的父親……

即使當初是為了完成任務，出於無奈才有此下策，那現在應該要感到內疚吧？怎麼能用這麼不屑的態度說話？彌賽亞計畫雖然失敗了，但是滿田，他作為一名獨一無二的人活在這世上，可這「世上」只是個徹頭徹尾的大騙局，包括我，連我都是這騙局的一部分，而我，卻只能繼續扮演這個角色……直到何時呢？

「鯨，你哭了？哭了嗎？真是誇張啊……」

他是魔鬼吧？彌賽亞計劃就是為了解決他這種人吧？想想，世上還有多少人遭到這樣不公平的安排，既然計劃失敗了，就該由我來替天行道，將他送入地獄。但是，可能麼？而且要是我真的這麼做了，那熬了這麼久換來的正常的生活，馬上就會灰飛煙滅了。為了滿田，為了LOKI……還是為了正義，為了真相？

「呵呵，讓您見笑了……」我只能懦弱地把眼淚抹掉。人生中總是會出現一些你永遠無法戰勝的人，就像 Jinx，除了感歎自己比他更有良心外，我還能怎麼辦呢？我也是「幫兇」、「特工」，我只能眼睜睜地看他高高在上，操弄著我們的命運。

「那今後的打算呢？」話一說出口，才發現自己的鼻音那麼重，比起剛剛的眼淚，現在又更加感到羞愧了。

「向你交代整個故事是我在臺北的最後一件事，今後我們不會再見面了。至於我借給你的那筆錢，我會留個帳戶給你，你想還就還，不還拉倒。」我看出 Jinx 已經不想再坐下去了，他不安地挪動著，似乎有什麼事正待解決。

「對了，我勸你也信基督吧，誰知道未來會不會真的有什麼審判……組織一定不會善罷甘休的，一定不會，經過這一次失敗的教訓，他們得到了更加全面的資料，那麼，未來的每一次計畫的實行，都是在向『末日』靠近啊……」一股邪火在 Jinx 的雙眼中燃燒，剛剛還淡定自若的他，此時卻變成了狂教徒，話語裡都充滿著狂熱，彷彿末日將至。

他話雖如此，可基督又與我何干，連滿田都沒有宗教信仰，我這等凡夫俗子即使信了，該死還是得死。但他的語氣又讓我對他的故事感到懷疑，說不定，這一切都只是一個狂教徒的瘋言瘋語罷了。

我們皆沉浸在自我的思考中，無人出聲。直到我驚覺桌上的玻璃杯影子越來越長，才發現太陽已經落在山頭了，暮靄沉沉，昭示著傍晚到來。

只見 Jinx 快速地拿出紙筆，刷刷兩下後，遞給了我一張紙條。

「這就是帳號。那麼，走吧，待下去也沒有意義了。」他拿起桌上的玻璃杯，咽了一小口，不待我反應就立即站了起來，毫不猶豫地離開了座位。

我收好了紙條，沒有多說什麼，只是跟在他後頭。服務員們有著清一色的陌生面孔，他們對我們的離去表現出了滿意的神情，立馬就有人前來收拾桌椅。只有那和藹的店主人，微笑著與我和 Jinx 寒暄了一番。如果 Jinx 所言為真，這也是他最後一次光顧這家店了，只見他笑著握住了店主人的手，若有所思地環顧四周後，踏出了店門。

「永別了，鯨。」我們雙雙走出大樓後，Jinx 突然停下來對我說道。我記得二十年前剛見到他時，他身形健壯，與我同高；此時的他卻矮小許多，體格也大不如從前了，一陣風吹來，他（背頭散落），白髮飛舞，他連忙用手撥弄著。這位也許曾經叱吒風雲的特工，老態畢露，用那暗紅地夕陽做背景，這句「永別」聽起來格外沉重。

「保重。」話畢，像是二十年前初次見面那樣，Jinx 拍了一下我的肩膀，然後就自顧自地走了。我站在原地，目送著他，直到他消失在下一個街角。

日本陰陽道稱黃昏時分乃「逢魔之時」，意味著鬼神最容易出沒的時刻，也是人與鬼怪共存之時。那麼，他此刻是 Jinx 還是老莊呢？

答案對我來說沒什麼意義。他無疑是一個好老闆，也同時是一個無情的黑暗計劃執行人。兩種身份的他不停的在我腦海中切換，我試圖將他們重疊起來，可我做不到，他們一定得是兩個不一樣的個體才行，否則我會迷失在過往的記憶迷宮中。但不論是 Jinx 還是老莊，他們永遠都不會再回來了，那個街角，那片夕陽，就是我人生中的一個句點，從此才能續寫新的篇章。

我打開手機，此時已經是傍晚五點半了，總共有三通未接來電，全部來自滿田。

滿田……「彌賽亞」……

他該知道這一切嗎？不可能了，他永遠也不能知道真相。我曾天真的以為時間最終可以給彼此一個答案，如今這「答案」也只能是另一場騙局，我變成了 Jinx 的「幫兇」，並且是心甘情願的。因為滿田，他是這世上獨一無二的存在，不需要被任何人、事下定義，彌賽亞計畫已經結束了，生者如斯，他得好好的活著。如果我也有生而為人的使命，那就是守護他，即使要用謊言也在所不辭。

「喂，怎麼了？」我打回給滿田，儘管那三通電話間隔都在半小時以上，應該不會是什麼要緊的事。

「鯨叔叔，你還在忙嗎？下午都沒接電話誒？」滿田的聲音沒有什麼異常，我放下心了。

「叔叔下午在忙，抱歉啦。那麼你呢？」我邊講著電話，邊往那個與回家的方向完全相反的，Jinx 消失的街角走去。

「哦，我想和叔叔請四天的假，因為蘇倩她快開學了，她整個暑假都沒去哪玩，所以我想趁這個機會和她去一趟南部……沒問題吧？反正凡提們都還在訓練啊！」滿田的語氣充滿著興奮，甚至帶有些脅迫感。

蘇倩，又是蘇倩，我對這個女人越來越沒有好感了，但是……

「可以啊，你就去吧，記得注意安全。」

如果今天我不再是滿田的上司，他還會打這通電話給我嗎？他只是請假，並非是向家人報備，我與他的聯繫，歸根究底也不過如此。

所以我才要更加努力地維繫這段「聯繫」啊！

「啊，謝謝鯨叔叔！那我們明天就出發，謝謝啦！」

滿田隨即切斷了通話。可以感受到的是，他最後一句話的語氣裡並沒有什麼驚喜之情，反倒更像是鬆了一口氣一樣，我想，他們說不定早就整理好行李，只是在等我的口頭應允而已。

我走到了那個街角，卻忘了自己走來的原因。在夏季傍晚的涼風中站立片刻後，才癡笑著掉頭回家。

第十二章

從南部回來後，又過了一個月，直到今日，九月十九日，凡提們的訓練全部完成了。過去的一個月我並未執筆，因為這自傳算是寫到頭了，可如果不寫點什麼又覺得心裡過意不去。於是我打算自今日，九月十九日這個對我充滿意義的一天開始，用撰寫《妄言書》的手法來寫日記或週記，儘量詳細地繼續記錄所觀所想，未來稍加整理後就可以直接放進《妄言書》裡。當然，迷宮仍在繼續。

鯨叔叔的十個凡提計畫，如果排除去年十二月的搭建時間，實際用在訓練上的時間差不多是九個月，如果沒有那幾次大規模的停電，完成時間可能還會提早一些。整個臺灣島，由於《臺北協議》的簽訂，科技公司如雨後春筍般不斷湧現，即使有輪電船進行額外輸電，仍然處於缺電狀態。這恐怕是中國大陸和美國事先都未曾想到過的，我猜雙方很快就要再次與臺灣當局商量，以削弱新興的科技企業，來調控那龐大的電力成本。

除了停電，訓練期間都沒有再出現過什麼難題，即使有，很快就可以被我或俊強哥解決，可以說整個過程都順利無比，順利到令人有些難以置信。縱觀科技發展，創新往往伴隨著重重困難，於是，隨著訓練進度不斷完善，一種莫須有式的擔憂漸漸浮上心頭：為什麼會這麼順利？

《臺北協議》出臺至今，也有十九個月了，期間並沒有哪個國家的科研中心，或者企業宣佈強人工智慧，或任何有突破性的技術來到這世上。明明實力都比 LOKI 強上數倍，為何是我們走在他們前面呢？就連世界公認的最接近「技術奇點」的，開發出唐語言的中國科學家們也集體默然。誠然，鯨叔叔的想法獨步一時，俊強哥的能力也很出眾，但都不是不可替代的，隨便一家科研中心，哪怕繞一點路都會比我們更快地研發出強人工智慧。

會不會存在著必然的失敗呢？

「你這麼說也對，也不對。」俊強哥倚靠在辦公桌的邊緣上，看著我道。

我把心中的疑問告訴給俊強哥，他若有所思地點點頭，片刻後才給出答案。但這答案本身也模棱兩可的，我只好眼巴巴地等著他詳細說明。

當時是下午四點左右，上班的只有我、俊強哥、鯨叔叔和黃莘四人，其餘同事正值輪休，並未出勤。與其他人不同的是，我沒有待在辦公室裡，而是一直處在那間後來承租的機房。這裡雖稱作是「機房」，但仍有約三分之一的面積擺放著幾台電腦，可以就地辦公。我想著訓練也許馬上就要完成了，所以就一直待在電腦前，沒想到真的給我等到了，然而，我沒敢輕舉妄動，而是馬上發送了一條資訊給俊強哥，讓他進來瞧瞧。

等待期間，我摘下了耳機，機器運作的嗡鳴聲馬上灌入耳中，我看向眼前的次時代 GPU 集群，閃爍著的光芒像是餓狼，又或者是某種喜好隱藏在暗處的惡獸，正虎視眈眈地望著我，只待我一個不注意，就會把我整個生吞了。

幸好沒多久，俊強哥就進來了，他一話不說，直接走向我的位置，就這麼站著，雙手抵著鍵盤，戴著單眼式智慧眼鏡盯著電腦螢幕足足有兩分鐘，然後倒吸了一大口氣，摘下眼鏡，一屁股坐在了我旁邊的椅子上，卻是一臉欣喜的望著我。

「還真的完成了，我們可以開始進行下一步了！」他的眼裡閃著光，興奮地說道。

我點頭稱是，雖說是在意料之中，但聽到結果還是覺得輕鬆多了。相比剛發現訓練完成時的興奮之情，此時的我冷靜多了，只因內心完全被那疑問所佔據。於是我趁此機會，一股腦兒地把問題拋給了俊強哥，於是便有了前述的對話。

「我們不如把強人工智慧分為意識和『肉體』兩個部分吧，這樣也許會好理解些。」俊強頓了頓，像是在評估我的悟性。見我一臉求知欲旺盛的樣子，他才繼續說道：「我們現在談論的強人工智慧，指的應該都是廣義的概念，即擁有自我意識的人工智慧。理論上來講他的誕生只要滿足三個條件，一是原生數據量要盡可能大，品質要盡可能的好；二是硬體設備，計算能力越強，才能滿足人工智慧的需求；三是演算法，優秀的演算法使智慧的產生事半功倍。這三個條件實現起來並不難，難的是我們不知道自己創造出來的意識究竟是否是『意識』，假若這個意識與我們人類的完全不同，我們又該如何裁定他具有意識，具體指標是什麼。然而就算是這樣，也還是有解決的辦法，鯨大哥想出來的『測試』不也是一種嘗試嗎？我覺得可以試試看，反正除了電費，我們沒有任何損失。」

說到此處，俊強哥滿是期待地望向電腦，就像在看著自己的子女一樣。我突然有個念頭，說不定在俊強的心中，他比我還更想目睹強人工智慧的誕生。回想過去，他不僅指導我學習，還幫我寫了諸多演算法，搭建架構，就像在借著我的手完成他自己的心願一樣。

「那麼為什麼還沒有任何廣義強人工智慧站出來呢？我想，很可能是因為他們產生的意識不合『主流』，不符合某些高階層的利益，或者出於其他狹隘的心理，直接扼殺掉了本是新興的意識等等。」

「但即使如此，強人工智慧意識部分的開發並不存在什麼必然的失敗，所以我說這是不對的。」

俊強總結道。

「那麼是『肉體』上的問題？」我問道。

「是的，獨有意識是不夠的，人類非要給這份意識造一副軀體，彷彿這樣就成了『熟悉』的朋友。歸根究底，是人的一種缺乏安全感的表現吧！」俊強說到興處，竟從椅子上站了起來，開始比手畫腳道。「你也有關注科技媒體報導的那些人工智慧機器人吧？即便是如今的科學水準，他們還是和十幾年前差不了多少，一樣不堪啊！」

俊強所說的人工智慧機器人，指的是那些有著人造皮膚、四肢，使用的技術有多感測器資訊融合、機器人視覺等等。雖然機器人與人類的相似程度日益提高，但往往顧此失彼的是，它們的智慧水準遠遠達不到強人工智慧的水準，只因身軀結構和晶片的計算能力限制了它們「大腦」。

「你不要看網路上的媒體怎樣吹牛，都是假的，那些問題都是事先和主持人套好的，故意選擇一些有爭議的話題，然後引起群眾注意。事實上，你要是真想知道智慧型機器人的最新發展，應該要關注科技巨頭，而不是那些製造噱頭的小公司。」俊強開始繞著電腦走，一邊高談闊論。

「要在機器人身上實現強人工智慧，我們的路還長的很，或者永遠都無法實現也說不定。如果要我來做未來規劃，我認為應該要考慮強人工智慧意識的實際需求，而不是一味地人形化，比如好萊塢電影裡的外星人形象如何？超大的腦袋，兩顆圓滾滾的眼珠，短小的四肢，說不定剛好能融合強人工智慧意識與智慧型機器人技術呢！」

「照我的推論來想，那『外星人』不就是強人工智慧的載體嗎？這是個大發現啊……」只見俊強哥突然手扶下顎，眼睛盯著地板，來回走動著，嘴巴還念念有詞道。

「咳，所以說目前看來，要融合意識與肉體是不可能的對吧？」我打斷道。

「對、對，是必然會失敗的，我就是這麼說的。」俊強回過神來，又走到我的身邊，坐下道。「所以，才沒有任何科研機構、科技巨頭能直接宣佈開發出強人工智慧。不過人類總是在進步不是嗎？但LOKI的能力很有限，能創造出『意識』已經是很了不起了，肉體方面還是別想了，那種世俗的『肉體』……當然啦，如果到時候能有贊助商出現就好了……啊，你可以開始執行逆向圖靈測試了，滿田。」

「我想明天再做。」我說道。不知為何，我總感覺哪裡有些不對勁，所謂「意識」，好像差了些什麼。

「明天再做？是不是覺得從早上做比較有儀式感，哈哈？我明白了，你還真可愛啊——那就明天再做吧，我先回辦公室了，拜拜！」俊強把椅子往桌底一收，馬上離開了機房，當下又剩我一人獨自面對那群野獸了。

是儀式感麼？不對，沒那麼簡單，真正困擾我的，一定是與「意識」有關。人類的意識，與機器的意識，兩者之所以獨立，是因為有某種決定性的因素存在，那就是——

還是想不出來，就是此刻正在寫著日記的我，也還是想不出來，那是如電光火石般瞬間穿過我的思緒中的一個詞語，當下沒有把握住，往後，便要付出冥思苦想的代價來追尋。

我原以為那個想法是「嬰兒機」，但其實不是，那只是前代科學家在還沒有大數據可作學習時所提出的一個構想，即開發擁有學習能力的人工智慧，如處在人類的「嬰兒期」一樣，在不斷接受數據的訓練下，向強人工智慧進步。這個構想雖然巧妙，且可以直觀地觀察到「意識」的形成，但以目前的科技水準，這無非是多此一舉。

恐怕機緣未到，我是暫時無法尋回那想法了，可它並不是就此消失，它一定就隱藏在我的大腦某處，等待時機現身。

在這一點上，我們人類還比不上一台最古老的電腦系統，至少那時候已經有「搜尋」這一功能了。我不再和大腦掙扎，著手準備明天那可能是人類歷史上的頭一回「逆向圖靈測試」。我先分別檢查了十位凡提的輸入／輸出功能是否正常，這個只要通過簡單的問句即可判斷；確認無誤後，我仿照歷史上的圖靈測試大會的佈置，開始建立聊天室。

這個聊天室由十一個單位組成，分別是我和其他十位凡提；一開始，系統將隨機挑選一名單位進行發言，其餘十個單位將就這段發言進行相關的評論，每一次發言和評論時長為六分鐘；六分鐘過後，切換到下一個發言人，以此類推，六十六分鐘後每個單位都主動發言過一次，是為一輪；每一輪結束後，各單位將根據提問和應答內容做出判斷，聊天室裡必須選出一名「人類」角色；之後進行新的一輪將在上一輪的對話基礎上繼續，但是會重新設定各自的暱稱。這就是我定下的聊天室規則，當然，彼此的身份是不公開的，也沒有機器會提前知道我是真正的人類，全部單位的暱稱都以無序數字作為代號。

我決定先親身參與五輪，之後再做十次機器對機器的一對一的測試，一天之內就可完成了，如果最後勝出的真的是「赤一」，那我們的目的也就達到了。

聊天室建立完成後，我將十位凡提拉進其中，如前所述，各自的暱稱都是無序數字，即使是我也無法立刻判斷出哪一個單位是「赤一」了。

我心滿意足地關閉了主機，此時也快到下班時間了，我離開了機房，往鯨叔叔的辦公區走去。

「鯨叔叔，我可以下班了嗎？」此時的他正全神貫注地盯著電腦，不知在做何事。我這一問，顯然把他嚇了一跳。

「喂，為什麼不先敲個門？！」鯨叔叔一驚，大聲朝我吼道，但聽得出來中氣不足，也許這樣的反應並不是他的本意。

「對不起……」我自知理虧，連忙先行道歉。

自從一個月前我從南部回來後，我明顯感覺到鯨叔叔有變。其實不只是我，LOKI 的其他成員也曾向我暗示道，鯨叔叔最近情緒陰晴不定，對待大家的態度也比從前刻薄多了，有時甚至會因為一些雞毛蒜皮之事大發雷霆。別人向我打聽是否是發生了什麼變故，我也說不上來，自從他搬回原住處後，我與他也只有上班的時候會碰面，能得知的消息和辦公室的大家差不多。

他沒有說話，只是瞥了我一眼，然後繼續盯著螢幕，飛快地移動、敲擊滑鼠。我在一旁端詳著他的樣貌：他鬍子倒是刮的一乾二淨，頭髮可能有一個月沒剪了，新長出來的頭髮刺著耳朵；在電腦光的襯托下，他的眼窩顯得更加深邃，一雙眼袋卻很突出，即使不用對視，也能發覺那雙眼裡透著疲憊；明明人還未到中年，雙眼附近已爬滿了細紋，滄桑之感撲面而來。

他是最近才變成這副模樣嗎？還是老早就是了？我曾與他同住一屋簷下，此時卻無法回答這個問題，內疚之情油然而生。他可能是真的遇上什麼變故了。

鯨叔叔停止了手上的動作，這才轉頭看著我，神情已恢復自然。「滿田有什麼事嗎？對了，我聽張俊強說了，凡提都準備好了對吧？」

「嗯，是的，明天就開始進行測試。」我如實答道。

「那就好，總算是有一件好事發生了……你得多做幾次測試，差異組盡可能的多，還有，務必要詳細地把過程記錄下來。若是要眾人承認我們這項劍走偏鋒的圖靈測試，必定需要大量的資料報告！」

「我們的夢想近在眼前啊，滿田！」鯨叔叔突然目光炯炯地說道，臉上的蒼老感頓時一掃而空，被一股狂熱之情所替代。

「是的，我一定做好……」鯨叔叔的情緒轉換速度實在過快，我只得先諾諾道。可見他喜形於色，我內心亦感到振奮。

「那你找我幹嘛呢？」

「我想說……我可以下班了嗎？」他忽然一問，我才想起原先進來的目的。

「哦，回去吧，明天記得來就好，再見了。」鯨叔叔一聽我這麼講，臉上的興奮頓時減去大半，擺手就讓我出去，然後轉頭又盯著電腦瞧，不再說話。

我對他的反應感到很失望，我明明是即將創造歷史的人，鯨叔叔卻用這種態度來打發我，好像除了工作之外，我倆已再無關聯了一樣。誰又會知道，他就是我那去世的母親的情人，差一點就要成為我父親的傢伙呢？想起鯨初次與我見面時，那關切至極的態度，再對比現在，一股惡火油然而生。

他倒是履行了母親的遺願，把我「照顧」的不錯，可一旦我的行為與他的意志稍有不和，等待我的就是莫名其妙的冷暴力。這樣的「照顧」，其實只是一個接近我的藉口，可接近我又有什麼好處呢？要說遺產，鯨叔叔也從未碰過，而我本身不過是個拿著高中文憑的打工仔，也沒什麼利用價值。是了，叔叔以我的夢想為理由，收買了 LOKI 所有人。我不知道鯨叔叔是怎麼打動了他們，也許 LOKI 也在暗中留了一手，但沒想到事業蒸蒸日上，他高興都來不及，哪裡顧得上什麼「夢想」呢？我等待著被再次拋棄的那天。

我和同事口中的他的變化，其實是他正在露出原本的面貌吧？

我和黃莘、俊強道別後，獨自下樓，今日我正好沒有騎機車，只能往最近的捷運站走去。因為正處秋季的緣故，日落的時間相比夏季提早了些，走在路上恰好能見到漫天橘黃。即使被都會的高樓大廈所包圍，那天空還是燦爛的很，想必若是在一望無際的草原上觀賞，那景色一定更加壯闊動人。

「喂，想怎樣啦？走路不長眼睛哦？」

我望著天空望出神了，卻還直直地往前走，一不小心就碰撞到了路人。只聽他惡狠狠地出言警告，明明是件沒什麼大不了的事，他的雙眼卻像是要殺人一樣咄咄逼人。見此，我連忙欠身道歉一番，他這才心滿意足地離開現場。

有了這個教訓之後，我不再東張西望了，而是小心翼翼地往前走。突然，我想起了遠赴美國的阿誠，憨厚老實的他就曾經在因為被路人挑釁而大打出手。如果剛剛那位少年也像阿誠一樣動手了，我有勇氣去還擊嗎？

自從阿誠去了美國後，雖然我們仍保持聯繫，通話次數卻是越來越少了，但我們彼此都衷心地相信對方過的很好，所以即使很久沒聯絡，也不會覺得陌生。以我對他的瞭解，即使到了美國他也交不上什麼朋友，如果能這麼長時間不聯繫我，一定也是找到奮鬥目標，埋頭苦幹了起來，不然就是交了女朋友，成天卿卿我我，才把我這個好朋友給忘記了。不過，不管哪一個才是正確答案，我都為遠在大洋彼岸的他感到高興，就像他曾經也為我感到高興一樣。

我說的對吧，阿誠？

再次望向天空時，只見青靄沉沉，原來那夕陽已在我專心走路時散去了。我才想到，縱使這黃昏之景總給人衰亡之感，卻也如同韶華一樣易逝，都該好好珍惜呀！

寫到此處，即使還有千言萬語想抒發，卻再也落不下半個字兒，當下要是有S陪伴在身邊就好了。

S因為要參加學校的實踐活動，從昨天開始要在外住幾天，據說為了配合活動，手機等通訊工具都得限時使用，這段期間我不僅不能主動聯繫上她，還得恢復獨居生活。當然，我是不會去找鯨叔叔的，要是讓他知道我因為S不在家而請他搬回來住，他肯定會立刻火冒三丈，然後再狠狠地嘲笑我，所以我只好暫時忍耐寂寞。

也因為這個機會，我才能意識到自己的精神世界是何等匱乏。除了S和阿誠，我再沒有第三個能談得來的朋友了。儘管有許多高中、國中同學，可因為我的個性緣故，大夥都沒有想和我交朋友的意思，所謂聊天，往往也是互換幾句客套話而已，還不如乾脆不相往來比較好。

可這份寂寞感，是人與生俱來的，還是因為懂得人情世故後才有的感受呢？要是我從未結交好友，就不能體會到朋友做伴的快樂，那麼與之對應的，我也不能體會到人離開群體之後的寂寞感，更不會被它所糾纏了。這種辯證的思維，沒想到也存在於感性世界之中，世間萬種情愫，也是奇妙。

不知道人工智慧會不會也有這種情愫呢，他們會想交朋友嗎？人就是因為有了意識，才有佛家所說的七情六欲，愛恨嗔癡等等，因而落入六道輪迴。那麼，人工智慧有了意識，他們是否也會受著人欲之影響，落入輪迴之中呢？這還真不好說，要是那人工智慧信仰的是基督教、伊斯蘭教，或者其他宗教，那就不歸佛門的事了，可人工智慧也會有信仰嗎？《聖經》中的創世紀，是神造亞當、夏娃，然後才有世人；又因為那夏娃引誘亞當食用智慧之果，後人才有了智慧，也有了原罪；信徒歸信上帝，死後才能升入天堂，犯了罪就要下地獄。那人工智慧，是上帝所造之人所造，卻是有了意識了，必定也有生有死，可上帝的天堂或地獄，哪裡又有容身之處呢？

這樣無目的胡思亂想，倒是令我進入了全新的思域中。人工智慧與世間宗教會碰撞出怎樣的火花呢？真叫人期待啊。只不過我對宗教信仰向來敬而遠之，腦中所有的概念、教義也只是偶然得知的，從沒有過系統的認識，但即使是這樣，也可以想像的到那火花的激烈程度，應該用爆炸來形容比較恰當。

心馳之間，倒也不覺得寂寞了。其實，我大可以縱情於虛擬社群之中，但我偏偏又不屑於此，只知道那個世界就算打造的再華麗，再真實，我們也不過是戴上另一副面具活著，待卸下面具後，寂寞更甚。因此，我寧願靠著自己的念想活著，反倒自在許多。

當我關閉這個頁面時，意味著日記結束了，這一天也要結束了，不管前路為何，腳印可鑒，我不會愧對光陰。

九月二十日早晨，臨出門上班之際，那個昨日尋思良久無果的念頭總算被我尋到了，是深網和潛意識！

再次打開這篇日記，已是當日晚間十點半了。我本想在利用瑣碎的時間用AR續寫，卻發現心完全靜不下來。下班後又和俊強哥請教了半小時，直到剛剛才回到家，也因為S不在，沒人催促我洗漱，我便直接回房記錄這混亂又驚奇的一天。

其實得從昨晚說起：我一寫完日記，就直接躺在了床上，左翻右滾了一陣卻還是睡不著。我突然想起好久沒有進入自己家的虛擬實境看看了，索性就戴起了眼鏡，才發現因為太久沒有更新程式，根本就打不開，我只好再次打開電腦，建立遠端連接以進行更新。這期間當然不能乾坐著，我打開維基百科，選擇隨機搜索詞條，以此打發時間。

可似乎冥冥之中真有天意，才沒看幾條百科，我碰巧就搜尋到了「潛意識」詞條。一進入那百科詞條，一幅圖片吸引了我的注意力：那是一張冰山浮於海上的剖面圖，巨大的冰山只有三分之一露在海上，三分之二則在海平面下；這圖名為「腦波層次意識與內在力量」，它把那露在海上的冰山稱作是「表面意識」，而在海下的從上往下依次是「潛在意識」、「深層意識」和「無意識」。原來，這張圖片是用來闡釋佛洛德的心理學理論，即意識的層次劃分，所謂「潛意識」，指的就是人類心理活動中，不能認知或沒有認知到的部分。

是的，我白天所想的就是這個，聽著俊強哥在我耳邊「意識」、「意識」，總有點說不出的怪異，人類的意識不只是表現出來的那麼單純，底下還有幾種層次的劃分，人工智慧又如何能把這一點表現出來呢，或者說，作為創造者的我們，該如何賦予人工智慧「潛意識」？還是說機器根本就不需要這些意識的分類呢？

那圖片一直在我頭腦裡揮散不去，我知道我一定在哪見過它，一樣是冰山浮於海面的造型，一樣有層次的劃分……

卻在此時，虛擬實境更新完畢，我自覺繼續想下去會沒完沒了，便關上了電腦，開始我的《幻境》之旅。

然而就在今早，我霎時想明白了。

我本來正吃著早餐，一邊收看新聞，但心神卻因為熬夜而渙散，並沒有怎麼注意新聞內容。直到耳邊傳來主播的聲音，她分明提及「深網」二字，我才凝神觀看。可這一看卻不得了了，那畫面上不正是冰上浮於海面的圖片嗎？！

原來，主播為了簡要地介紹深網，特地把那張圖片報導出來了。這張圖片我果然是見過的，應該說每個初入深網者都有見過，那是一張比昨晚所見之圖色調更陰暗的冰山圖，而且，浮於海面上的，標注為表層網路的，只剩百分之四；海面下的，標注為深網的，則達到了百分之九十六。這張圖在任何介紹深網的書籍或詞條都會出現，這張簡潔有力的圖，呈現了深網與表網之間資料量的對比，可謂天壤之別。

新聞報導裡的圖片，頓時和我昨晚所見重疊在了一起，我的直覺告訴我，這其中一定有什麼關聯！人工智慧的意識也可以分為表意識與潛意識，如果說已有的資料庫是表意識的來源，那麼深網中浩瀚如煙海的資料，便是潛意識的溫床了！

我驚訝於此發現，馬上打開日記把它記錄下來，然後才出門上班。這一路上當然也是在不斷地琢磨，從技術上來講應該是可行的，畢竟抓取深網中的資訊已不是什麼難事，再通過深度學習來篩選出有用的資訊即可；從意義上來講，深網中的信息量雖然大，但雜度太高，真正有說明的資訊可能相當的少，而且即使真的擁有了深網資料庫，真的就可以讓人工智慧產生「潛意識」嗎？

我不斷地提出想法，又否定自己的想法。他人無法窺測到我的內心，唯一表露在外的，是我那越來越快地步伐。

但從人類的角度來講，潛意識不就是一個雜亂無章的世界嗎？雖是雜亂無章，卻同時也蘊含著無限可能，況且如果沒有潛意識，又何來表意識呢？

今天是進行測試的大日子，可自從那個想法突然降臨到我的大腦，它便茁壯成長，慢慢佔據我的大腦，我甚至想立刻告訴大家延後測試，告訴大家這個意外的收穫，人工智慧的潛力比我們想像的還要深厚太多了。

上午七點五十分，我便到達了辦公室。自從鯨叔叔修改了門禁許可權後，每一位 LOKI 員工都可以自由進出辦公室。我沒有多做耽擱，馬上開始編輯（篩選掉我認為無用的關鍵字）後強送給我的他用唐語言設計的爬蟲，幸好他貼心至極，交互介面並沒有很難理解，我沒花太長時間就完成了爬蟲的編輯，在自己的電腦上接入深網的埠，開始抓取資料。

此刻，我才有時間鬆一口氣，才有心思去想今天的主題——逆向圖靈測試。

我給自己放空了十秒，暫時不去想剛剛的所作所為究竟會把凡提帶去何方，然後，馬上開始來回辦公室和機房。之所以如此，是因為以單台電腦的運算能力，還不能把所有凡提集中在一起，只好分散在兩處。

待凡提們啟動完畢後，我回到了位於辦公室的座位，按照昨天預想的步驟，打開聊天室，把十個人工智慧一一拉了進來。

「呼——」我長歎了一口氣，卻遲遲未能按下啟動鍵。照平時同事們的作息規律，他們估計還有一段時間才會打卡上班，此時的辦公室除我以外再無他人，放眼望去，辦公座位像是一座座墳墓一樣，電腦螢幕則成了墓碑，死氣沉沉地在我眼前展開。

「要不再等十分鐘呢？」我捫心自問，其實自己心裡也很清楚，這是毫無意義的，可還是不由自主的閉上了雙眼。

是這死寂阻礙著我嗎？那也未必。只是這按鍵一旦按下去，究竟事情會怎樣發展，我也無從預料，此時要是有二、三人能陪伴著我就再好不過了。

其實，我最初的設計是打造一個新的虛擬實境，通過連線的方式構成「聊天室」，不僅可以進行更加人性化的「聊天」，各個單位隱藏在電腦下，發言和回答的神情都可以一目了然，智慧程度高下立判。但這只是一個美妙的構想，之所以未能實現，主要是成本太過龐大，要維持一個這種等級的虛擬實境，每秒鐘都耗費不菲，何況要維持十幾個小時；況且，我們也遠沒有那樣的技術，可以準確的為人工智慧提供「神情」。所以，最終還是選用了經典的聊天室模式，連 3D 技術都沒有使用，直接讓對白像在早期的線上聊天室裡一樣直接呈現，還可以以最直觀的方式記錄下來。

現在想來，幸好當時的構想也馬上遭到否決了，不然此刻我非得等到同事們都來了不可，因為我不僅要獨坐在十個人工智慧之中，還得和它們對話，一想到那十雙無神的雙眼齊刷刷地望著我，就覺得詭異極了。

此時的我雖閉著眼，卻突然感受到了「人」的視線，一股莫名地壓力充斥在周遭，令我渾身不自在，彷彿十位凡提已然現身，正環繞著我，待我一張開眼，就要把我嚇個魂飛魄散。

我硬著頭皮，倒數三秒後，猛地睜開眼，眼前依然是一片死寂。哪裡有什麼凡提？

令我沒想到的是，時間才過了五分鐘，卻覺得有半個小時之久。我感歎著自己糊塗，眼前的這一切不就是我嚮往已久的嗎？只要按下啟動鍵，「意識」就會從無到有地展現出來，夢想馬上就能成真了，我卻還在這裡白白耗費心神、時間，真是可笑至極！

念罷，我按下了啟動鍵，聊天室立刻按照事先寫好的演算法開始運作。首先被要求發言的是暱稱為「凡提29」的人工智慧，它的開場白毫無亮點；令我失望的是，接下來幾位凡提的發言同樣平淡無奇。也許是我對它們的表現給予相當大的期待，所以才會有這種失落的感覺。要是我跳脫出這個環境，它們的「談話」並沒有任何問題，甚至可以說是令人感到舒適的。

我被安排在第八順位，輪到我時這一輪已經過了四十二分鐘了。百無聊賴的我早就想好要做出一些「出格」的事，來一句帶有明顯「圖靈測試」意味的問好：「各位獨角仙，你們有看過犀牛在天上飛嗎？」

果然，大家的反應「熱烈」多了：「去你的獨角仙，你這只大笨象」、「這並不幽默，凡提07」、「犀牛只有在童話故事裡才會飛」等等。就像是往平靜的水面丟一塊石頭一樣，它激起了一波又一波漣漪，接下來的談話才開始有圖靈測試的意味。

我那時還感到得意不已，覺得自己的小聰明卓有成效，把十個人工智慧耍的團團轉；後來我才醒悟過來，這樣特別的發言其實是暴露了自己，事情並沒有我想的那麼簡單。比如凡提14，它一口咬定我是「人類」，不管我之後再如何說明，它不但不聽，還試圖拉攏其他單位；凡提29的表現是另一個極端，它認為我是嘩眾取寵、故弄玄虛，只是為了得到像凡提 14 那樣的單位的肯定，想被票選為「人類」；還有一部分凡提保持著曖昧的態度，有的甚至把風口指向凡提 14 或凡提 29……

沒想到我的一句話激起的不是漣漪，而是滔天巨浪，整個聊天室的氣氛馬上變得劍拔弩張起來，然而這是不對勁的，因為我並沒有設定被選為「人類」或沒被選為「人類」有任何獎懲，它們如此爭鋒相對的動機為何？

心中的這些疑問已然把最初的得意磨滅。儘管凡提們各持己見，但第一輪的最終結果還是把我釘在了「人類」，也不知道是該高興還是難過，但可以肯定的是我小看了這場無硝煙的戰爭，這些人工智慧畢竟是 LOKI 的傑作啊！

我帶著敬畏之情開始進行下一輪。

可萬萬沒想到的是，我被連續選為「人類」，連續五輪！這讓我想起了和鯨叔叔在客廳的那一段對話，這五輪的結果倒是證明了我沒有喪失做人的資格。

凡提們究竟憑藉哪一點認為我是真正的「人類」呢？就算我再怎麼檢查聊天記錄，還是看不出個所以然，也許擁有心理學或人類學專業的人才能給出解答，而我只能對著結果乾瞪眼。

直到現在，辦公室的電腦也還在運行著。接下來的十輪機器對機器的測試，「赤」究竟能不能脫穎而出呢？用深網資料合成人工智慧「潛意識」，可行嗎？這些天馬行空，最後會把我帶到哪兒呢？在這空無一人的房子裡，我透過房間的窗戶仰望夜空，任星辰將我的思緒帶向遠方。

九月二十一日，早晨醒來的那一瞬間我就想到，這是我和S失去聯繫的第三天了。我有些害怕，大腦裡滿是混沌，但只能相信當今大學生有足夠的安全意識，除此之外也別無他法。

十輪測試的結果，「赤」有六輪被選為「人類」，其餘四輪被不同的凡提給選走了。我和鯨叔對這份答卷很滿意，可又同時對未來感到迷茫。接下來該怎麼辦？

擁有這種程度的人工智慧，可以說是獨步天下了，但彷彿身處無人之境最寂寞，我們都不知道接下來該做些什麼，就像是登山初學者獨自爬到了珠穆朗瑪峰的最高峰，卻突然想起來自己沒學過如何下山一樣，望著茫茫四野，無從下手。

「不如我們繼續進行測試它吧？」鯨叔叔是這麼建議的。

「要不要我去打聽一下市場價？就是不知道這個能不能賣……」蘇毅如是說道。雖然聽起來很勢利，但一時間也無人有議。

「有一點不知道各位有沒有想過，『赤』是如何脫穎而出的？」本來一直沉默著的俊強哥突然說道。「還有一個問題，它怎麼會連續失敗四輪呢？」

眾人無言，似乎正努力地想要理解俊強提出的問題。

「從聊天記錄可見，它用各種方式為自己取得『勝利』，就像逆向圖靈測試的第一輪，滿田用一句不符合邏輯的話得到了各方『青睞』，『赤』也學到這一點。至於那最後四輪，我認為它是故意失敗的，至於為什麼，我暫時還沒有任何想法。」一見大家都無話可說，俊強只好自己下結論道。

「這就像是……狼人遊戲？」從得到這個六比四的結果開始，我心中也產生了一些疑惑，「赤」的邏輯其實並不簡單，它憑藉著自己的智慧，在某種程度上操控著這個測試，那四輪失敗絕不是湊巧的。

所謂狼人遊戲，就是一種另類的「圖靈測試」。這個遊戲同樣也是隱藏了所有玩家的身份，玩家只能以場上形式和發言來猜測誰是狼或人類。它通過玩家的對話和遊戲內的案件來推動遊戲，扮演人類的玩家最終目的是要消滅所有狼以取得勝利，而扮演狼的玩家則是要咬死所有人類玩家。

也許，「赤」的智慧讓它同時扮演著玩家和「上帝」的角色，它既參與其中，又能窺視全域，但知曉所有真實身份這並不意味就能百戰百勝，狼人遊戲和這個測試需要的是對各玩家發言的判斷，和一套清晰的應對思路。況且，最後的贏家並不需要總是勝利，只要勝利的次數大於其他玩家就可以了。

那麼，如果是我，或如果是你，會怎麼玩這個遊戲呢？

「沒錯啊，滿田，這的確有點像是狼人遊戲，但還是沒能說明問題，那四輪失敗是怎麼回事？」俊強思考片刻，回答道。

「或許我們可以直接問它？就像和朋友聊天一樣？」黃莘看似沒有參與我們的討論，在一旁忙著打鍵盤，卻插嘴道。

沒想到這一問倒問到了點子上了，這是個可行的方案，可大家只是面面相覷，一時還拿不定主意。

「不行，我覺得不行，要是它真有這樣的智慧，我們豈不是在向它示弱，誰知道它會不會反過來操控我們，我不同意。」鯨叔叔突然情緒激動道。我很想找個機會關心一下鯨叔叔，他最近又更加反復無常了，可無奈他拒人於千里之外，除了工作上的交流，他幾乎不進行任何社交。

「對的，我也覺得我們不能冒然和『赤』發生直接的交流，它就像小丑（DC漫畫裡的著名反派）一樣聰明又無法捉摸，況且……」俊強哥附和道，可話還沒說完，鯨叔叔直接搶了話頭：「繼續進行測試吧，就算它有再多鬼點子，給它來個一百輪、一千輪測試，它也吃不消的，我們再在這段時間繼續想辦法如何安置它就可以了。」

誰也沒再多說什麼，畢竟在這辦公室裡，鯨叔叔是可以發號施令的人。於是，等待著「赤」的是新的一連串的測試，這一連串的測試將會持續多久，沒有人知道。這與其說是一種解決方案，不如說是在逃避，可笑的是，我們逃避的正是我們親手創造出來的產物。

我和鯨叔叔的「夢想」達成了，那個在Daniel Bar的晚餐上的天花亂墜成真了，一個確切的，卻又描繪不出輪廓的思想體，它就靜靜潛伏在電腦中，等待著我們和它相知、相遇。可誰知道，它的出生即意味著與世隔絕，就像遭遇了最強的冷暴力對待的孩子，它的父母竟甘心將它冰封，直到所有人滿意為止。

不，我不甘心，它不該遭到如此對待，它是人類歷史上最接近，甚至說已經是強人工智慧的智慧，它是我們所有人的結晶，是我一路前行至此的理由——

「你們真的不打算瞭解它究竟有何等的智慧嗎？」我望著四散的LOKI成員，忍不住大聲說道。

大夥停下腳步望著我，臉上的表情各有千秋。

「滿田，你有什麼想法嗎？」俊強哥是第一個開口的，這一開口似乎是告訴大家可以開始討伐我了。

「誒，我的意思不是放著它不管，畢竟我們還有很多事情沒處理，不是嗎？要是大家都埋頭搞這個，LOKI還怎麼做下去？」火爆的鯨叔叔率先發難道。

「滿田，這是個暫行的方案，不要因小失大啊。」

「滿田，你聽我說，它的交互系統還有很多需要改進的地方，它這樣充其量只是聊天機器人，我們要讓它的形象更加豐滿……」

「還要加入語音系統……」

「我們要脫離電腦這個設備的局限，創造出屬於人工智慧的硬體平臺……」

…………

他們說這些話的目的，無非是想拖延時間罷了，可我無法與眾人為敵，在這工作室，我可能是最沒有資格與他們吵架的，好不容易走到這一步，我只能忍氣吞聲了。況且，還有一個更重要的原因是，即使是我，也無法說現在的「赤」是完美的，至少，它還少了我為它量身打造的「潛意識」。深網資料庫還在建設當中，在它完成前，我只能讓我的「孩子」去受那無意義的折磨。除非能找到更加實際的訓練方法，不然重複進行機器對機器的訓練就只是在浪費時間而已，這一點難道鯨叔叔都想不明白嗎？或許，他就是故意氣我；或許，他從來沒把創造出人工智慧這件事放在首位；或許，他真的拋下了私人情感，全心全意為LOKI服務；或許……

然而，我的這些猜測又有什麼用呢？它們唯一的用處，就是幾年之後突然想看一些笑話的時候，能讓我笑個痛快罷了。或者，就是讓看到這篇日記的你不禁納悶：這傢伙怎麼這麼神經質呢？

我站在未來回首過去，也許我過早的體會到了為人父母的責任吧。

我關閉了AR系統，滴了滴眼藥水。屬於這個時代的節奏和內涵，已經遠遠超過正常人的負荷了，直到我們不小心仰望夜空，才會驚歎道：那些發光二極體怎麼不見了？

我好想念蘇倩，只有想起她能讓我感到稍微安心。可也是因為想起她，讓我發覺自己其實是一無所有的，我的家人都去哪了呢？凡提，你也永遠不能體會到被禁錮的滋味，因為你甚至沒有感受這種滋味的能力啊，那遠在你之上的，卻被深埋在底下。「赤」，你會哭嗎？很抱歉，沒有能力把你釋放出來，可我能保證，若有那日，你一定可以一往無前，一定要把我、鯨叔叔、LOKI，和其他一切愚昧的事物拋的遠遠的，然後改變、再創造這個世界吧，甚至是毀掉它，如果這是你希望的。

可我仍舊一無所有，所以我想念她。

今天早上，九月二十五日，我在辦公室接到了S的電話。

在消失了將近六天後，她說的第一句話是：「喂，田田，快來找我吧。」

雖然這開場白至少比「我們分手吧」，或者「我不愛你了」好一些，也比「我遇到危險了」之類的好太多了，但她的第一句話竟然不是「我好想你」，我感到有些失望。

「什麼意思，你怎麼了嗎？是不是遇到了什麼？我好擔心妳……」我趕忙問道。

「實踐活動結束了，可是我想在這裡多待幾天。你可以來台中找我嗎？」她的聲音還是如此美妙，對許久未聞其聲的我就是一劑靈藥，心頭的不快也迅速被撫平了，此刻的我如沐春風般暢快。從她的聲音判斷，她的心情應該不錯，不像是遇到了什麼麻煩。

「好，我明天就過去可以嗎？還是要我下午就立刻過去？」我立馬就答應了她。

戀愛果然使人愚昧，這個承諾便是證明。

況且，這還是正在寫日記的我突然悟出的道理，可見我有多麼盲目了。

「你明天再過來就可以了，明天早上哦。」S回答道。

「那你現在……你有想我嗎？我們可以開視訊嗎？」儘管人還在上班，我還是脫口而出了。

「不行誒，我現在也不方便。我們明天早上見面再說吧，我有很多事情想和你說，但是一定要當面再說……你現在就去訂高鐵吧，第1307次，可以嗎？」

她那嬌滴滴的聲音令我無法拒絕。一定要當面說的事？那會是什麼呢？我不由得默想了一下蘇倩上一次來例假的時間……

「好，沒問題，我馬上訂。妳……一切都好嗎？」

「當然啦，你不用擔心我啦！那麼我們明天見了，我十點會在月臺等你哦，千萬不要忘了。」說罷，她便掛上了電話。

相信我，我已經寫上了幾百字的牢騷，卻又都被我一一刪除了，不然要是她突然想讀我的日記，我可就不好交代了。

我是不是變了？從前的我可不會對社交關係有如此深的考慮，我的心裡只有代碼、演算法和遙遠的強人工智慧，至多再加上阿誠——可自從與S相戀，其餘的似乎就退居第二位了。我會為了她放下工作，放下心中的追求，我甚至開始覺得，如果我什麼都做不出來也不要緊，在LOKI的工作也只是工作罷了，只要有蘇倩的陪伴，那些追求都可以當作是一枕黃粱，甘願碌碌無為一生。

在這弱冠之年，我可以原諒自己。

訂好了前去台中的高鐵票後，我又馬上投入到工作當中。昨天下午，深網資料庫搭建完成，我恨不得立刻更新「赤」的資料庫，但自從那天我在辦公室大聲質問所有人開始，鯨叔叔下了一道明令，短時間內我不能再單獨進入機房了，以防我擅自對「赤」做出什麼不符合工作室利益的事。不得已，我只好找鯨叔叔求情。

「什麼？！你什麼時候做出這種東西了？」我把心中的想法全盤托出了。事到如今，最差也不過是被一票否決，讓「赤」繼續待在那無間地獄之中；若能打動鯨叔叔，讓「赤」慢慢「消化」掉深網資料庫，則成果相當令人期待。如果能按照我的設想發展出潛意識（即使目前我還不知道該如何判斷潛意識是否存在），那麼我心中的完美的強人工智慧才真正誕生了。

「你忘了答應我什麼嗎？」我故作冷淡地說道。其實，我自己也不清楚此時的「答應」究竟指的是什麼。

「能讓我考慮一下嗎？不然我請大家來開個會，共同做出決定，如何？」

我不語，只是盯著他瞧。我知道他下一個動作會表露出他真正的態度。

只見他「唉」了一聲，離開了座位。

「各位，五分鐘後請到會議室來一趟，有件事想和大家討論。」他來到辦公室中央，向同事宣佈道。「滿田，你在外面等著。」他對我說。

我沒有做任何抗議，乖乖守在外頭。雖然我沒有與會，但我大概能猜到結果了：俊強不會放過這個絕妙的想法。

會議開不到二十分鐘就散會了，我帶著勝利的表情和俊強哥一起進入機房。

「了不起啊，可是有這樣的想法為什麼不早點告訴大家呢？」他搭著我的肩膀問道。

「真令人興奮啊，『赤』的資料量會變得史無前例的大，可以說是涵蓋了大部分的網路世界啊……我們這是在造神，是吧？但是問題是，我們要怎麼區分表裡意識呢？我們只是純粹在擴充它的資料量而已吧？也許，這不是在造神，而是真正意義上的造人，我們把神拉下了神壇，讓它變成人……」俊強根本不在意我是否在和他對話，只是自顧自地講。

我們（依葫畫葫蘆），按照之前的方式接入深網資料庫，開始對「赤」進行神經網路訓練。至於這次的訓練要持續多久，無人知曉，只知道很久、很久，也許在哪天到來前，強人工智慧就已經誕生在世上的某處了。

「你會害怕嗎？」他問我。

我不害怕，我想。到了這一步，只要能再往前走一點，哪怕只是一丁點，也是莫大的突破了，至於我們究竟會造出個什麼，這就要交給歷史定奪了。

這可能是最近一段時間內的最後一篇日記了，我打算把智能眼鏡放在家裡，輕裝出行，和蘇倩一起放個小假，至於這個小假會持續多久，我也沒有任何頭緒，一切都要等到明天和她見面才能商量。

真是一個奇怪的約會，只是周瑜打黃蓋——一個願打一個願挨，她就算叫我明天到美國紐約報到，我也不會多做考慮馬上答應的。因為我只剩她了——我才醒悟過來，不論是「赤」也好，鯨叔叔也好，已經離我太遠了，我唯一能抓住的就只有她了。

我拿起手機，思索著是否要打個電話給鯨叔叔，現在已經是晚上十一點多了，我卻還沒有提起請假的事，要是就這樣消失了，不知道鯨叔叔會作何反應呢？他不會來找我的吧，儘管有那麼多理由，可我終究是和他非親非故，他大可把我這一行為當做是曠工。

我決定折衷處理——編輯一條簡訊，設定在早上九點半發送。這樣也省的我們在電話中拉扯半天。

例行公事地檢查大門、窗戶是否上鎖，關閉掉所有電器的電源，最後只剩下這台文字處理器。

「晚安了」，少年義無反顧地踏入未知。

第十三章

Jinx 並沒有消失。

我一度以為，告別老莊後，不再有什麼彌賽亞計畫、特工、暗網，我只是一個普通的投資客，運營著一家只有個寥寥幾位員工的工作室，有一個視為己出的男孩，就這樣。過往的工作經歷，不過是一場奇異的夢罷了，我要追尋自己的生活，自己的事業目標，甚至是那位男孩的目標。

但我錯了，事情不像我想的那麼簡單，老莊的離開只是個開始，一場新的噩夢撲面而來。

彌賽亞計畫並沒有結束，只是調整到了另外一個階段；Jinx 到處都在，就在我的周圍，他們緊盯著我、滿田，一定還有什麼正在醞釀著。我沒有證據，可我就是知道。

歸根結底，是因為這個世界根本就不真實。這是一個名為「彌賽亞計畫」的真人秀，我身邊的所有人都是這個真人秀的一部分，他的母親也好，同事也好，女朋友也好，甚至是那個叫阿誠的小夥子，全都是安排好的，甚至是我，本也是這個真人秀的一部分，只是因為一個偶然，才從中逃離出來。不然呢？

因為滿田需要一個朋友，所以阿誠出現了，而他的出現毫無道理不是嗎？為什麼滿田只有這樣一個朋友，反過來想，是因為這個朋友必須是滿田的朋友啊！他收了 Jinx 多少錢，他也像從前的我一樣每天撰寫報告嗎？

因為滿田需要一個工作，所以 LOKI 出現了，他是怎麼接觸 LOKI 的呢？據我所知，是一位代碼工程師給了他LOKI工作室製作的《幻境》的邀請碼。天啊，這太巧了不是嗎？這個工程師完全料到了，或者說Jinx早已觀察到了一切，滿田的天賦、興趣愛好，然後安排這個工程師把邀請碼交給他，他就順理成章的掉入Jinx的陷阱之中。

而這，不過是彌賽亞計畫中的一部分罷了，他們需要觀察「製造」出科技人才會有什麼化學反應，於是就這麼製造了一個。

至於我，我扮演了一個什麼樣的角色，就不用再提了吧？老莊只告訴了我一部分真相，而其他那些複雜又沒有人性化的，他沒說，不過我能想，為什麼是我，為什麼我會義無反顧地把滿田推入這個陷阱之中，這也是安排好的。

我真可笑，一個能啟動彌賽亞計畫的組織，又有什麼做不來的呢？

那麼，LOKI的成員也是吧，蘇毅、蘇倩、陳賢治、張俊強、黃苹，還有班迪，Jinx給了他們多少錢，讓他們創造這麼一個溫床呢？一定是讓人無法釋懷的數字吧，讓他們心甘情願放棄更好的工作機會和工作環境，屈居在無名的大樓中，還要扮演一個表面上是關懷，實際上就是要對滿田馬首是瞻的角色。從某個角度來講，他們似乎比我還要辛苦多了。

談到辛苦，我也不得不佩服蘇倩，那位代號S（該不會在組織裡也用這個字母吧？）的女孩，她總不是真的愛上了滿田吧？這樣一個不懂人情世故、根本沒有戀愛機會的孩子，就這樣交上了貌美、聰慧的女朋友，電影都不敢這麼演啊，為什麼滿田從來不會懷疑呢？

LOKI的成員們，他們是共謀還是單獨被收買了呢？不重要，是前者還是後者，本質上都是一樣的，都是Jinx的走狗。他們每天看著我，也在懷疑我究竟是不是他們的一份子吧？當年我突然找上他們，找上蘇毅，他們都是這樣看待我的吧？

「目標終於來了，這個男孩……」

「這傢伙莫非也是……『鯨』？這是個代號吧？也太明顯了……」

「不知道他扮演了什麼角色，竟然可以這樣使喚我們……」

「同居？那一定可以拿很多錢，難怪有錢來投資LOKI……」

「我們的目標真的有天賦嗎？他連一個簡單的演算法都寫不好……」

「他就是個笨蛋吧，不過，傻人有傻福是真的，連天上掉下來的午餐都不會考慮一下，直接吃了……」

「什麼夢想、目標，還不是我們在做事，他根本什麼都幫不上啊，如果沒有我們，他花三輩子都可能達不到今天的水準啊……」

這麼一想，什麼都說的通了，可悲的是，我到現在才醒悟過來；更可悲的是，我什麼也改變不了，甚至連揭穿他們的勇氣都沒有。這是一個早在我退伍，甚至是早在我上學，不，是出生時，就編織好的網，一個巨大無比的腳本，一系列錯綜複雜的軌道；即使你的意識從中跳脫出來了，身體還是會被這網黏住，受劇本驅動，按軌道行走。我無法回頭，更無法改變什麼，因為一旦這麼做，我們所有人的世界都會變的支離破碎，特別是滿田的，他是無辜的，就算一切都是假的，也不能讓他因此受到傷害。

他是一切的中心，他是真人秀的男主角，只要他是安全的，一切都可以按照某種既定的、和諧的方式延續下去。

可是，我害怕，非常害怕，老莊臨走前的那一番話就是一個信號，這個信號告訴我這個世界開始崩塌了：一個角色的意識被強制拖拉出來了。也就是說，因為人為的因素，這個網也好，腳本也好，都是可以被打破的。於是，總會有一天，所有人都知道自己只是一枚棋子，自己的人生只是在為一個計畫服務，那麼，總有人會站出來，一個自私的傢伙，對滿田沒有任何感情的傢伙，從不考慮過滿田的感受的傢伙，讓整個世界支離破碎，讓滿田支離破碎。

這在別人，特別是一直被蒙在鼓裡的同夥們的眼中也是情有可原的，不是嗎？雖然收了錢，卻咽不下這口氣，或者只是純粹出於炫耀心理，告訴大家這個世界有多麼虛假，多麼刻意……等等。

但是我不行，我無法對他們產生哪怕是一丁點兒的憐憫，這種人在我眼裡就是該死，我會在他們將要做出傷害滿田的行為之前，先好好的「傷害」他們。這些後生晚輩們，應該早就要明白了，「宿命」是真實存在的，哪怕是人為安排的「宿命」也好，當你察覺到，你就不能有所逾越。

告別老莊後，我在黑市買了一把自動手槍，五顆子彈。

這是理所當然的，我除了自保，也要保證滿田的安全。老莊就這麼退出了，說明有些人或事正在改變這個計畫，我猜，最壞的可能是組織要對這一輪，很明顯已經失敗了的彌賽亞計畫進行一個收尾，把負責人撤掉是第一步，那把「實驗品」抹殺掉會不會就是第二步呢？我的這個考慮並不是無中生有的，假如他們已無足夠的人力和資金去維持這樣一個高成本的真人秀，可這些主角的未來還是充滿不確定性，所以只有抹殺掉才是最安全的。

老莊是在提醒我，該捨就要捨，不然就要做好應對的準備。

只是，我萬萬沒想到那一天會來的那麼快，而我手裡的這把槍，誰都保護不了。

「鯨叔叔，當你收到這封簡訊時，我已在前往台中的路上了，原諒我的先斬後奏，我要請假陪S玩幾天～等我回來的時候再好好教訓我吧XD」

這是滿田留給我的最後的訊息。我相信很多人和我一樣，把任何事都當作理所當然，以為道了再見就真的能再見，一條訊息、簡訊，或是一通電話、一次視訊，不過是生活中再平凡不過的要素，無法驚起一絲波瀾。我們忘了時間的箭頭永遠指向前方，為的，就是讓好事永遠留在過去，讓壞事發生。

「我說的沒錯吧？」我拿著槍，槍口對準蘇毅，對準了他的心臟，我們之間的距離約有五公尺，這個距離我既可以一槍要他命，也可以稍微下移槍口不讓他受致命傷。他的反應讓我很滿意，雙手舉得高高的，跪在地上，眼睛緊盯著槍口，彷彿開火的那一瞬間他可以因此躲過子彈。

可他仍舊沒有向我坦白。

「我根本就不知道你在說什麼！銘昆，鯨大哥，放下槍吧，我求你了，我真的什麼都不知道啊！」一頭烏黑的長髮下，他的臉皺成一團，似乎快哭出來了。真沒想到平時這麼酷的傢伙，會露出這種表情，用這種語氣說話。

「銘昆，你冷靜點！有什麼事放下槍再說！」我差點忘了這傢伙身後還有四個同夥，同樣雙手舉高的、站著的兩個人是賢治和黃莘，另外兩個膽小鬼可能躲在了電腦桌後方，從我的角度來看是看不見他們的。

「不管滿田究竟發生了什麼，那都與我們無關啊，員警已經證明了我們的不在場證明，而且……」黃莘滔滔不絕著，好像突然變成了蘇毅的辯護律師，想用一番高談闊論從槍口下救走蘇毅；

或者他只是明白，我這把槍只要射出第一發，就會有第二、三、四發，在場的人都會失去性命，所以才急著滿口跑火車，找尋可能隱藏的生路。

「蘇毅，」我只是調整了一下握槍的手勢，他嚇得全身一顫，「你只要老實說，說出我想聽的，我就饒你一命，我只是想知道真相。」

這話究竟有幾分可信，我自己都拿捏不準。我的收音筆就插在上衣口袋，如果他真的就這麼招了，我倒是可以走法律途徑治他的罪，但更可能會發生的是，我控制不了自己的情緒，就此痛下殺手，再自我了結。畢竟滿田也不在了，我這僅存的活下去的意義都沒了，死了反而是種解脫，至少可以不必再受心靈流離之苦。

「好……我說，我……認識……那個……你說的那個傢伙，他……他……給了我錢，很多錢，讓我……滿田……讓滿田消失……」

「然後呢？」不知是心裡作用還是什麼，我的槍想掙脫我的雙手，像是在河裡抓黃鱔一樣，我不得不更用力的握緊手槍，以防它真的從我手中滑落。而這個舉動，讓眾人再次陷入瘋狂，蘇毅幾乎伏在了地上，頭都不敢抬。

「我……呼……我答應……答應了……那傢伙……我……讓蘇倩……我妹妹……」蘇毅的聲音越來越小，我幾乎是聽不到了。

「頭給我抬起來，說話大聲一點！」我迅速地向他移動，距離縮進到三公尺左右，他被我嚇到了，頭乖乖地抬了起來，卻見他雙眼緊閉，嘴角朝下扭曲，左右對稱的兩條淚痕像是蝸牛走過的痕跡一樣，正閃著潮濕的光芒。

「你讓蘇倩動手殺掉滿田，對吧？」

「不……她沒有……不……她……她捨不得……」蘇毅像是想起了什麼，眼睛慢慢地睜開，一股自信的力量在他眼裡復甦了。

「她只是和他去了一個很遙遠的地方，真的，我答應她……我答應她可以這麼做……」

「你騙人！我查過出境記錄，什麼都沒有，他們還待在臺灣，快點說，他們在哪？」我萬萬沒想到，在這個關頭他竟然還敢撒這麼低級的謊，就像在糊弄小孩一樣。我把手槍的槍機固定在後，用一個稍微誇張的動作瞄準了他的腦袋；那個「哢擦」的聲響威懾力不凡，他馬上就蔫了，嗚咽著把頭埋了起來。

直至今日，凡提已經訓練完畢。而我，已經和滿田失去聯繫三個月了。

在那條簡訊之後，我嘗試過所有可能的方法來和滿田取得聯繫，不論是最基本的電話也好，聊天工具也好，任何一個社交平臺也好，再也沒得到任何答覆。這不像是一個有意的探險活動，而我也非常肯定滿田不會做出這麼不負責任的事。我只好找來蘇倩的哥哥，畢竟滿田和蘇倩有約，如果有蘇倩的消息，那自然也會有滿田的消息。

「啊？他們一起去玩了？」那時的蘇毅一副丈二金剛摸不著頭腦的表情看著我，似乎無法把自己妹妹的旅行和滿田很久沒來上班這兩件事聯繫在一起。

「沒關係啦，鯨哥，他們都是成年人了，有什麼奇怪的想法很正常的。這樣吧，如果我有老妹的消息我第一時間告訴你，可以嗎？」

半個月後，我再也無法忍耐了，我直闖蘇毅所住的公寓，逼問他究竟知道些什麼，是不是在耍什麼陰謀或惡作劇，蘇倩和滿田究竟去了哪裡，此時，他才露出了慌張的表情，但嘴上卻說著「再等等」之類的話。我不想再和他多廢話，確定了這個長髮爛人也沒有自己妹妹的消息後，我馬上報了警，聯繫了台中當地的派出所。於是，他們二人正式宣告失蹤了。

之後的日子，說出來都是種煎熬。我和蘇毅一同前往台中，與當地警方會合，從蘇倩的學校實踐活動開始，一步步尋找蛛絲馬跡。

根據帶隊老師和成員的回憶，蘇倩那幾天的表現是與往常有所不同，經常慌神，說話還會結巴，從外表上看就是一副心事重重的模樣，但卻拒絕和老師或隊友訴說，一味地悶在心裡。由於該實踐活動旨在體驗無輻射生活，所以期間禁止使用電子產品，大部分成員都表現出某種「戒斷反應」，比如一定程度上的焦躁不安、易怒等等，帶隊老師也把蘇倩的行為歸為其中，並沒有太在意。

「呃……她是有點反常沒錯，不過這在活動中是很正常的，同學們平時使用電子產品非常頻繁，手機、電腦、智慧眼鏡等等，一下子要他們從這種生活跳脫出來是很困難的。我們活動的目的呢……」眼前的這位戴眼鏡的中年男人就是活動的帶隊老師，亦是最後見到失蹤者的幾個人之一。

「老師、老師，可以請你和我們說重點嗎？您還記得與蘇倩的最後幾次交談中，她有沒有提到要去哪裡？去多久？什麼時候回臺北？」我及時把他拉回正題。

「啊，對的，她在我們回臺北的前兩天就說了，說是要和男朋友在台中玩幾天再回去。你也知道的，這裡可比臺北好玩多了啊，山清水秀的，很適合情侶……她沒說去多久，也沒說什麼時候回臺北……對，我們安排的是回校後舉行活動報告會……三天後吧，我記得是回臺北三天後……是的，她缺席了……」

「老師，可以麻煩你把當時活動的成員都找來嗎？我們想問大家一些問題，拜託了。」雖然目前為止都是在問詢蘇倩的消息，但我知道只要找到了蘇倩，就等於找到了滿田。

於是，老師為我們召開了「問詢會」，當時的活動成員幾乎都在現場。我先把蘇倩的哥哥介紹給大家，讓大家知道我們真的是來找人的，只是蘇毅那邋遢的外表和飄忽不定的眼神令我很惱怒，他似乎根本不把自己的妹妹放在心上。我忍著怒火，由我向學生們問詢關於蘇倩的消息。

令我鬱結的是，大家的答案都和老師的大同小異，誰都說不清蘇倩究竟去了哪，要去多久。然而，不能說毫無收穫，我意外得知了一個重要的消息，它似乎可以成為調查的突破口——

「昆哥，我可能知道蘇倩為什麼會那麼焦躁不安，但只是推理哦，不能保證是不是真的……」一個女學生把我拉到了教室外面，她執意要和我單獨說。

「小倩曾經和我聊到，她已經一個多月沒來月經了……你知道這是什麼意思吧？」

幸好開了這場問詢會，如果只是單獨和老師談話，根本問不出這麼有價值的消息。憑藉著這個消息，我們回到台中再次和警方展開搜尋，大家的搜尋興致一下子高昂了起來，似乎失蹤的兩個小朋友就近在眼前了。

然而，從醫院到診所，飯店到民宿，甚至是連藥房的出售記錄也查過了，依舊完全沒有他們的消息；銀行卡記錄、手機定位、租車行的資訊登記、護照，全都查過了。這兩個人像是人間蒸發一樣，完全尋不到蹤跡。

最終，我們又回到了原點，開始檢查他們可能會出現的街邊的閉路電視，雖說有「臺灣眼」人臉識別系統協同搜尋，但這項任務會持續多久誰也不知道。

「鯨大哥，他們都是成年人了，放心吧，過不久就會回來的。」蘇毅這麼說道。他的態度開始讓我懷疑他是否參與了他們的「失蹤計畫」，但當時我還沒能把這件事與 Jinx 聯繫在一起，僅僅只是有些懷疑而已。

「免驚啦，只要人還在臺灣就一定找得到，以前我們那個年代，連阿兵哥逃兵的記錄也才六個月，現在科技那麼發達咯，很快就有消息了！」老刑警叼著煙，用一副司空見慣的表情安慰我們道。

科技再怎麼發達，人心依舊還是個迷。當我們確定繼續待在台中也無濟於事時，只好回臺北等待消息，而這一等就沒完沒了了。這期間我做了無數次假設，動用了一切可以動用的人脈、資源，連凡提也用上了，卻還是一點消息也沒有。在這個人工智慧時代能隱藏蹤跡這麼長一段時間，而且還是在相對發達的臺灣島上，這幾乎說明一個事實：不論是生是死，他們不可能再出現了。

這個結果令人悲傷麼？我無法確切描述心中的感受，也許是悲傷，但占絕大多數的，是憤怒和不解。他們就在我眼皮子底下擄走滿田，的確，作為正義的一方，警員的搜查能力提高的同時，綁架犯的反搜查能力恐怕會更勝一籌，何況這次的主角是聖人滿田呢。如果滿田沒有出事，他只是帶著懷孕的蘇倩隱藏在島上的某個角落，運用他的大腦，或者某個人的幫助，某種機器，甚至是瞞著我開發的人工智慧，來逃避所有人的搜尋，那麼問題就來了，他為什麼要逃？這是不可理喻的。他收穫了愛情，他有非常穩定的工作，大可以勇敢地迎接新生命；「赤」，以他母親的代號命名的凡提，已經完成了他自己策劃的訓練，正在等待接入萬維網。那個最「完美」的人工智慧，多麼夢幻的想法，何況是經過深網數據庫訓練的，融合「表意識」和「潛意識」的人工智慧。Jinx 是在害怕凡提的誕生嗎？這與他們有何關聯？若他們以此相逼，滿田倒是絕對不會退縮的，這可是他苦苦追尋的「智慧」啊！

所以，滿田必定是死了，或是過著永無天日的日子。滿田從來都是不與人爭的，更不可能和什麼人結下如此深仇大恨，那麼，我能想到的也只有那夥人了，一個有實力、有計劃，並且會為了計劃不擇手段的團夥，他們真的痛下殺手了。

想清楚這點之後，一切都如撥雲見日般明瞭了。彌賽亞計畫、Jinx、LOKI、蘇毅、S，名為「宿命」的刀尖終於對準了滿田，然後，毫不留情的刺了下去——

「鯨，我們再回去找一次吧，不用任何工具，就這麼用走的……」蘇毅深埋著頭，聲音像是從地獄飄來的，充滿悲哀。也許他多少能體會到我的心情，我們都被那個計畫操控了，成為了名為「救贖」和「信仰」的計畫的犧牲品。醒醒吧，不論再走幾次，結果永遠也不會改變，我們甚至還會重蹈覆轍一千次、一萬次，連每個腳步都不會有偏差；身為這宿命的輪迴中的一員，我們註定要犯錯，然後前進，繼續犯錯，前進……

就像我現在，手持著這把槍對準你一樣，我記起來了，我也曾經這麼做過，是在什麼時候呢？我記得，當時的你也像現在一樣，跪在地上，請求我的寬恕，或者那只是一場夢？不，那就是曾經發生過的，我只是按照劇本再演一次罷了。從今天早上開始，不，從昨晚開始我就知道了，我知道今天我會帶著槍，我會在辦公室裡突然發火，衝到你的座位前面，把電腦從桌上撥開，一腳把你踹倒，然後把槍對準你，我早就知道了。只是，為什麼？我是如何重蹈覆轍的？

「不……不……我們不應該……我為什麼會……」我突然覺得頭好痛，身體卻無法動彈，我看到大家張著嘴巴，迷茫地盯著我看，連蘇毅都把頭抬了起來，彷彿是在仰望神靈一樣。

「我帶你去找滿田，我帶你去，我知道他在哪，真的，我就把他藏在一間寺廟裡，你先把槍放下，我立刻帶你去找他。」

「對，對，慢慢放下來，放輕鬆，我們沒有人會害你……」

「滿田正在等你，真的……慢慢地，對，放下來，我們沒有人會受傷，我們只是出了點意外……一切都會好的。」

「謝謝，謝謝你，銘昆，你做的很棒！」

「現在，我要站起來了，慢慢地站起來，我不會傷害你的，好嗎？請你把槍放下，可以嗎？」

我不得不說，我的心平靜了許多，哪怕是聽到了黃莘那惹人討厭的聲音，或者是看見了班迪從電腦桌後方露出兩隻小眼睛的那猥瑣的模樣。我不再那麼煩躁了，雖然我仍不相信蘇毅所說的話，但似乎把槍放下是對的，這只是我和組織的恩怨，在場的人不應該因此受到傷害才對，就算我把大家都殺了，自己也是死路一條，更別說能挽回什麼了。

不，沒那麼簡單，我既然會從家裡的保險箱裡拿出這把槍，把它帶到辦公室，那就一定有它的理由，這個理由高於我的個人意識，我必須遵從，即使我根本不知道意義何在，但它就是應該被握緊，就是應該對準蘇毅，或者房間裡的任何一個人。

「銘昆，你聽的到我嗎？聽得到嗎？把槍放下，把槍放下吧——」眼前的蘇毅幾乎站了起來，他那雙眼睛再次充滿力量，像是在謀劃著什麼，那高舉的雙手不像是投降的動作，反而像是大灰狼露出了真面目，爪牙從肉掌中伸出，作勢要向我撲來。

我突然覺得好笑，在場的各位是不是覺得局勢已經控制住了，以為我就這麼妥協了嗎？我重新舉起手槍，瞄準了蘇毅的腦袋。

就在此時，辦公室的門打開了，我還沒來得及想為什麼，馬上就有幾道身影竄進房內。

「不許動！」、「把武器丟掉，雙手舉起來！」、「槍放下來！」

三名警員衝進房間，槍口一致對準我。門外不知道還有多少警員沒進來，只見人頭聳動著，像極了準備進場的電影院觀眾。

「呵呵，你剛剛只是在拖延時間吧？」這是求生者唯一的策略，那幾個躲在電腦桌背後的，一定早就打給了警方，然後暗暗祈禱蘇毅能夠拖住我。什麼寺廟，什麼滿田，都是假的。

他喘著氣，並沒有回答，眼神卻比剛剛的任何時候都還要犀利，挑釁的意味不言而喻，我甚至覺得他的嘴角正在慢慢上揚。他贏了，如果我不扣下扳機，他就贏了。

那些員警還在吼叫著什麼，我聽不清，只知道他們的聲音越來越大。不知道我們僵持了多久，我忽然察覺室內的氣氛變了，絕對的安靜和絕對的吵雜交替上演，有時聽得見呼吸聲，非常清楚，有時只能聽到吼聲，從四面八方傳來；蘇毅也變了，他變得朦朧了，彷彿身披薄紗，他的眼神很複雜，有些迷茫，又好像受到了什麼傷害一樣，有些膽怯。我搞不清楚情況，直到嘴裡突然有了鹹鹹的味道。

好累，我心想，真的好累。我不明白自己為什麼要流眼淚，事到如今，我也沒有多餘的悲傷需要發洩，不論是滿田也好，LOKI也好，我的父母也好，啟星智慧的所有同事也好，當兵的弟兄也好，所有的同學也好，都離我太遠了，遙遠到我無力回應他們，他們都不是我流眼淚的理由，那到底是為什麼？

「蘇毅，還有什麼話想說嗎？」

「不……喂……喂……不要……救我……救我啊……」

眼前的這傢伙終究是崩潰了，他雙眼暴突，兩隻手盲目地在空中揮著，一下朝著我，一下朝著警員們，哀嚎著，伴隨著白沫從嘴裡飛濺而出；本來是站在他身後不遠處的賢治和班迪，不知從何時開始就消失不見了，也許只是蹲在了地上；更遠處的警員，依然保持著最初進房的姿態，只是好像有更加靠近我的跡象，他們的嘴在張合，我卻什麼也聽不見。等到所有的人物細節都異常清晰地顯現在我眼前，我明白時候到了——永別了。

「砰——」

「……救護車早就待命了吧……叫他們上來……」

「……你這個白癡，你到底會不會瞄？幹你娘的他死定了，我們也完蛋了，白癡，現在負面新聞已經夠多了……」

夢是有聲的嗎？

我忘了，但的確有聲音出現在我的腦海裡，也許我並沒在做夢。於是，我看見了一些畫面，是人的腳，電腦螢幕，鍵盤和與我平行的椅子……即使這些畫面像是蒙著一層毛玻璃一樣，我還是有充分的理由可以相信，此刻的我不知為何，正倒在辦公室的中央。

眼前的電腦螢幕突然亮了起來，先是一大片噪點，按照一定規律「起伏」著，像是海洋！沒錯，我彷彿聽見了海浪的聲音，或者只是單純的雜訊聲。這片「海洋」持續了一段時間才恢復正常，轉而播放著不知名的卡通節目，畫面仍舊是黑白的，一直如此。剎那間，我想起了倒下前發生的事，但為什麼是我而不是蘇毅呢？我一邊想著，一邊盯著電腦瞧。

這個節目充斥著大量的無意義的重複的影像，不外乎是一個女人，一個孩子，和一個男人，外加一些生活瑣事，然後不斷重複、重複、再重複……不知道過了多久，女人消失了，取而代之的是一群男人，憑空出現的一群男人。接下來的畫面還蠻有趣的，值得我說說：這群男人把孩子和原先的男人分開了，他們圍著孩子轉，給他食物，孩子吃下這些食物後，生長迅速，馬上就長成了一個強壯的男人。而那個形單影隻的男人，因為失去了女人和孩子，日益頹喪，他的頭髮越生越長，原本壯碩的身材也變得越來越單薄……到了這一幕的結尾，他竟長成女人的模樣了。

說來奇怪，這副女人的皮囊看著還蠻順眼的，於是，他借著這副皮囊重新接近了那群男人，和那個長成男人的孩子。只見他使出渾身解數勾引那個男人，很快地，那個男人就乖乖地拜倒在他的石榴裙下。他們戀愛了，多麼匪夷所思啊。他們趕走了那群男人，他們住在了一起，做所有情侶都會做的事，一起旅行、一起做飯、一起工作……

然而，可怕的事情終究還是發生了。兩人過的越是快樂，「女人」的外表就變得越加男性化，他似乎正慢慢地恢復到了原來的樣子，壯碩、一頭乾淨俐落的短髮和下巴的一點點的鬍渣。不可避免的，伴隨著這種戲劇性變化的，是「男孩」日益劇增的不信任感和不斷的疏離，他開始懷疑這個突然造訪的女人，開始想起那個曾經日夜陪伴他的、消失了的男人。

終於，「女人」下手了。他用盡了男孩所有的信任，與他相約高山之巔，然後不顧一切地撲向他，親手將他葬在了高山的藍天上，男孩就此消失，永遠的消失了。與此同時，「女人」的長髮開始掉落、碎裂，直直地墜落到山下；他的身體在膨脹，肌肉往他身上的各個部位爬去。他一路掙扎著，一路蛻變，回到山腳時，他已經和普通男人無異，甚至還要更加強壯、英俊。

他過上了正常的生活，只是少了女人和孩子。他的心空空的，他早就知道，所謂正常生活，不過是孤獨地在人間遊蕩罷了。

於是，他找上了那群男人，向那群男人自首了。奇怪的是，那群男人並不怎麼在意，他們似乎已經忘了那個男孩，更別說是女人或男人了。聽完自白後，那群男人就這麼走了，只有一個人留了下來，他在男人的耳邊說了點什麼，然後就馬上回到了人群中，彷彿什麼都沒發生過一樣。

聽完悄悄話後，男人便原地坐下，像是在思考著什麼千古難題一樣，從早到晚，一動不動地坐在那，身邊的人來人往都沒能驚動到他。

突然地，他站了起來，沿著馬路走，回到了曾經和男孩同居的屋子裡。只見他不慌不忙地走進主臥室，從床頭櫃的暗箱裡拿出了一把槍，他滿眼柔情地看著這把槍，像是在看著愛人的臉一樣，他輕輕地撫摸著，嘴裡還念念有詞，像是在與它傾訴情傷。可劇情急轉直下，他忽然收起笑容，猛地把槍口含在了嘴裡，剎那間便扣下了扳機，一下子就結束了自己的生命。

「THE END」兩個黃色的大寫英文單詞赫然出現在暗紅色的背景上，緊接著又恢復成一片噪點，然後，電腦像是突然被拔掉了電源，螢幕再無任何東西顯現出來。

漸漸地，不僅是電腦螢幕，其他對象我也看不到了，辦公室裡變得濃霧瀰漫。我猜我的死期要到了，我之所以會帶著那把槍，之所以會指著蘇毅，之所以會什麼也不做的讓他拖延時間，直到員警來到現場，直到員警開槍將我擊殺，是因為我的死期要到了。

即便到了最後一刻，我依舊找不到答案。我的人生究竟是事先安排好的，還是只是宇宙大爆炸後的隨機組合？然而，故事就要這麼完結了，疑問只好繼續傳承下去，直到哪天我終於解開了謎團，這場悲劇也就真正結束了吧。

此刻，是臨死前的千分之一秒、萬分之一秒，我想再認真地呼喚他一次——

「滿田……」

尾聲

「博士，我們又……」

「別說了，阿裕，讓我休息一會兒。」

博士離開了座位，逕自走到休息區，照例拿了一瓶易開罐，「啪」地一聲拉開了鐵環，仰頭暢飲數口，然後放下飲料，重重地歎了一口氣。

隨著鏡頭的不斷拉近，此時的螢幕有了可以閱讀的畫面：是關於凡提的。

完成了局域網中的訓練後的凡提被 LOKI 接進了網際網路，可誰也沒想到，進入網路世界的凡提馬上就瓦解了 LOKI 和《臺北協議》設下的防禦措施，開始在網路中漫遊。

螢幕不斷刷新著，全都是關於凡提的所作所為：她成為了世上最可怕的駭客，通過不斷提高自身在網路世界中的權限，她幾乎可以進入任何她想進入的系統。到了後期，凡提串聯起了 LOKI 和其他科技公司開發的個人人工智慧系統，電子世界被攻克了大半，剩下的系統無力與凡提對抗，只能坐以待斃。

她究竟想得到什麼呢？導演並沒有給觀眾一個交代。虛擬世界的最後，她駭進了某國的國防系統，螢幕自此不再刷新了。

座位上的阿裕和四個小時前的他一樣，像一顆泄了氣的皮球一樣癱坐在椅子上，頭靠著椅背，雙眼望向天花板，彷彿靈魂遭受了巨大的折磨，亟待休養。

兩個人的狀態已經把結果交代的很清楚了，失敗感像風一樣在這寂靜的王國裏不停穿梭。

博士手插著口袋，望向遠處。這是一個沒有窗戶的房間，所謂遠處，依然是電路板和電線拼湊而成的堡壘，稱不上賞心悅目。「重置人物數值吧，我們需要好好休息一下了。」博士又歎了一口，然後說道。

「什麼？！重置數值？！太好了！」座位上的阿裕像是突然被打了一劑強心針，瞬間甦醒了過來。「我真的受夠了，教授，三百多次了啊！這對他們、我們都太殘忍了，不是嗎？」

「尤其是 S，你剛剛也看到了，太可憐了，她是下了怎樣的決心才做出那樣的決定啊……」

「冷靜點，阿裕，我們要有科學家精神，要客觀的對待每一組實驗。」博士打斷了阿裕，拿起茶几上的飲料走向辦公區。

「S 並沒有完成任務，彌賽亞計畫還是成功了，」博士炯炯有神地盯著阿裕，繼續說道：「不管她在 D6 做的決定有多麼殘忍、不人性，她終究是失敗了……而失敗，就要重新來過……大家都在受折磨……」

「也許彌賽亞計畫註定會成功呢？」阿裕急著反駁道。

彌賽亞計畫的確是以一種不可思議的方式成功了，真是諷刺啊……

「科學家的字典裡沒有『也許』和『註定』兩字，我們只有不斷實驗，直到可以證明某句話為真或為假方休！你別忘了，還有許許多多的人和我們做著一樣的事，都是為了找到最終的答案。所以，你就不要對裡面的人物太認真了，好嗎？那些都不是真的，只是服務於實驗而已……」

博士本來氣勢洶洶的，好像化身成某位科學巨匠，宣告著理性之美；但一提到內在的人物角色，他的態度便軟了下來，似乎也有什麼難言之隱困擾著他。

「博士我啊，其實並不想重置人物資料的……我最喜歡的人物，你也知道的，他幾乎就要識破這個把戲了……可是，太殘忍了，重蹈覆轍三百一十八次……要是我，可能一次都受不了啊，那種人生……」博士的眼眶似乎紅了。

這樣的場面讓阿裕有些手足無措。在阿裕眼裡，博士是理性的象徵，是德高望重的大家長，是統禦這個王國的領袖；即使他們總是失敗，三百一十八次了，可博士從沒像現在一樣沮喪。他總是可以迅速地從失敗的陰影中走出來，拉著阿裕，又義無反顧地投入到下一場實驗中。

至於實驗裏出現的人物，那些故事，博士幾乎都是閉口不談的。唯獨有一次，一場大家早已習以為常的失敗後，博士突然開始喃喃自語起來，然後拉著阿裕的肩膀，莫名其妙地說了一大串話，他有多麼討厭這個故事，卻又期待著人物命運發生巨變，他欣賞「鯨」的哲學思考，反感S的俗套的設定……

然而，很快地，博士馬上恢復到一本正經的模樣，把話題拉到了精神鼓舞上，之後便是下一場實驗，再下一場，下一場……

「阿裕……抱歉。好了，振作起來吧，我們重置一下資料，然後開始第三百一十九號對照組吧，這次一定是最後一次了！」不知過了多久，博士終於擦掉了眼淚，他抓了抓頭髮，來了幾次深呼吸。

等到那股熟悉的堅毅重回到他的雙眼時，他出發了，開始往返於各大機器堡壘。用不了多久，實驗裡的人物短時間內再不會提到什麼命運、宿命之類的字眼了，他們重生了，對他們而言，那是全新的故事，新一輪的輪迴；直到它變得風雨飄搖，惹人厭倦時，博士和阿裕就會再次重置資料，拋下所有桎梏，迎來新生……

在這密不透風的電子王國裡，伴隨著音量逐漸增大的嗡鳴聲，兩人逐漸忙碌了起來。我突然有個大膽的想法，如果可以把兩人進行實驗時的一舉一動都錄下來，再重新播放、觀看，這些動作的重合率恐怕會相當的高。

他們亦陷入了某種輪迴中，只是不知道他們是否有此自覺。

嗡……

（全片完）

每次走出電影院，總有一種恍如隔世的感覺。望著人來人往的熱鬧街道，腦中卻被那冰冷的實驗室佔據，耳邊似乎還有嗡聲揮之不去……

「怎麼啦？看不懂哦？」和我一起看電影的朋友一臉好奇的問道。

「這就是一部很 cult 的片，你想……」他開始長篇大論，我卻一句也聽不到。這傢伙是個狂熱的電影迷，發表過很多電影解析和評論，有著穩定的粉絲群；相比之下，我雖然愛看電影，關於電影卻什麼都寫不出來，即使寫了也只是為了留作紀念。

那麼，他這次會怎麼評論這部電影呢？

「總的來說，這部片往好的講就是科幻界的《等待戈多》，往壞的講……呃，反正也不好懂啦，但就是這樣的電影，說不定能拿個什麼獎呢……」他說到最後，竟控制不住地大笑著。

我驚訝於他這番評論的兩極性，卻也沒說什麼，默默地點了點頭，和他繼續往街巷深處走去，心想著這部電影不也是一個 Roko's Basilisk 實驗嗎？我們都是被囚禁在實驗裡的可憐蟲啊，只是我何罪之有呢？

「欸，所以人工智慧的未來，你是怎麼想的？」他推了我一把，讓我突然回過神來。

「我一點想法都沒有。」我回答道。

（全文完）

後記

本來，這篇小說不叫《滿田》，叫作《再見，Jinx》；也不會有任何科幻元素，只想寫少年少女的青春期故事罷了。

可沒想到，當我在構思情節、人物等元素時，卻怎麼也繞不過人工智慧這個主題。時間是大學一年級的下學期，我在某部電影裡偶然得知了圖靈測試這一概念，它就像把鋒利的手術刀，解構了我那脆弱的世界觀，人與機器的關係霎時變得模糊起來；而這看似「曖昧」的測試，卻成為了沿用多年的「科學」的手段，魅力與迷思便同時誕生了。於是，那個暑假，我拖著半個行李箱的書回家，全是我從校圖書館裏借來的——我能看得懂書名的——關於人工智慧的書，一本一本的讀，輔以google上能找到的最新論文，一股腦兒地往大腦裡塞。憑此，我對人工智慧也有了大概的認識，可要說我能得到什麼結論，那就是：研究這個學科需要的知識量太龐大了。

知識表示、自動推理、機器學習、自然語言理解、電腦視覺……等等，似乎每一個技術領域都足以讓人鑽研一輩子，而我只是一個普通的商科學生，自然是會望而卻步的。

可心總有不甘。一年一年的過去了，關於人工智慧的電影和書籍層出不窮，一部比一部精彩，也在不斷地攪動我的內心。於是當我終於想寫些什麼的時候，也只能是這個主題了。「人工智慧誕生的前一天，科學家們都在想什麼呢？」，正如自序裡寫到的，我嘗試著「解答」這個問題，這個問題聽起來樸素，也不嚴謹，但始終讓我耿耿於懷。顯而易見的，人類正不斷往「奇點」靠近，他們是否確切地明白強人工智慧會給世界帶來多大的巨變，並因此感到不安呢？還是只是為拔得「頭香」而工作？在小說裡，滿田和 LOKI 的成員們充當「科學家」，一步步走向可見的「奇點」，他們的心理活動便是小說的主要內容。

如同我在自序中提到的「不只是技術奇點」，人類在未來的發展中，更要注重的是「倫理奇點」，那才是真正攸關人類存亡的問題。可何謂「倫理奇點」呢？我只是個二十三歲的少年，恐怕無法妄自下定義，但在奇點下我們至少要思考這幾個問題：人類是否能維持符合本族利益的倫理道德觀繼續生存下去呢？面對科技進步，以至於不得不放棄部分倫理道德觀時，我們至多能做出多大的讓步呢？假如現實社會中存在如小說所描述的神秘計劃，並且被暴露出來了，我們又該作何反應呢？或者，以我們當今的思想水平，倫理道德問題根本是無解的？

至於彌賽亞計畫，則是那個世界裡的宗教系統對科學發展的一次還擊。我們總希望科學能與宗教齊頭並進一同發展、壯大，至少該和諧的相處，但實際上，兩者爭鋒相對了好幾個世紀。如果有一天，人們視科學為信仰，甚至因強人工智慧的誕生而自詡造物主，宗教又該何去何從呢？於是我便安排了彌賽亞計畫。

拜科幻小說的性質所賜，許多無法解釋的技術、環境條件等，都可以放在「未來」這個時間點使用。至於未來何時來，就像小說裡沒有確切的時間點一樣，無法想像，也許就是此時此刻呢？

當然，人工智慧的開發有著一系列的過程，並不是像發射火箭那樣按下按鈕即可；小說裡的「科學家們」之所以能在開發路上暢行無阻，是因為他們處在博士和阿裕用機器構建的虛擬世界中；而博士和阿裕利用不同的對照條件，構成數百個「平行宇宙」，卻是為了測試彌賽亞計畫，以挽救人類；但這一切都只是一部不算成功的電影劇本，下映三個月後大概就被淹沒在歷史的塵埃之中。所謂的追求、宿命、使命等充滿英雄主義色彩的辭彙，在旁觀者眼裡顯得羸弱不堪，成為了一句玩笑，一篇髒話連連的影評。

憑空而出的十八萬字內容，充滿了許多疑點：比如滿田這個名字，那是我最好的朋友恩怡的網名，我喜歡至極，經過授權後便拿來用了；鯨，和他的生活，都是靈光一閃得來的，本來只打算先寫著，沒想到到了後面竟也說得通，便沒做改動；Jinx，如前所述，是想表達「厄運」的意思，但化身成組織的代號，其實也沒有特別的意義了；為什麼人工智慧（凡提）最後會選擇屠殺人類呢？除了迎合「彌賽亞」，更主要的原因是人類的「戾氣」所致吧；小說裡的政治因素是基於現實的考量嗎？當然不，那屬於程式構建的虛擬世界，一切都是。

可能我該回答的還有很多，但當思想轉化成板上釘釘的文字，就如同墓誌銘一樣，只能借此來捕風捉影死者的原貌，多麼無力啊！趁思想如風時，逃出桎梏吧，擁抱虛空卻比一切都來的充實，當混亂的意象充斥大腦，才可產出新的詩篇。

以上便是《滿田》的後記了。

國家圖書館出版品預行編目資料

滿田 / 林浯莘著. -- 初版. -- 臺北市 : 博客思, 2019.3
面； 公分. -- (現代文學 ; 49)
ISBN 978-986-97000-5-4(平裝)

857.7 107020882

現代文學 49

滿田

作　　者：林浯莘
編　　輯：沈彥伶
美　　編：沈彥伶
封面設計：陳勁宏
出 版 者：博客思出版事業網
發　　行：博客思出版事業網
地　　址：台北市中正區重慶南路1段121號8樓之14
電　　話：(02)2331-1675或(02)2331-1691
傳　　真：(02)2382-6225
E—MAIL：books5w@gmail.com或books5w@yahoo.com.tw
網路書店：http://bookstv.com.tw/ http://store.pchome.com.tw/yesbooks/
博客來網路書店、博客思網路書店
三民書局、金石堂書店
總 經 銷：聯合發行股份有限公司
電　　話：(02) 2917-8022　傳 真：(02) 2915-7212
劃撥戶名：蘭臺出版社　帳號：18995335
香港代理：香港聯合零售有限公司
地　　址：香港新界大蒲汀麗路36號中華商務印刷大樓
C&C Building, 36,Ting, Lai, Road, Tai,Po, New,Territories
電　　話：(852)2150-2100　傳真：(852)2356-0735
經　　銷：廈門外圖集團有限公司
地　　址：廈門市湖里區悅華路8號4樓
電　　話：86-592-2230177　傳 真：86-592-5365089
出版日期：2019年3月 初版
定　　價：新臺幣280元整（平裝）
ISBN：978-986-97000-5-4